中国古代文史经典读本

李 白 诗 选评

赵昌平 撰

上海古籍出版社

图书在版编目(CIP)数据

李白诗选评／赵昌平撰. —上海：上海古籍出版社，2019.4（2021.9 重印）
（中国古代文史经典读本）
ISBN 978－7－5325－9205－0

Ⅰ.①李… Ⅱ.①赵… Ⅲ.①李白(701－763)—唐诗—诗歌研究 Ⅳ.①I207.22

中国版本图书馆 CIP 数据核字(2019)第 066965 号

中国古代文史经典读本

李白诗选评

赵昌平　撰

上海古籍出版社出版发行

（上海瑞金二路 272 号　邮政编码 200020）

（1）网址：www.guji.com.cn

（2）E-mail：guji1@guji.com.cn

（3）易文网网址：www.ewen.co

常熟新骅印刷有限公司印刷

开本 787×1092　1/32　印张 12.625　插页 3　字数 167,000
2019 年 4 月第 1 版　2021 年 9 月第 5 次印刷
印数：8,201—11,300
ISBN 978－7－5325－9205－0

Ⅰ·3380　定价 38.00 元

如有质量问题,请与承印公司联系

出 版 说 明

　　上海古籍出版社成立六十多年来形成了出版普及读物的优良传统。二十世纪，本社及其前身中华书局上海编辑所策划、历时三十余年陆续出版的《中国古典文学作品选读》与《中国古典文学基本知识》两套丛书各八十种，在当时曾影响深远。不少品种印数达数十万甚至逾百万。不仅今天五六十岁的古典文学研究者回忆起他们的初学历程，会深情地称之为"温馨的乳汁"；而且更多的其他行业的人们在涵养气度上，也得其熏陶。然而，人文科学的知识在发展更新，而一个时代又有一个时代的符号系统与表达、接受习惯，因此二十一世纪初，我社又为读者奉献了一套"新世纪文史哲经典读本"，是为先前两套丛书在新世纪的继承与更新。

"新世纪文史哲经典读本"凝结了普及读物出版多方面的经验:名家撰作、深入浅出、知识性与可读性并重固然是其基本特点;而文化传统与现代特色的结合,更是她新的关注点。吸纳学界半个世纪以来新的研究成果,从中获得适应新时代读者欣赏习惯的浅切化与社会化的表达;反俗为雅,于易读易懂之中透现出一种高雅的情韵,是其标格所在。

"新世纪文史哲经典读本"在结构形式上又集前述两套丛书之长,或将作者与作品(或原著介绍与选篇解析)乳水交融地结合为一体,或按现在的知识框架与阅读习惯进行章节分类,也有的循原书结构撷取相应内容并作诠解,从而使全局与局部相映相辉,高屋建瓴与积沙成塔相互统一。

"新世纪文史哲经典读本"更是前述两套丛书的拓展与简约。其范围涵盖文学经典、历史经典与哲学经典,希望用最省净的篇幅,抉示中华文化的本质精神。

该套丛书问世以来,已在读者中享有良好的口碑。为了延伸其影响,本社于2011年特在其中选取十五种,请相关作者作了修订或增补,重新排版装帧,名之为"中国古代文史经典读本",以飨读者。出版之后,广受读者的好评,并于2015年被评为"首届向全国推荐中华优秀传统文化普及图书"。受此鼓舞,本社续从其中选取若干种予以改版推出,并得到国家有关部门的支持,多种获得2016年普及类古籍整理图书专项资助。希望改版后的这套书能继续为广大读者喜欢,为弘扬中华优秀传统文化作出贡献。

上海古籍出版社

2017年6月

目　　录

140 /　　**四、寄家东鲁与二入长安(740—744)**

导　　言

黄河落天走东海，万里写入胸怀间。

（《赠裴十四》）

　　如果说有什么能为李白其人其诗写照传神，那么唯有他自己的这两句诗。如同黄河一般，李白以他海涵地负般开阔的胸襟，吸纳了百川千流——先辈的思想、人格，诗骚以来诗歌史上的各种营养，盛唐时代的宏盛气象——而当这一切从他胸中流出时，已不再为任何一条原先的川流，而是汇为黄河本身，咆哮奔腾，东走入海。这归宿，便是他企望度越一切先贤的自我完成。如果说他有所执着，那么唯一的是执着于他为自身设定的迥异于时人的人生道路：不屈己，不干人，不赴举，一鸣惊人，功成名就之后，效张良，法范蠡，泛舟湖海而去。即所谓"长风破浪会有时,直挂云帆济沧海"。他的诗歌反复歌咏的一个核心主题,就是这样一个大写的自我。

李白超迈的人格与诗格,引发了许多赞叹与传说,据说他是长庚(太白星、金星)下凡;又传前辈诗人贺知章一见他就叹为"谪仙人";连他的去世,也被描绘得如此飘逸:他醉酒放歌,见水中月影,伸手欲揽,竟随清波而逝。种种美而且奇的故事,后来汇为一个不朽的称号——诗仙。然而一切神仙都有着人世的影像,"诗仙李白"的背后,同样有着丰厚的历史、时代的文化内涵。

我们首先会发现,可视作李白寓言性自我写照的大人形象:"倚天仗剑,挂弓扶桑"(东海木名,日出处),其实脱胎于魏晋名士阮籍笔下那位周流宇宙、独立洪荒的"大人先生"(《大人先生传》)。大人先生是春秋战国以来,以庄子、孟子为代表的中国知识分子历史性格的第一个文学表现,然而却是种扭曲的表现。

以"如欲平治天下,当今之世,舍我其谁"自许的孟子,和"上与造物者游,而下与外死生无终始者友"的庄子,虽然在入世与出世上出发点不同,但前者对现实的尖锐批判,后者对世俗的彻底睥睨,却共同表现了自以为真理在握、自心与天道相通的先秦哲人们,对现实王权的精神上的傲视,而昂扬着一种建立在人格觉醒之上的强烈的主体精神。虽然孟子不免"迂阔",庄生则被讥为"大而无当",但前者"沛乎浩然"的"英气"与后者"放狂自得"的"逸气",都显示为一种以充实真诚为内核的大美。阮籍的大人先生正是庄之逸、孟之英的拎合,只是由于司马氏的政治高压,方以"夸谈抒愤懑"(《咏怀》)的形态出之。在他那庄生般哲理性的虚无感中,人们可以扪摸到伴随着深重的无奈而躁动着的一股积郁的孟子般的英气。

　　现在,一个类似于百家争鸣时期的空前隆盛的时代来到了。盛唐时代强盛的国力与对寒门初度开放的仕路,使才俊之士感到前所未有的振奋。开元前期,我们看到了这样一组群像:高唱"葡萄美酒夜光杯"的王翰,窃定海内文士等第,竟高自标置,以自己与文坛盟主宰相张说、北海太守李邕并列第一,余皆摈落;与他齐名的王泠然上书宰相,又直斥其"温服甲第,饱食庙堂";以

《黄鹤楼》诗驰名的崔颢在《长安道》中对贵族豪门表现了一种"彼可取而代也"的愤慨;连山人孟浩然,也宁可爽约而失去被贵官举荐的机会,而决不放弃陶然一醉……开朗宏盛的盛唐时代为将庄孟的英逸之气从魏晋六朝虚无迷惘的氛围中释放出来,并回到真实的人生,提供了最佳的土壤。那位同样既英且逸的风流天子唐玄宗就慧眼独具,他以"英特(卓立)越逸之气"一语,为这一时代精神作了最好的提挈,而新时代的大人先生李白,正是这一精神的代表。

然而《明皇杂录》的一条评述颇值得注意:"刘希夷、王昌龄、祖咏、张若虚、孟浩然、常建、李白、杜甫,虽有文名,俱流落不偶,恃才浮诞而然也。"英特越逸的盛唐才士们其实有着他们历史性的性格弱点。相对于有累世治政经验的士族们,他们在政治上其实是相当幼稚的。他们看不到或者不愿看到,一隙开放的仕途,其实阻碍重深;对于隆盛气象背后方兴未艾的社会危机,诸如奢靡渐开,宦官干政,开边无度等等,也缺乏清醒透彻的认识。他们绝大多数缺乏先秦诸子的思力与实际的吏才，更无论应对官场风波的经验与手段。种种危机、磨难与自身的不足，在他们的心头，主要不是形成理性的反省与批判，更多的是在昂扬奋亢的狂狷之气中激荡起一种朦胧的不安。人们常说盛唐诗"雄浑"、"高朗"，除了技法上较之初唐宫廷诗风来得自然外，这种奋亢进取与朦胧不安的张力，是其更为重要的内核。

　　代表盛唐诗风主流的才俊之士们是狂狷的一族，也是过于天真的一族，而李白，由于富商出身而无任何家世的学术与从政背景，由于早年偏处西南一隅而远离政治经济的中心，由于他格外乐观夸张的天性、任侠学道的经历、喜论纵横的才情，更将时代性的"英特越逸"之气的正反两方面——进取昂扬与幼稚浮躁都发挥到极致，也因此自然而然成为雄浑高朗的盛唐诗风的高峰与典型。

　　融和了庄逸孟英的大美，通过李白赤子般的心胸，化为对明亮光鲜与恢宏博大两种色调的不懈追求，并形成他诗歌意象的感觉基调。在不同时期，不同心境下，以不同的组合形态与色调变化，形成了他个性鲜明又富于变化的诗歌意象。

光明恢宏倾向于想象夸谈,坦率自然则趋于白描写实,而李白却将二者统一起来。他的夸谈极少虚语浮词,诸如"燕山雪花大如席,纷纷吹落轩辕台","狂风吹我心,西挂咸阳树",都是以夸张传达真景真情的范例;而如"不信妾肠断,归来看取明镜前","不知明镜里,何处得秋霜"则于白描中见奇思逸想。二者均为他人所不可到的境界。

奔越的英气与舒展的逸气,使李白的诗歌节奏疾徐相生,酣畅而不轻滑。大篇如阵雷层涛,喷薄而出,跳荡相生,大起大落间看似断裂,而裂隙间总有一种氤氲的气脉相连续;律绝短章则往往以古运律,随流曲折,自成风调。二者都能从自由挥洒的节奏中传送出宽远的听觉形象。

上述意象、修辞、节律特点共同构成了李白瑰奇壮伟、飙去倏来、海涛天风般的诗歌风格;即使风平浪息,霁月中天,却仍有一种浩浩不尽的开阔远势。这种风格形象地传达了他渴欲冲破一切樊篱的理想主义的自我

追求与充分自信。天宝末期,当家世仕宦的杜甫,不再
裘马清狂,开始含泪审视变乱的人间世,形成沉郁顿挫
的风格时,李白则依然保持着他那"舍我其谁"的自信,
执着地以他对恢宏明亮的不懈追求与业已激化了的朦
胧不安作着拗怒的对冲。正是在这一意义上,李杜虽双
峰并峙,而杜甫更多预示着唐诗的未来,李白则以其天
真的生命,为一个激情浪漫的时代画上了句号。

　　请随着本书各选篇的展开,从各个细部加深对这位
天才诗人的认识吧。

一、蜀中初学与辞亲远游(701—725)

　　李白(701—763),字太白,号青莲居士,四川绵州昌隆县(今名江油)青莲乡人。这个乡名,当是后人为纪念他改易的;而太白之名,据时人记载,则起因于他母亲梦见长庚(太白星)入怀才怀上了他。想来这是出于他自家的附会。与此相应,他时而自称汉代飞将军李广后裔,时而又说是十六国时期西凉武昭王李暠的九世孙,然而这些都查无实据,于其人其诗也并无实际意义;只是可见出,这位诗仙也未能免俗。可以较确切知道的,倒是他的先世曾因罪谪居西域,"五世为庶",未有从政为官者;甚至连他父亲的名字也隐没不彰,人们称之为"李客",这客,当是"客居者"之意,李白在五岁时才随父迁居蜀中。

传记资料说李客"高卧云林,不求仕禄",其实应是位资产不菲的富商。士农工商,商的社会地位甚至不及农工,因此就"庶人"而言,李白可说是"庶"到家了。也许正因为此,才要想象出个星宿转世的来历、华族贵胄的家世,从中可见他不甘落寞的心理与极度夸张的性格。

他,也自有不甘落寞的理由。在唐代,随着中西交通,商业经济空前发展。商人,尤其是与西域有一定联系的商人,财力往往十分可观,加以世风比较开明,他们自然产生了提高社会地位的渴求。比如,接养士人在南朝是贵族的"专利",而至唐代,长安富商如王元宝、杨崇义等,不仅富可敌国,而且开门延客。每年科举,乡贡进士萃集其家,士子们称之为"豪友"。李白出蜀后曾"东游维扬,不足一年,散金三十余万",也算得上件不大也不小的"豪举"。这种经济上的优势,自然更加强了他冲天一鸣,急欲改变庶之又庶的社会地位的心理倾向。

　　不一般的家世，也使他的初学不尽同于杜甫那样诗礼传家的一般士子。据他自述，"五岁诵六甲（五行方术），十岁观百家"，"十五观奇书，作赋凌相如"。二十岁前，他不仅结交道流，更从任侠有气、善为纵横学的赵蕤学习岁余，并自称"结发未识事，所交尽豪雄……托身白刃里，杀人红尘中"。虽然他"横经籍书"，儒家的经书是必修的主课，但杂学旁收、行侠仗义的初度经历，无疑为他时代性的英特越逸之气，增添了一种使性尚奇的个性化的色彩，并因而加强了自由度与冲击力。

　　我们还应充分注意到他的家乡四川。在唐代，成都、绵州一带虽已称得上人文之地，但因僻处西南一隅，与政治文化中心长安隔着条"难于上青天"的蜀道。长安发生的一切变化，在四川得到反应，自然是较晚又较弱。这不仅使少年李白较少社会政治的历练，也对他的诗学初程影响甚大且关乎一生。生成于宫廷的新兴律体，固然也是要学的，但由于远离那种典丽却又虚浮的氛围，倒使他虽然不能精于其技，却也避免了可厌的繁枝缛节。同时秀丽奇崛的巴山蜀水产育的巴蜀民歌，又以其自然清丽之风将他熏染。于是古今乐府民歌以及古诗,成为李白诗学的重要根基。

四川又是文人辈出的地方,那位以铺张扬厉、瑰奇夸谈的大赋著名的乡贤司马相如,连同他琴挑卓文君、通过狗监献赋得官的传奇经历,对夸张而尚奇的李白无疑具有莫大的吸引力。后来他不仅追迹凭吊过这位乡贤的遗踪,效法过他求官入仕的门径,还屡屡不无自得地谈到,某某贵官、某某前辈将他比作了司马相如。所谓"十五观奇书,作赋凌相如",正说明了从小他就把相如其人其赋,作为文学上必欲超越之的偶像与敌手。这种"相如情结"与前述民歌熏染,形成他日后创作中色调上的一对张力。

自然,我们还应提到那个"铁杵磨成针"的故事。故事也许出于虚构,但李白折节向学的精神却见诸记载。他曾三拟《文选》,不如意而尽焚之。三拟,是习学传承,起着潜移默化的规范作用;不如意而尽焚之,是企望新变,超越规矩,自成一家。李白诗如天马行空,但步法不乱。这种特点,也正得力于早年这种习学过程。

学慎始习,李白青少年时代上述熏染习学的特点,已经预示了导言中所述的他的行为方式与诗风走向。

访戴天山道士不遇①

犬吠水声中,桃花带露浓。

树深时见鹿,溪午不闻钟②。

野竹分青霭③,飞泉挂碧峰。

无人知所去,愁倚二三松。

① 戴天山:又名大匡山、大康山,在昌隆县北五十里。开元八年(720)略前,李白读书于山中大明寺。

② 不闻钟:午间道观理应鸣午钟。

③ 霭:云气。

这是今存李诗中可考见年代的最早篇章,作时李白不足二十岁,最能见出他的诗风因革。评家论本诗,都赞叹它"不必切题为妙","于言外求旨",一句话,写得活。其实它另有中规中矩的一面。闻犬吠,见桃花,是写往访而渐近道观;"时见鹿","不闻钟",暗示到观而不见道士。野竹分霭,飞泉挂峰,是不见后远眺,即贾岛《寻隐者不遇》"只在此山中,云深不知处"之意,由此而自然归到末二句不遇而怅惘倚松。就结构言,是初盛唐八句体诗起承转合的典型格局;再就格律看,声韵对仗,一丝不差;至于辞句的鲜丽,也是六朝以来的余风。尽管如此,它仍与宫廷体的典丽精工大异其趣。在长安纯熟的律家看来,"水声"与"飞泉","树"与"松","桃"与"竹","青"与"碧",都有语意犯重之嫌,是要好好锤炼修改的。然而在蜀中少年李白,也许还不太明了这些细微的规矩,他其实是以古诗主意尚气的笔法来写律诗,所以纯以即时的兴会抒写所见所感,并不斤斤于词句的工拙。所以就律法而言,虽然还稚嫩,然而却因此而有信手拈来、如风行水上的奇趣。尤其是起联"犬吠水声中,桃花带露浓",是乐府民歌的起法,浅切之中隐隐透现出往访时的欣悦,它与篇末"愁倚"相对,反衬出不遇的憾恨,全诗也就有了一种生动的情趣。

今存李白二十岁左右的诗章,多有明显的六朝以来诗歌的遗痕,却又能见出一种开朗高远的个性。比如《登锦城散花楼》(锦城指成都):

> 日照锦城头,朝光散花楼。
>
> 金窗夹绣户,珠箔悬银钩。
>
> 飞梯绿云中,极目散我忧。
>
> 暮雨向三峡,春红绕双流。
>
> 今来一登望,如上九天游。

起四句是参用民歌风的设色鲜丽的六朝体,"飞梯"以下,结构上是六朝登高周览的传统写法,但是极目之际,弥远弥高,忽开新境,最见李白的个性。上举《访戴天山道士不遇》诗"野竹"、"飞泉"二句,正与此同一机杼。这些都预示着他从拟学传统起而必将突破传统,开出诗国的一片新天地。

登 峨 眉 山^①

蜀国多仙山,峨眉邈难匹^②。周流试登览③,绝怪安可悉。青冥倚天开,彩错疑画出④。泠然紫霞赏⑤,果得锦囊术⑥。云间吟琼箫⑦,石上弄宝瑟⑧。平生有微尚,欢笑自此毕⑨。烟容如在颜⑩,尘累忽相失⑪。傥逢骑羊子,携手凌白日⑫。

① 峨眉山:在今四川峨眉山市,位于成都之西。开元八年(720),李白年二十,客游成都,登山抒怀。

② 邈难匹:邈远无可匹敌。

③ 周流句:谓登高而四周流览。

④ 青冥二句:谓山色忽然开朗,顿见缤纷如画。青冥,原指青天,此指大山逼天,青而暗昧之状。彩错,五色交织。

⑤ 泠然:逍遥轻举貌。

⑥ 锦囊术:成仙之术。《汉武帝内传》记,武帝曾见王母以一紫锦囊盛真形图。后世因以锦囊术指仙术。

⑦ 吟琼箫:吹玉箫,吟指箫声如吟。

⑧ 弄宝瑟:弹奏珍宝嵌镶的瑟。瑟,弦乐器,二十五弦。奏弦乐器称弄。

⑨ 平生二句：谓平生好神仙的小小志向，至此得以遂愿而欢
笑。毕，尽，遂。

⑩ 烟容：旧谓仙人托身烟霞，故容颜有云烟之色。

⑪ 尘累：俗世的牵挂。

⑫ 傥逢二句：谓傥使遇到仙人，当与他携手白日飞升。刘向
《列仙传》载，葛由刻木作羊，骑之入蜀，成仙不返。后以
"骑羊子"称仙人。

　　这是李白可考见确切写作年代的第一首游仙式的
登览诗。作为少作，无宁说还是较为稚嫩的。不仅尚未
达到刘宋谢灵运之精于刻画，甚至还未臻晋代郭璞游仙
诗"云生梁栋间，风出窗户里"，"左挹浮丘袖，右拍洪崖
肩"的圆熟奇逸境界。紫霞、锦囊、琼箫、宝瑟，大抵六
朝诗陈语，而"青冥"一词的使用，注释中虽依旧注如上
说，但深究起来是并不妥当的。

　　尽管如此，作为习学之作，这诗还是颇有可观处。

　　从习学的角度看，李白敏锐地把握住了这类诗的体
势——诗体特征。据今人研究，游仙诗以至稍后的玄言

诗、山水诗的观照方式是周览宇宙，俯仰上下，掇拾散点的景物而构成全景式的描绘（参葛晓音《山水田园诗派研究》），从而具有一种形而上的时空感。李白自然不可能有如此清楚的理性认识，但他却从习学实践中，单刀直入地把握住了其中奥窔。诗以"蜀国多仙山"衬托"峨眉邈难匹"喝起；接着以"周流试登览"领脉，"绝怪安可悉"句反问蓄势，从而引出以下一幅大境界。体势可以说是一种基本规范，得其体势就掌握了某一类诗体的大要，因此从本诗既可见李白悟性之高，又可明白以后李白的创作为何能似天马行空，却步武不乱。

这首习学之作，可以初见李白个性。虽说它尚不及郭璞、谢灵运的同类作品，但其好处也正在不刻意模仿。"青冥倚天开，彩错疑画出"是典型的李白笔法，在写出少年慕仙者初登名山真实感受的同时，也透现了李白特有的扫空六合的气局与对明亮境界的憧憬。接着"泠然紫霞赏，果得锦囊术"二句，既伸足彩错之意，又为前八句作一顿束。有此一束，再散开为"云间"以下得仙术后逍遥自在的意态描写，便显得分外洒脱而有逸趣。

请充分注意,诗歌讲究顿挫收放之法,此前以谢灵运为最。一般认为盛唐诗人唯杜甫最得其真髓,其实李白诗也谙其三昧,只是李白济以萧散飘逸之气,顿束收放往往不落痕迹,故为研究者所忽视。"青冥"以下八句,还显示了李白又一个性特征——夸张。试想,初登名山即得成仙之术,得道岂非太容易了?但在李白当时的心境中,这确是真实的感受。名山伟景对他视觉的强烈冲击,使他分外神清气爽而有此想;因此虽说夸张,却也夸而不诞。

得体势,有个性,是作诗的两大要点,在这首不算纯熟的少年之作中,李白可贵地显示了在这两方面的初步成功,这就预示了他以后必能成为大家。

白 头 吟①(二首选一)

锦水东北流,波荡双鸳鸯②,雄巢汉宫树,雌弄秦草芳③。宁同万死碎绮翼,不忍云间两分张。此时阿娇正娇妒,独坐长门愁日暮,但愿君恩顾妾深,岂惜黄金买词赋④。相如作赋多黄金,丈夫好新多异心。一朝将聘茂陵女,文君因赠白头吟。东流不作西归水,落花辞条羞故林⑤。兔丝故无情,随风任倾倒。谁使女萝枝,而来强萦抱。两草犹一心,人心不如草⑥。莫卷龙须席,从他生网丝⑦。且留琥珀枕,或有梦来时⑧。覆水难收岂满杯,弃妾已去难重回⑨。古来得意不相负,只今惟见青陵台⑩。

① 本诗当为开元八年(720)或稍后,李白游成都期间作品,时年约二十岁。《白头吟》:乐府相和歌辞楚调曲。本辞传为卓文君因司马相如将聘茂陵女为妾,决绝以作,相如阅辞而止。

② 锦水二句:锦水即锦江,为岷江支流,流经成都南,传说其水濯锦愈鲜,故名。按司马相如在临邛慕卓文君才貌,卖身入卓府,伺机操琴以挑之。文君父卓王孙怒而逐之,二人遂奔成都,又复返临邛,设酒肆为生,文君当垆,相如衣犊鼻操持。卓王孙羞之,赠金命二人再往成都。二句兴以

指此。

③ 雄巢二句：司马相如往长安献《上林赋》、《大人赋》于汉武帝，渐得信任。二句言相如与文君入京。汉宫树、秦草芳互文见义。

④ 此时四句：武帝陈皇后，小字阿娇，性妒，武帝怒之，因失宠幽居长门宫。闻相如能赋，奉黄金千斤令作《长门赋》，帝阅而感动，后复得幸。

⑤ 相如六句：引出《白头吟》本辞。茂陵，汉武帝二年于槐里茂乡筑茂陵为死后陵寝。《西京杂记》："相如将聘茂陵人女为妾，卓文君作《白头吟》以自绝，相如乃止。"东流西归，文君本辞"蹀躞御沟上，沟水东西流"。落花，喻文君。条，喻相如。故林，喻乡亲父老。

⑥ 兔丝六句：古诗："与君为新婚，菟丝附女萝。菟丝生有时，夫妇会有宜。"六句化用之。兔丝、女萝均为攀援植物，缠绕木上。此以兔丝比相如，女萝比文君。两草一心，文君本辞："愿得一心人，白头不相离。"

⑦ 莫卷二句：南朝民歌："玉枕龙须席，郎眠何处床。"此化用之，言当初共眠之席虽已空而不忍卷去。龙须席，以龙须草编成的凉席。

⑧ 且留二句：徐陵《杂曲》："只应私将琥珀枕，暝暝来上珊瑚床"。二句化用之。《西京杂记》记赵飞燕有琥珀枕。琥珀，珍木脂汁所凝成的化石。

⑨ 覆水二句：旧传姜太公微时，其妻马氏弃他而去。及太公佐武王平天下而封齐，马氏求再合，太公取水倾覆于地令马氏收之，能则合，不能则绝，马氏收水，唯得泥土。二句化用之以表决绝。文君本辞："闻君有二意，故来相决绝。"

⑩ 古来二句：文君本辞结句"男儿重意气，何用钱刀为"，此用其义。青陵台，象征坚贞不渝。传说宋康王悦舍人韩凭妻贞夫，夺为己有，且处韩"城旦"之刑，往筑青陵台，韩自杀，临葬贞夫跃入墓穴并死。后墓上生一桂一梧桐双树，枝叶交结。王伐树，双树化作一对鸳鸯。此化用其事以关合起句。

本诗凡三十句，分两大部分。

"锦水"句起至"落花"句共十六句为上片，述《白头吟》本事始末。又可分为三个层次。"锦水"六句，以双鸳鸯起，兴中带比，用暗喻手法隐括司马相如与卓文君相悦，成婚后迁居长安，誓同生死事。"此时阿娇正娇

炉"以下四句，以"此时"提起，转入陈皇后向相如千金
买赋事；"相如作赋多黄金"以下六句，以"黄金"应接上
句，写相如富贵而变心，文君作《白头吟》以决绝，隐括
《白头吟》本辞上半"沟水东西流"句意，以开下片。

　　"兔丝"句起至最后计十四句，为下片。即事生叹，
以文君口吻，演化《白头吟》本辞下半之意。也可分为
三个层次。"兔丝"句起六句，化用古诗兔丝、女萝之
喻，言男儿无情，女子痴心，隐含文君本辞"愿得一心
人，白头不相离"之意。"莫卷龙须席"以下四句，化用
南朝民歌，写文君辗转相思，爱而且恨之情怀，隐含文君
本辞"凄凄复凄凄，嫁娶不须啼"之意。"覆水"以下最
后四句，化用太公、马氏故事与韩凭、贞夫故事，以表决
绝与对坚贞爱情的向往，隐含文君本辞结句"男儿重意
气，何用钱刀为"之意。

　　从以上对本诗结构作法的解析，我们可对众说纷纭
的本诗作年作出近是的推断。一说为伤明皇废王皇后
而作，废后事在开元十二年；一说为李白自伤被谗见疏，
在天宝二年；一说为开元八年，李白二十岁时游成都，忆

相如、文君事而作此诗。前二说均无明证，只是以意度之。游成都作说，前人依据为起句"锦水东北流"点明作诗地点在成都。虽然此证也为人驳诘，谓"锦水"六句只是起兴，不必为实际作诗地点，但从创作倾向来看，此说应可信从。

作为李白的前辈乡贤，司马相如是极受诗人崇敬的，他不仅常以相如自比，出蜀后也广访相如遗迹，反复吟咏；甚至为自己规划的入仕道路，也仿照相如献赋的故事，于开元中作《大鹏赋》自比，又作《大猎赋》，拟伺机上献。二赋风格酷肖司马相如。李白对相如的仰慕甚至影响到他的气质。开元八年，当时的文坛巨擘苏颋见到他时就惊叹道："若广之以学，可以相如比肩。"在这种心态情境下，李白游成都见到相如遗迹，感其本事而作歌咏之，是完全可能的。

再从作法来探究，本诗不仅叙相如、文君本事，且节节隐括《白头吟》本辞以自创新词；而更耐人寻味的是，李白本题有两篇，另一篇长达四十二句，意脉比本诗显豁，但辞藻更华丽，用典更繁富，较本篇更接近艳歌体

(玉台体),显有逞才炫博以角胜文君本辞的倾向,而与"作赋凌相如"为同一心态的表现。这种作法既不可能为伤王皇后作,也不可能为寄托幽愤作,因为逞才炫博而用艳体,在这两种情况下,都是自陷轻薄,所以唯一的可能是开元八年感相如、文君本事所作;而同题二篇的次序应是四十二句篇为开元八年始作,因其仿齐梁艳歌之迹更甚,似繁赡而实稚嫩;本篇三十句则是约略前篇,芟其繁艳,隐其意脉所成者,所以较为老成,其时间当略晚于前篇。

本诗在李白的创作史上极可注意。它不仅表现了李白对司马相如的刻意关注,可称之为"相如情结";更有以见出他在前期创作中已开始对古今二体乐府诗的并蓄兼容。从今存李白早期诗中可见,他早期除受到以《文选》为代表的雅丽诗体的熏陶,也肯定受到陈代徐陵所编艳体诗集《玉台新咏》的影响。《唐诗纪事》引《彰明逸事》称:"时太白齿方少,英气溢发,诸为诗文甚多,颇类《宫中行乐词》体。"所谓《宫中行乐词》体即梁陈艳体,而《白头吟》尤其是四十二句之前篇,正是最能见出这一早期倾向的篇章。唯李白博取众长而善于学古，故经约略的此三十句之后篇渐趋雅洁，稍近《白头吟》本辞精神并有所新变，初见个性，其主要表现为：

其一，善于以丰富的想象融化典故，在白描中见奇想逸思而写情入微。如"莫卷龙须席"四句，虽化用吴歌与徐陵句意，却以"席"、"枕"互文见义，"莫卷"，"且留"上下句勾联写出了女主人公欲舍难舍，又恨又爱的复杂心理。又如"谁使女萝枝，而来强萦抱"，变古诗菟丝、女萝之简单比兴为人格化的想象，已预示了李白诗设想新奇而感情强烈的个性特色。

其二，剪裁得宜，收放自如，富于节律感。如对照四十二句之前篇可见，本篇开头舍弃了前篇铺叙相如献赋入宫禁的叙述性情节，仅保留"双鸳鸯"之兴中含比的写法，便省净而且有含蕴。写文君爱恨一节，前篇十四句节节铺陈，纯为齐梁笔法，而本篇仅保留"枕"、"席"四句，再在此前加上"兔丝"、"女萝"六句，此后保留"覆水"四句，构成怨望、爱恨、决绝三个层次，与较前篇为促迫的六、四、四诗歌节奏，既省净又跌宕有起伏感，也预示了后来李白长篇七古后片多似急管繁弦的特征,这些都是诗人融合雅俗、兼糅古今的前期创获。

为了说明问题,将李白四十二句《白头吟》附录于下:

> 锦水东流碧,波荡双鸳鸯。雄巢汉宫树,雌弄秦草芳。相如去蜀谒武帝,赤车驷马生辉光。一朝再览大人作,万乘忽欲凌云翔。闻道阿娇失恩宠,千金买赋要君王。相如不忆贫贱日,位高金多聘私室。茂陵姝子皆见求,文君欢爱从此毕。泪如双泉水,行堕紫罗襟。五起鸡三唱,清晨白头吟。长吁不整绿云鬓,仰诉青天哀怨深。城崩杞梁妻,谁道土无心? 东流不作西归水,落花辞枝羞故林。头上玉燕钗,是妾嫁时物。赠君表相思,罗袖幸时拂。莫卷龙须席,从他生网丝,且留琥珀枕,还有梦来时。鹔鹴裘在锦屏上,自君一挂无由披。妾有秦楼镜,照心胜照井。愿持照新人,双对可怜影。覆水却收不满杯,相如还谢文君回。古来得意不相负,只今惟见青陵台。

上　李　邕①

大鹏一日同风起,抟摇直上九万里②。

假令风歇时下来,犹能簸却沧溟水③。

世人见我恒殊调④,见余大言皆冷笑⑤。

宣父犹能畏后生⑥,丈夫未可轻年少⑦。

① 本诗据葛景春、安旗教授考证当作于开元八年(720)前后,
时李白二十岁左右。李邕,广陵江都(今江苏扬州)人,历
任数州刺史,却以素负美名、矜炫不羁屡被贬斥,天宝初任
北海太守,终被酷吏吉温借故下狱,遇害,年七十余。世称
李北海。李邕又以能文养士而为开天间文苑主坛坫者,有
"信陵君"之风,当时文士多投其门下。开元七至九年,邕
任渝州刺史(治所在今重庆),李白当由家乡游成都后前往
拜谒。

② 大鹏二句:《庄子·逍遥游》:"鹏之徙于南冥(海)也,水击
三千里,抟扶摇而上者九万里。"抟,本意为团捏,此处意谓
从风而上。摇即扶摇,自下而上的旋风。

③ 簸：簸扬。沧溟：大海。参上注。

④ 殊调：与众不同的风调。

⑤ 大言：夸张之言，放言高谈。《庄子·齐物论》："大言炎
炎。"又佛教以大言为六十四种口孽之一。

⑥ 宣父句：唐太宗贞观十一年，诏尊孔子为宣父。孔子有言
"后生可畏"，见《论语·子罕》。

⑦ 丈夫：成年男子。

　　前人有称本诗"稚甚"、"似小儿语"而疑为伪作者。
伪作之说未可从，但本诗尚欠老到倒是不可否认的。既
然如此，那么为什么还要选入本诗？道理也简单。首
先，正因为稚嫩，"初生之犊不怕虎"，正可见出少年李
白之风采意气。有一种解说，认为本诗的写作情境是：
李白见李邕，放言高论，引起同样自负的李邕反感而未
被识拔，李白不满，作本诗以回敬之。从"假令风歇时
下来，犹能簸却沧溟水"来看，即使不是见斥于李邕，当
时李白受到过挫折是可以想见的。面对挫折，仍以大鹏
自许，以孔子"后生可畏"语自励，这气概真是不凡。

"风鹏",可以认为是李白的"图腾",他的作品中出现风鹏的意象达十数次,这是第一次;而约半个世纪后他的绝笔诗《临路歌》,仍是以"风鹏"自比而为一生作结的。李白自比风鹏,与杜甫自比凤凰,是唐诗史上一种十分有趣的现象。

不过更有趣的是这诗中意象的反差。我们知道,"风鹏"的意象出于庄子《逍遥游》。大鹏,寄托了庄子追求意志彻底自由的理想(虽然它仍不能如此),而李白本诗,居然以"风鹏"起,以孔子结;不仅如此,其临终前作的《临路歌》竟同样起以"风鹏",结以孔子。这说明,如同其他一切思想与艺术材料一样,在李白那里都经过了他以自我为中心的改造,而儒道杂糅、功成身退则是他的人生理想。李白这只"风鹏",并非一味追求出世,即使在高蹈远引时,骨子里仍有着一份对现实人生的执着。这是后面我们读李白其他诗时要尤其注意的一点。李白这种狂气是当时青年才士的时代风尚,请参看《导言》。

说这诗稚嫩,并不意味着不佳。可取处不仅在于上述风采意气,也在于它奇特的想象,鹏飞万里,虽见于庄子,但"假令风歇时下来,犹能簸却沧溟水"却是李白的想象发挥——极佳的发挥,集狂傲、倔强、自信、俊逸于一体的李白式的想象发挥。本诗之意气风发,正有赖于此。

峨 眉 山 月 歌①

峨眉山月半轮秋②,影入平羌江水流③。

夜发清溪向三峡④,思君不见下渝州⑤。

① 本诗为开元十二年(724)秋,出蜀途中作,时年二十四岁。峨眉:山名,见《登峨眉山》注①。诗题前四字连读。

② 半轮秋:秋月半轮。

③ 平羌:平羌江,即青衣水,在峨眉山略东,唐时同属嘉州。按此句"平羌"连读,"江水流"连读。

④ 清溪:旧注以为在嘉州犍为县,则在平羌江东南,相距甚远。今人罗孟汀考证认为在嘉州龙游县,又名板桥溪,出

平羌峡口五里。按其地在平羌江稍东南。此外尚有多说，要之均在平羌之下游。三峡：瞿塘峡、巫峡、西陵峡，在巴东。三峡由西向东相连，出西陵峡，江水漫为平流。出峡也就出蜀了。

⑤ 君：指月。渝州：今重庆市。在平羌、清溪之东，三峡之西。

　　历来论本诗，都因其"四句入地名者五"而推为"绝唱"，其实诗的佳处更在于五个地名的位置及其在诗中的相互关系；而弄清这一点，则有关本诗情怀是"轻快"还是"含情凄婉"，"思君"之"君"是指月还是指送行友人的争论，也就迎刃而解了。

　　由诗意可知，"清溪"是"夜发"，也是作诗的地点，为五地名的中心。平羌在清溪西北，峨眉更在平羌西。相反，三峡在清溪迤东甚远处，而最后一句的"渝州"，虽也在清溪之东，却又在三峡之西。还应注意渝州是出蜀最重要的交通枢纽。至今由成都出蜀，走水路必定要先到重庆，然后搭长江轮东下经三峡出蜀。同时渝州又名巴郡。巴蜀连称指四川,分称则各有所指,渝州正为蜀地与巴地的交接处。明乎以上地理关系,则诗意豁然。

前二句先写(由清溪)回首西望。峨眉山是蜀中山水的代表,也是诗人不久前游览且心想神往之地。峨眉山头的月首先是"秋"月而非春月,其次是"半轮"而非圆月,故起句先在回望中给人以一种去乡游子惜别的心理暗示。然而即使是这"半轮秋"月,现在也是可远望而不可近赏的了,可以聊以自慰的是月影投射到上游的平羌江,随江水顺流而下,仿佛在追随着为游子依依送别。这样,第二句以月、影、水相勾连,伸足首句惜别的暗示。第三句前四字,补出回望亦即"夜发"地点清溪;后三字"向三峡",则调转方向,向东远远指向巴山蜀水的尽头,出峡便真正远离故乡了。不但如此,峡中对岸叠嶂相连,"略无阙处",日也罢,月也罢,在去乡的最后时刻想来是看不见的了。第四句"思君不见"正承上意,但出人意料之外的是,诗人的思神又从迤东甚远处的三峡向西拉回了一长截——"下渝州"。结合上述渝州特定的地理位置来看,这一空间距离的回收,其实体现了诗人的特定心境,既表现了诗人行将由蜀向巴的怅惘,更似乎寄托了某种慰恋,巴蜀毕竟同为四川地区,渝州又毕竟不是不能见月且在行将出川的途中,在由清溪向渝州的逐段尚连接着故土的水程中,那投射到江水中的月影,总还能再伴送我一程吧。

由此看来"君"指"月"应是绝无问题的。那么诗意又究竟是轻快的,还是凄婉的呢?由始则西望乡国,继则东望去程,末句又将目光由东往西收回一大截可见,诗人的情绪首先是因惜别而神伤。可作参证的是杜甫《闻官军收河南河北》拟想出蜀返回故乡时连用四个地名:"即从巴峡穿巫峡,便下襄阳向洛阳",四个地名从西而东,一路直下,这是轻快的;而李白本诗,由三峡而收回到渝州,这一诗法的回互,正体现了离乡游子的回曲情肠。然而回曲未必就是"凄婉",请试看诗中的意象:夜色中,高峻的峨眉山顶衔着天际的明月,月光又投射到水中,随江流迤逦向东,一展千里。因此这夜,是表里澄澈的夜,是开远寥廓的夜,于是我们似乎感到在诗人的神伤中又透现出一种开远不群的气象。诗人似乎要将峨眉山月所象征的蜀人气骨深刻地留存在记忆中带往异乡。惜别神伤是本诗的主调,而其中同时又交融着少年李白真正开始人生征程时的一份悲壮。"仗剑去国,辞亲远游",李白自写出蜀意气的这一对句,可为本诗的"二重意"境界作注。

巴 女 词①

巴水急如箭,巴船去若飞;
十月三千里,郎行几岁归?

① 本诗是开元十二年(724)秋,李白出蜀,途经三峡时作。三峡属巴东。诗明显地受巴地民歌的影响。

　　解读本诗的关键在第三句"十月三千里",旧注皆于此阙如,今人或谓"十月"指离别时间之久,"三千里"指相隔距离之遥。此说初看似平允,细玩则有问题。诗为拟巴女口吻以写诗人去蜀时心境。就巴女角度看,起首"巴水""巴船"二句是写江水送行舟去得太快,末句"郎行几岁归"也是送别口吻,则尚未别离,何来相别"十月"之久? 就诗人心境观,则出峡即离故土,不知归期何日,也与"十月"之久不合。今按盛弘之《荆州记》载,峡中夏水涨满之时,水势尤急,"有时朝发白帝(今重庆奉节),暮至江陵(今属湖北),其间一千二百余里,虽乘奔御风不为疾也"。"十月三千里"当由此生想而极度夸张,意谓虽时当十月,而水势尤急,过于五月,竟至日流三千里。如此则全诗以"巴水急如箭,巴船去若飞"复沓领起,先从词语与音节上传达了水流舟行之迅疾,"十月三千里"更以夸张伸足前意,于是末句"郎行几岁归"便尤显得余味无穷。

以本诗为始,出蜀后李白在吴越、湘鄂都有习学当地民歌之作,这是李白诗歌素养在习学古代雅俗二体外的又一红线。李白诗所以能度越前辈,迥出同侪,除了他的个性气质以外,这种雅俗兼取、古今包容的气度,是极其重要的因素。

唐世文人习学巴渝民歌,以中唐刘禹锡的《竹枝词》最为著名,而李白则在约半个世纪前已经先刘着鞭。刘禹锡《竹枝词》序称巴渝民歌"其卒章激讦如吴声,虽伧佇不可分,而含思宛转,有淇澳之艳音(《诗经》中郑风、卫风中的情歌)"。李白本诗完全当得起"含思宛转"四字。试再玩味"十月三千里,郎行几岁归"二句,"三千里"当然非实况,但从所拟巴女的角度看,这是深恐郎君去去太速的怨嗔;从拟者(诗人)的心境看,他痛感故乡行行渐杳:江水啊,你流得太快了啊! 这正是拟者与被拟者(巴女)共同的曲曲心声。

渡 荆 门 送 别①

渡远荆门外,来从楚国游②。

山随平野尽,江入大荒流③。

月下飞天镜,云生结海楼④。

仍怜故乡水⑤,万里送行舟。

① 本诗为李白出蜀时作,时当开元十二年(724)秋(一说为十三年春),时年二十四岁。荆门:山名,在今湖北宜都西北长江南岸,上合下开,其状似门。与北岸虎牙山相峙,是巴蜀与故楚的分界处。送别:今人马茂元先生《唐诗选》认为是江水送自己离别故乡蜀中。可备一说。

② 来从:来向。

③ 大荒:《山海经·海内西经》有大荒之野,为日月出入处。后用指旷野。

④ 云生句:指云气所化的海市蜃楼,古人以为这云气是海蜃所吐。《史记·天官书》:"海旁蜃气象楼台。"

⑤ 怜:爱。

　　试设想一下当时的情境:经过了二十来年的习学准备,如今即将开始人生途中的真正探索,这心情本来已似弦满待发;而舟过荆门,巴蜀三峡蔽月遮日的夹岸高山已成过去,眼前顿现一望平野,这豁然开朗的视觉印象,无疑更催化了他企望冲天一鸣的壮心;自然,同时也必伴随有远离乡土的怅触与依恋。诗以"远"、"游"二字领脉,将以上刚柔两种感情的冲突融入眼前景物,并借助开宕起伏的结构,使这首律对贴切的诗章气势飞动而韵味醇厚。较之前录二十岁前所作《访戴天山道士不遇》来看,不仅避免了语复之病,更洗汰了六朝绮丽的余痕,以古运律的个性风格,至此已经成熟。

全诗的精粹在中间二联,其中动词的运用尤其为对冲的感情传神。上句"尽"字引起下句"入"字,使重山、长江、大荒组成的旷莽景象,不仅具有豁然开通之感,更隐隐传达了诗人告别过去,急欲介入新的人生的复杂心态,似可感到他朴野的生命力在跃动。借着这种动势,三联由昼景跳到夜景,一个由上而下的"飞"字,一个由下而上的"生"字,又勾连起由明月照彻到水气缥缈的景象转换,从中也自然而然地蕴藉了壮怀中的一缕乡愁,从而自然归到尾联,于依恋之中仍可感到万里鹏程的远思……

此前半个世纪,陈子昂同样去蜀远游,有《渡荆门》诗:

> 遥遥去巫峡,望望下章台。巴国山川尽,荆门烟雾开。城分苍野外,树断白云隈。今日狂歌客,

谁知入楚来。

二诗抒写少年心事,英气勃发,一脉相承,但较之子昂的朴质粗犷,太白因其逸气,更具有想象瑰奇、气象氤氲之感。尤应细味者,是本诗的对法,每一联的上下句都在意念上形成前后相承的关系,并用富于运动感的动词,将上下句勾连起来,使工整而平行的偶句中贯穿着一股奔流的气势。这就是所谓以气运律,以古入律,较子昂诗远为生动。这是二人的气质差别,也是初唐诗人与盛唐英逸才士的时代区分。

二、初游东南与回向江汉（725—727）

　　漫游,在唐代是一种引人注目的文化现象,增阅历、长见识固然是目的之一,但却并不如此简单。

　　首先我们会发现,从表面现象看来,漫游是与这样一种社会情状相矛盾的。在唐代,士人要想出人头地,必须先在长安、洛阳这西东两京显身扬名。最通常的途径自然是科举。十年寒窗,争取成为乡贡进士,一朝金榜题名,便获得了入仕进身的初阶。然而这条常途既窄且慢。能拔为乡贡进士的至少是千里挑一,有幸及第的几率又不足百分之一,而即使侥幸得中,也必须从芝麻绿豆的县尉、校书郎之类做起,慢慢地"循资格",往往平安熬到白首,也不过一袭青襟蓝衫。能这样爬楼梯般慢慢熬的,大多是安分守己者,安分守己就缺乏诗人气质,因此唐代科举名列前茅者,其大名虽然可从今存《登科记》中找到,但论诗名,几乎都不显不彰。所以狂狷之士,往往在一二次科场挫跌后,甚至及第后不就微职,或干脆不应试而另觅进身之阶。这便是漫游虽远离二京,却蔚为风气的原由。在盛唐,漫游大体可分为两类。

较切实而常见的一种是或北走幽燕辽海,或西出玉门阳关,寻找机缘,投身戎幕,建立寸勋尺功,为边帅推荐,超次拔擢。当时"武皇开边意未已",这种机会还是有的。高适、岑参即其例,盛唐时边塞诗的繁荣,盖由于此。不过这种"跳高"般的途径,对李白这样的狂之又狂者仍显得太慢太慢。

似风鹏般一飞冲天的希望还是有的,当时大唐天子认老子李耳做了祖宗,尤其崇信道教。开元前期便有两位有名的道士卢鸿、司马承祯先后奉诏入京,得获殊荣。一时间长安东南的终南山成了隐居访道、沽名待诏的最好所在,这便是司马承祯所说的"终南捷径"。然而由终南山径直走入金銮殿的幸运者几乎没有。因为那些其实与赴科举殊途同趣的平庸者恰恰不懂得他们的另一祖师庄子的一句名言"夫风之积也不厚，则其负大翼也无力"，而一贯以大鹏自比的李白看来是明白这个道理的。他初游不往长安而取道东南，固然是由于向来对东南山水的神往，但同时也是他实现一飞冲天的人生目标的一种迂回，一种准备。开元十三年（725）他出峡后一路迤逦来到湖北江陵，正巧遇上那位传奇式的道士司马承祯，作了一篇《大鹏逢希有鸟赋》（后改作《大鹏赋》），便透露了他的少年心事。他将承祯比作翼覆东王公、西王母，足踩天地中枢的希有鸟，希望它引领自己这只大鹏作周天之游。希有鸟是以道流为帝师者的象征，则李白所拟想的周天之游，也就是通江海于魏阙的"曲线求仕"。他甚至准备了又一篇酷肖司马相如的《大猎赋》，希望在明皇大猎时效相如故事献赋以一鸣惊人。尽管他天真的设计终于落空，然而以吴越为中心往复于皖、赣、湘、鄂的初度东南之游，却着实令他有了远过于入仕为官的收获。

他真切地体验了素所崇仰的游士兼游侠的风采,作为豪客,他"散金三十余万,有落魄公子,悉皆济之";而他为客死的同乡吴指南负骨千里、丐贷营葬的义举,更曾轰动一时。

他终于来到了心想已久的云梦,实地观察了相如"大夸"的古泽,对于《子虚》、《上林》赋的描绘,想必有了切实的感受。

他后来称此游曾"南穷苍梧,东涉溟海",虽容有夸张,然而洞庭波涛,鄱阳水势,匡庐秀色,淮南风月,则肯定已经初涉。然而对他今后的创作历程影响最著的还不是上述一切。吴越之游才是此行的重点所在。六朝故都金陵的繁华,引发了他对历代兴亡的初度沉思,吴越当代民歌的风韵,更给予他的创作以新的营养。最值得一书的是当地的青山绿水与人文遗迹。从他今存的许多诗章中,人们会感到,李白似乎已溶漾于这里澄净到透明的天光水色、山岚林霭之中,作为他一生创作最个性化的特征——那种对光明晶亮的事物的不懈追求,在蜀中虽时或有所表现,然而吴越山水对他视觉与心灵的强烈冲击,应当具有决定性的分量。在这种澄明清澈的氛围中,他不仅以赤子般的天真,醉心于吴儿越女的白皙无垢,更怀着虔诚的心意,追踪着南朝大诗人的行迹。请特别注意这一时期内他对谢灵运、谢朓——史称大谢小谢——这对叔侄诗人的敬礼与拟学。作为"选体"诗最杰出的前后期代表,二谢诗不仅以其才情,更以其体格,给予天才横溢的狂放诗人以一种影响深刻的规范。读李白诗,如果只注意鲍照七古的影响,只赏其天马行空,至多只读懂了一半;唯有了解以二谢为代表的五言"选体"诗潜移默化的规范作用,才能对这位谪仙人的创作有深刻的理解。

这次初游东南对于李白的人生设计,可以说是失败的,然而我们应当庆幸他的这一失败,因为他如果成功,中国历史上至多多了一位未必出色的"山中宰相";而正是这一失败,则反而造就了中国文学史上一颗名副其实的太白"金星"。人生就是这样说不透,历史也就是那般话不像。

秋 下 荆 门①

霜落荆门江树空,布帆无恙挂秋风②。

此行不为鲈鱼鲙③,自爱名山入剡中④。

① 本诗为开元十三年(725)出蜀后向吴越途中作,诗题唐写
   本题作"初下荆门"可证。荆门:山名,参上诗注①。

② 布帆无恙:东晋顾恺之在荆州为殷仲堪参军,曾因请假东
   还借仲堪布帆,至一地名破冢,遇大风帆破散。恺之致函
   仲堪称:"地名破冢,直破冢而出。行人安稳,布帆无恙。"
   事见《晋书·顾恺之传》,此化用之,着意于"无恙"二字。

③ 此行句:晋张翰,字季鹰,吴人,在洛阳为齐王幕僚,见秋风
   起,因思吴中菰菜、莼羹、鲈鱼鲙,曰"人生贵得适意尔,何
   能羁宦数千里以要名爵",遂买舟而返。后齐王事败,人称
   翰能"见机"。事见《世说新语·识鉴》,此化用之。

④ 剡(shàn)中:指郯县,故治在今浙江嵊州西南,自晋代以
   降高士多隐居于此。

李白出峡后，游于楚地江夏（今湖北汉口）、洞庭一带，至开元十三年秋复返荆门，买舟向东南而作本诗（用安旗教授说）。

本诗与前录《峨眉山月歌》异曲同工。《峨眉山月歌》连用五个地名指示出蜀行程；本诗则以荆门起，以剡中结，中间用"鲈鱼鲙"典而隐含"吴中"，从而显隐结合，指示了出峡后由楚经吴向越的路向，这是二诗相同处。

二诗不同处有三：心境不同，因而意象、笔法也不同。《峨眉山月歌》以山月映江、江水流月构成朦胧而又开远的诗歌意象，加以笔法上用五个地名的东西回互（参前讲评），有效地表现了辞别故土时神伤而又悲壮的心境。时隔一年，乡思渐淡，而豪情益为楚地风物所催发。因此，秋"霜"下而不觉其寒，唯觉"空"阔；"秋风"起而不觉其凉，唯觉布帆"挂"满，"空"、"挂"二动词，隐隐为当时诗人心境开朗、豪情鼓荡传神。也因此，本诗结构上也不用曲笔，而是一气任笔，跳荡之中，诗心似随江流浩浩东去。

　　一气任笔并非草率,而是所谓"鼓荡气势",所以俊快中仍富于思致。除上述"空"、"挂"用词传神外,用典精切与张弛得宜也颇可玩味,而这两者又是融为一体的。在荆门而用顾恺之荆州借帆事,可称就地取材,然而"无恙"二字弃其原意仅用字面义,这一变化运用,表现了少年诗人对于前程的饱满信心。因"挂秋风"又自然联想起张翰见秋风起辞官回家故事,而"不为"二字又翻用原典,在表明志趣的同时,隐含吴中地点。这样就使楚——吴——越的行程,表现为显——隐——显的节律。由于隐含需要玩味,所以中间一隐正为前后二显作一舒宕,全诗就不至于剽疾而一览无余了。这种笔法李白在三十年后所作的《早发白帝城》中有更纯熟的运用,可参看。

望 天 门 山①

天门中断楚江开②,碧水东流直北回③。
两岸青山相对出,孤帆一片日边来。

① 本诗当为初下东南时作,约当开元十三年(725)。天门山: 在安徽当涂西南,东博望,西梁山,二山夹长江对峙,似断裂,山阙处似门,故称。

② 楚江:此地古属楚,故云。

③ 直北回:江水流经东博望山后折向北流。

天门山地处吴头楚尾,过山阙,六朝故都金陵也就遥遥可指了。诗人出蜀以来,在江夏一带的游历,只是暂时的盘桓,而吴越的丽都仙乡,方是此行的主要目标,因此当他江行望见天门山这一通向吴地的最后一处重要天险时,其心情也就可想而知了。虽然他未明言是何种心情,但从诗中的意象、节律、境界中,读者完全可以感知。

前二句写山川形势:高山壁峙,断崖束水,大江东流至此激荡打个回旋,更向北奔流。在这种充溢着生命律动的气象之中,后二句又画出别一幅开远的景象:望中,两岸相对的青山渐行渐显,似乎从江天中跃"出"扑入诗人的眼帘,而日照之下一片风帆(应当是白帆吧)

正远远驶来。

古今不少注家大都以"日边"为长安，称末句孤帆是李白自比，因释本诗是长安失意后南来之作。孤立地看这一句，也可认为"公说公有理，婆说婆有理"，但从全诗的气象意脉中来看，此说全然不通。请再品味一下："天门"与"日边"，"碧水"与"青山"，所取的景物是宏阔的，明亮的。更请注意动词"中断"、"开"、"直北回"、"相对出"、"（日边）来"，都是劲健的，跃动的，点出了东南山水的生命活力。特别是三、四句，其实是运用了相对运动的原理。"远山"本是不动的，那一杆帆樯的移动，因其远，本来也是几乎感觉不到的，但因诗人的行舟顺流东下，那山也似乎跃出相迎，那帆更似乎在一片辉光中向诗人招手。所谓"两岸青山走来迎"的感觉，只有在极其开朗快乐的心境中方会产生，因此这诗一定是早年之作，一定是初度下吴越时作。至此，你还会认为"日边"是指长安，孤舟是李白自喻吗？

金陵城西楼月下吟①

金陵夜寂凉风发，独上高楼望吴越。

白云映水摇空城②，白露垂珠滴秋月③。

月下沉吟久不归，古来相接眼中稀④。

解道澄江净如练⑤，令人长忆谢玄晖⑥。

① 本诗为李白初下东南时作，约在开元十四年（726），时年二
十六岁。金陵：今江苏南京，为六朝故都。西楼：当即孙
楚楼，孙楚为南朝文人。

② 水：当指长江。空城：空是心理感觉。

③ 滴秋月：谓露珠在月光下垂滴。

④ 古来句：谓古来可相接遇者甚少。

⑤ 解道：能道得。解，能，懂。澄江净如练：南齐诗人谢朓
《晚登三山还望京邑》诗中名句。

⑥ 玄晖：谢朓字。谢朓为谢灵运侄，与灵运并称大谢、小谢，
为南朝有代表性的诗人。

　　秋夜登高，皓月下彻，水云相映，连垂滴的露珠儿也似珍珠般闪闪发光，金陵城的倒影在这恬美澄静的夜景中似乎随着云水烟光摇荡，使人产生一种空茫的感觉。本诗就是在这样一种似烟似梦的氤氲中蕴蘖而生的。于是诗人久久地沉吟不归，不禁生发思古之幽情。然而算来又有几人能与我相共鸣？唯有那写得出千载佳句"澄江净如练"的谢玄晖方是知音，这又怎能不使我久久地怀想。

　　这诗表现了李白诗的两个重要特征。

　　日人松浦友久教授曾指出，李白有一种对白色的、闪光的、亮色调的始终憧憬。诚是。需要补充的是这种憧憬都伴随着一种宽远甚至恢宏的气格，而在不同时期有不同表现。本诗是这种憧憬的前期代表。写景两句以云、水、露、珠、月等光晶的物象叠加，而以二"白"字并头重复强调眼底景物白色闪亮性质，体现了出蜀后未经挫跌的诗人澄明到毫无垢滓的心胸，而"空城"更是画龙点睛，不仅点出了这种心理体验，而且赋予整个景色以一种舒远开展的气质。别本有以"空城"作"秋城"、"秋光"者，当是浅人不解"空"字这种含义，以之作"空无"解而妄改。"空"在结构上也十分重要，由此而生下文跨越时空的幽思、目空古人的气概，因此"空"字移易不得。

"解道澄江净如练，令人长忆谢玄晖"是结句，而其意早已包含在前述写景二句中。诗人所以目空前修而唯推小谢，是因为他感到唯"澄江净如练"句，能得他望中所见江南美景的神髓。依一般作诗的经验，我们甚至有理由推想，诗人也许是见景后先想到谢朓这一名句，然后才作成此诗的。不管怎样，"我"之景语，与小谢景语，前后映发，是本诗构思上的极其成功之处。

李白如此推崇这句诗，这位前贤，是否体现了他创作中的又一种祈向呢？这可以从宋人黄庭坚的翻案文章中得到启发。庭坚有句"凭谁说与谢玄晖，休道澄江净如练"，这位宋调诗的巨擘，对谢朓颇不买账。在他看来，"澄江净如练"句，写得太实在了。这段公案反过来使我们悟到，李白这位以"奇"著称的大诗人，根基正在六朝以来以大、小谢为代表的"选体"诗。这是唐诗之奇与宋诗之奇重要的不同点。李白对小谢的推崇,决非偶然,今存李白诗中即有十数处写到小谢(也多次写到大谢)。《文选》作为李白学养的重要根底,贯穿其整个创作过程,只是中后期诗表现得较为隐微而已。

不过虽说得益于"选体",得益于小谢,李白仍是李白,是"世人皆欲杀"(杜甫语)的狂生李白。我们已见到"白云"二句之尤注重心理感受,这是李白不同于小谢处。我们还可再读一遍本诗,会发现"白云"二句后,本可直接"解道"二句,但这样写就不是李白了;是李白就会唱出"古来相接眼中稀"这类横放杰出的高调,这是他月下沉吟的个性感受。而在诗歌结构上,也因此而荡开一步,使气局顿觉恢宏。李白能超越"选体",宏扬唐音,关键在于这种气质。

长　干　行①

妾发初覆额②,折花门前剧③。郎骑竹马来④,绕床弄青梅⑤。同居长干里,两小无嫌猜。十四为君妇，羞颜未尝开。低头向暗壁⑥，千唤不一回。十五始展眉⑦，愿同尘与灰⑧。常存抱柱信⑨，岂上望夫台⑩。十六君远行，瞿塘滟滪堆⑪。五月不可触，猿声天上哀⑫。门前迟行迹⑬，一一生绿苔⑭。苔深不能扫，落叶秋风早。八月蝴蝶黄⑮，双飞西园草。感此伤妾心⑯，坐愁红颜老⑰。早晚下三巴⑱，预将书报家⑲。相迎不道远，直至长风沙⑳。

① 本诗当为初游东南作，约当开元十四年（726）。长干行：乐府《杂曲歌辞》旧题。长干是地名，在今江苏南京秦淮河之南，为一狭长山岗，吏民杂居，号长干里。《长干行》原为当地民歌，今存古辞一首。文人仿作之，多半是情歌。李白原作二首，这是第一首。

② 妾：古代妇女自我谦称，意谓自居于侍妾地位。初覆额：古时女子十五岁始挽发加簪。幼时不束发，初覆额，头发刚掩住前额，大抵似今之前刘海。指幼小时。

③ 剧：游戏。

④ 竹马：以竹竿当马，童戏。《后汉书·郭伋传》："有童儿数百，各骑竹马，道次迎拜。"可见其俗甚古。

⑤ 床：指井床，即井边围栏，一说指井上支辘轳的支架。床有支架之义，如笔床。弄：玩。

⑥ 向暗壁：向墙角暗处坐着。

⑦ 展眉：眉头舒展，指自在地笑。应上"未尝开"。

⑧ 愿同句：即同生共死之意。

⑨ 抱柱信：古代传说尾生与一女子相约在桥下相会，女子未至，大水忽来，尾生守约不离去，抱着桥柱被水淹死。见《庄子·盗跖篇》。这里用以表示常存互相信任、长相厮守的愿望。

⑩ 岂上句：传说一女子因思念离家已久的丈夫，天天上山候望，久而久之化为石头，仍保持原来望夫的形象。后人称此石为"望夫石"，此山为"望夫台"。这句说，从未想到会有分离相望的一天，引起下文。

⑪ 瞿塘句：指丈夫入蜀经商之路。瞿塘峡为三峡之一，在今重庆奉节境内。滟滪堆：瞿塘峡口的险滩，参下注。

⑫ 五月二句：承上设想丈夫行旅险苦。不可触，《太平寰宇记》载："滟滪堆，周回二十丈，在(夔)州西南二百步蜀江

中心瞿塘峡口……夏水涨，没数十丈。其状如马，舟人不敢进……谚曰：‘滟滪大如襆，瞿塘不可触；滟滪大如马，瞿塘不可下。’"猿声，《水经注·江水》载，三峡两岸群峰相连七百里，遮天蔽日，山上"常有高猿长啸。属引凄异，空谷传响，哀转久绝，故渔歌曰：‘巴东三峡巫峡长，猿鸣三声泪沾裳。’"因猿声居高临下而凄厉，故曰"天上哀"。

⑬ 迟行迹：望丈夫去时的行迹而等待。迟，等待。

⑭ 生绿苔：因去时已久，行踪处长出青苔。

⑮ 蝴蝶黄：旧说秋八月蝴蝶多黄色。

⑯ 此：指上述双蝶等景象。

⑰ 坐：因而。红颜老：青春容华变憔悴。

⑱ 早晚：什么时候。今语尚有"多早晚"。下三巴：由三巴顺流东下。三巴为巴郡、巴东、巴西的合称。这里泛指蜀中。

⑲ 书：书信。

⑳ 长风沙：又名长风夹。在今安徽安庆东五十里的江边。宋陆游《入蜀记》卷三载，从长干里到长风沙有七百里。长风沙又极湍险。这里是极言迎夫不辞遥远险苦。

读过汉乐府民歌《孔雀东南飞》（一名《古诗为焦仲

卿妻作》）的人，一定会马上悟到，本诗的句式"十四"、"十五"、"十六"，取于古辞；然而你再细细涵泳，又会味到，这诗的韵味与古辞不一。古辞写恋情虽婉委动人，却朴茂深永，本诗却写得旖旎细致，楚楚可念；古辞以叙事为主，夹以抒情，描写细密，本诗却以抒情带叙事，笔法疏朗。这是因为古辞是以叙事为主的汉乐府，虽经六朝人修饰，但古朴犹存。《长干行》是后起于江南的六朝乐府诗，风格以清丽胜，形式以抒情为主。李白援汉乐府句法入六朝乐府，并以他清新的气质调和而融为一体，是诗史上一首复古通变的杰构。从《长干行》今存诗篇看，六朝以来都为四句的短篇或联章组诗，李白则衍而为长篇，这也是复古通变在诗体形式上的创新。

《唐宋诗醇》评本诗曰："儿女子情事，直从胸臆中流出，萦回曲折，一往情深。"此评其实只说对了一半。从诵读的感觉体味，本诗确如此；细细味之，却会发现极具匠心。

诗以女主人公的自白来抒写，以回忆为主，"常存抱柱信"二句是关锁。这之前回忆青梅竹马的童年时期到"为君妇"的感情萌生、发展、结果的过程；以下至结末写丈夫经商入蜀后的思念与企盼。这二句的笔法跳脱，借"尾生抱柱"与"望夫台"两个民间传说性的典故，上句为回忆作结，下句为思夫启端，而"常存"、"岂上"两个词组又将二层意思勾连为一个整体，并自然地由乐入悲，形成强烈的对比，是转接的范例。

心理描写的细腻是全诗的又一特色，但是前后两半的表现手法却绝不相同。上半部分全用白描。古人称赋法，如"低头向暗壁，千唤不一回"，写新妇形态以见其心理，细致入微，非深于体察者不能为。下半部分多用兴法。写担心丈夫旅途安危，以三峡之险来表现；写望夫缠绵，则用绿苔、秋风、飞蝶来影借。其中"苔深不能扫，落叶秋风早"二句用景色来表现由夏入秋，以见相思之长，是下半部分两个层次间的转接，笔法又与"常存"两句不同。结末变借景抒情为遥向夫君直接倾诉，又转入赋法，"相迎不道远，直至长风沙"，将盼归的急切，对夫君的挚爱，表现得淋漓尽致，是采用六朝民歌表现手法的范例。

本诗的音调旖旎而浏亮，韵脚的变化与心理的变化极其切合，有志深研的读者，不妨将女主人公的心理变化层次与诗的韵脚逐一排比出来，再细细对应着讽诵，这将会使你研读古典诗歌的能力大有提高。

乌　栖　曲①

姑苏台上乌栖时②，吴王宫里醉西施③。吴歌楚舞欢未毕，青山欲衔半边日④。银箭金壶漏水多⑤，起看秋月坠江波，东方渐高奈晓何⑥！

① 本诗当为开元中游吴地时作，说见讲评。乌栖曲：乐府《清商曲辞·西曲歌》旧题，西曲本是江汉一带民歌曲，与吴声歌曲相接近。

② 姑苏台：故址在今苏州西南姑苏山上。春秋时吴王夫差所建，三年始成，横亘五里，其中别建春宵宫，为夫差与西施作长夜之欢所在。乌栖时：黄昏。

③ 西施：夫差平越，越王勾践卧薪尝胆以图复国，同时献浣纱美女西施于夫差为妃，销蚀其志。吴遂为越所灭。

④ 吴歌二句：《楚辞·招魂》："吴歈蔡讴。"歈、讴皆歌，蔡属楚地。梁萧子显《乌栖曲》："芳树归飞聚俦匹，犹有残光半山日。"

⑤ 银箭金壶：古时计时器滴漏，以漏壶盛水或沙，中插标有刻度的箭状物，水（沙）下漏，箭上刻度渐显，时辰乃明。银箭金壶指宫中滴漏之精美。陈朝江总《杂曲》："虬水银箭莫相催。"

⑥ 东方句：东方渐高，指朝日渐明，高通皜（hào），白色。奈晓何，奈何天色已晓。汉乐府《有所思》："东方须臾高知之。"

李白同时人殷璠编成于天宝十二载的《河岳英灵集》收入本诗，又晚唐孟棨《本事诗》记李白入长安，贺知章见其《乌栖曲》，惊叹"此诗可以泣鬼神矣"（一说为《乌夜啼》，但李白《乌夜啼》诗为艳体，绝不可能令人有"泣鬼神"之感）。李白两次入长安，前为开元十八年，后为天宝三载。此诗怀古，一般以初临其地感兴而作为多，故以初入长安前游东南作为近是。至于旧注或以为是天宝中刺明皇宠杨妃作,与以上书证时间不合,是见怀古、宫怨诗必与现实政治相联系之陋见所至,不足为训。其实李白集中吴越怀古诗甚多,如:

> 旧苑荒台杨柳新,菱歌清唱不胜春。只今惟有西江月,曾照吴王宫里人。(《苏台览古》)

> 越王勾践破吴归,义士还家尽锦衣。宫女如花满春殿,只今唯有鹧鸪飞。(《越中览古》)

二诗题相近,体相同,前者咏吴王夫差事,后者怀越王勾践事。对看可见纯为游踪所至,即地怀古,抒沧桑兴亡之感,而非为寄托讽时,否则咏勾践一首无法解释。因此二诗均当为初游东南之作,连类可知上述对《乌栖曲》作时的推断当大抵不差。唯以诗体不同,笔法亦不同,对读之颇可益知增趣。

《苏台览古》、《越中览古》为七绝,体制短小,风格主于婉转含思,故主要用兴法。又二诗均对照见意。前一首通体对比,首句以"杨柳新"反衬"旧苑荒台",是总领;以下三句,以"菱歌清唱不胜春"之恒常生活美景,反衬江月照吴宫之荒凉寂寥，从而伸足首句之意。"越中"一首，前三句虽用赋法，但重点在最后一句的兴法。前三句分二层意极言胜利者当时的热闹，末句骤然反跌，"只今唯有鹧鸪飞"之荒芜，正反衬出当年之大胜，亦仅过眼云烟而已。有趣的是二诗均有"只今惟有"四字，但位置有异，一在第三句，一在第四句，遂使两诗顿有婉伤与冷隽之别，应当细玩。

《乌栖曲》不同于以上二诗，为七言乐府体，体制自由（此为七句），传统上以赋法为主，间参比兴，风格主于切近流宕。李白本诗正循其体势而有所新变。

全诗赋写吴王夫差与西施通宵达旦之宴乐。七句用三韵。前二句一韵，除点明地点、人物外，尤要注意"乌栖时"的一语双关。这三字不仅切乐府曲名"乌栖曲"，也提示了宴乐开始的时间为黄昏。三、四句为一韵，写长夜之"欢未毕"，已经山衔半日，则已是破晓时分了。五至七句为一韵，写时光流逝，秋月坠江，旭日渐白，天已大明。

看来全诗尽用赋法，不着一丝议论，然而细味之则会感到赋中含兴,而无议论处尽是议论。试想:黄昏已然"醉西施",可见君王纵欲,急不可耐;欢未毕而山衔日,可见极欲贪欢而长夜苦短;"银箭金壶漏水多,起看秋月坠江波"二句是神来之笔,本来"青山"句后可直接"东方"句,今插入此二句且变叙事为事中兼景,使词气作一舒宕,从而逼出全诗重心所在之末句"东方渐高奈晓何"。拂晓是早朝时分,然而因为"欢未毕",这位君王仍恋恋而不忍即去,直捱到晓月坠江,日高天明,才万般不愿意地"起看"天色,长叹一声:"天明了,真是没有办法!"而我们从中却悟到了盛极一时的吴国,何以会如此迅速地败亡的道理。这就是"赋中含兴"。

　　包括七言乐府在内的七言古诗尤其讲究用韵与节奏,本诗七句三节,不仅平仄相间,且择韵颇见匠心。前二句平声齿音音质细长,与开宴时的舒适气氛相应。"吴歌"二句换入声韵,急促的音节见出人物长夜苦短的心情。最后一节又换平声,更变二句为三句,遂在曼长的音声形象中说尽了君王依恋而又"无奈"的意态。这些是要细细玩味的。

《乌栖曲》是南朝乐府，向来讲究藻词韵致，本诗自然要顺其体势，故亦多丽辞，也数处化用六朝成句（参注）；然而李白又济以古乐府的排宕劲健之气。使词造句，由繁丽而变为清丽；布局结构，三个韵节各成画面，却似断而续，张弛相济，短长相节。从而以短小的篇幅，在青山衔日、日起月坠的恢远背景中，隐括一代史事，发抒千古兴亡之感。较之前录《白头吟》，其笔力显然老成多了。开元中京师宫廷流行的歌诗大抵为六朝遗风，宜乎贺知章一见此诗要惊叹"可以泣鬼神"了。

金陵酒肆留别①

风吹柳花满店香②，吴姬压酒劝客尝③。

金陵子弟来相送，欲行不行各尽觞④。

请君试问东流水，别意与之谁短长。

① 本诗当作于开元十四年（726）春，时李白由金陵向广陵。金陵：今江苏南京。广陵即今江苏扬州。

② 柳花：即柳絮。

③ 吴姬：吴地美女。金陵属吴，姬，此指酒店侍女。压酒：榨
　　酒。唐时无烧酒，以粮食酿制后取酒酿上糟床压榨取汁即
　　为酒。

④ 觞：大酒杯。

　　好诗往往有不可言究者，说不清那句好，或者整篇
好在哪里，但读来却味之不尽。本诗即一例。有人称赏
"请君"二句之比喻新奇，但这绝非李白首创，远的不
说，梁代范云的"沧流未可源，高帆去何已"（《之零陵郡
次新亭》），阴铿的"大江一浩荡，离悲是几重"（《晚出
新亭》）均已先其着鞭。又有人称起二句佳，尤其是"压
酒"的"压"字。其实，压榨取酒汁为古法，后人看来新
奇而已，以"压酒"入诗文，可举出很多来。说不出好在
何处，但既要评析，就不能不说。我说这诗的好处就在
于"自在"二字，而"自在"便是吴越民歌的精髓。李白
正以其赤子之心得此精髓。"欲行不行各尽觞"，是人
人可能身历的情景，作意去描摹，肯定写不好，就这样直

说,便写尽了相对无言只将离酒猛干的离别人心肠。这一句是主题。写活了这一句,前后通盘皆活,虽然都是平常的句子,但平常就好,即时即地的风光,顺手拈来,以直白白的民歌风道出,于是暮春三月吴地的媚丽景色,襟带金陵的大江流水,都似乎为行人挽留,牵动了他的心。

诗不能不"做",却不能太做;把"沧流未可源"翻成"别意与之谁短长",用"压"字,不用"榨"字,在取象、调声上都有此作用,也加重了民歌风,但做到这一步就行了,再多,便会损害了"欲行不行各尽觞"的自然真切。

越 女 词 五 首①

长干吴儿女②,眉目艳星月。

屐上足如霜③,不著鸦头袜④。

---

① 组诗五首,安旗教授系于开元十四年(726)李白初游东南,

由吴向越时,年二十六岁。可从。

② 长干:长干里,在南京城南,参《长干行》注①。吴儿女:吴
　　中的女孩。儿在古时兼指男女。

③ 屐:木拖鞋。

④ 鸦头袜:又称叉头袜,拇趾与其他四趾分开的布袜,便于穿
　　木屐。

　　吴儿多白皙,好为荡舟剧①。

　　卖眼掷春心②,折花调行客③。

① 荡舟剧:划船作戏。

② 卖眼:丢媚眼。掷春心:示好之意。春心,情窦初开之心。

③ 调:调笑。

　　耶溪采莲女①,见客棹歌回②。

　　笑入荷花去,佯羞不出来。

① 耶溪:若耶溪,在今浙江绍兴南。

② 棹歌:划船而歌。棹,船桨。

東陽素足女^①,會稽素舸郎^②。

相看月未墮^③,白地斷肝腸^④。

① 东阳:今浙江东阳。

② 会稽:今浙江绍兴。与东阳相近,有浦阳江相通。

③ 月未堕:月堕,狎语,喻女子堕入情网。月未堕,反用而
双关。

④ 白地:平白地。断肝肠:此为痴迷状。

鏡湖水如月^①,耶溪女勝雪。

新妝蕩新波,光景兩奇絶^②。

① 镜湖:在绍兴南,耶溪北流于镜湖。

② 景:通影。

　　五诗所及地域,北起江苏南京旁的长干,南到浙江金

华旁的东阳,地跨吴越,而一气相通,可知是下东南时一路水行据见闻而作。总称《越女词》,五诗均是仿当时越地民歌而作,而《越女词》亦颇疑为当时民歌曲调(详后)。

五诗给人的总体印象是一种新鲜感、惊喜感。这当然就是诗人当时的感觉。以吴越清澈无垢的水色波光为背景,吴越女儿的白皙天真,以一种光亮鲜活到玲珑剔透的印象冲击着诗人的视觉,于是整组诗歌都以白色意象组成而似乎散溢着一种朴拙的亮色调。笔者认为,李白诗歌中一以贯之的那种对明亮感觉的追求,与他初游东南时,吴越风光的这种熏染有关,这一组诗与前录《金陵城楼月下吟》诗,可以为证。笔者认定是初游东南作,既因为这种新鲜感、惊喜感,一般都是初历其境时方会产生(重游、数游,也就熟视无睹了);更由于风光给人的印象与当时心境有关,光亮无垢的风光须得开朗无忧的心地来领受,而这种心境,在李白数次东南行中,也唯有初游时方吻合。

五诗的作法深得南国民歌脉理,或集中一点描写,如第一首,集笔力于吴女木屐上的如霜白足;或摘取一个片断场景，如二至五首。我们有理由相信这本来就是一组诗，这种组织结构也是依据之一。第一首作静态人物描写，似总领；后四首作动态的情节性描写，似分镜头。笔者也因此不认为《越女词》的题目是后人集五诗后而妄加的。

五诗风神摇曳而大胆泼辣，的确是越风。《李诗辨疑》曾批评曰"辞气粗鄙"，"皆鄙人之语"，而认为"俱非白作"。按民歌体贵在写出一方风土人情，传达当地声腔词气。越俗文明发展较吴中滞后，在男女关系上自古以来较吴地开放，周汉以降，吴一直为华夏正统，而越则为"百越文身"的蛮荒之地，与闽粤相等列。因此两地民歌清新自然虽同，而风调辞气不一。吴歌虽天真质朴但较雅驯，如同时代崔国辅《小长干曲》："月暗送潮风，相寻路不通。菱歌唱不彻，知在此塘中。"若与本题五诗比较讽诵，其声调词气之含与露，隽与野，显然是不同的。《李诗辨疑》又以长干非越地而证其杂凑伪作。其实不知《越女词》之题，由声腔来而非严格以所及地界分。这与李白《子夜吴歌》写"长安一片月"是同一道理。因此,切莫以"好为荡舟剧","折花调行客"为放荡,为俚下;以"笑入荷花中,佯羞不出来"为矫作,为村俗。这不仅因为诗写的是越俗,更因为在组诗的总体气氛中可以品味到赤子之心的李白,恰恰因为赏其天真,故以村朴语写其村朴态,即所谓"一任真率,妙画入神"。应时《李诗纬》以"变风"目之,甚中肯綮。

虽然天真,但本诗的语言仍经过锤炼,甚至有来历。梁武帝《子夜歌》"卖眼拂春袖,含笑留上客",是本诗"卖眼"所本。谢灵运《东阳溪中赠答》:"可怜谁家妇,缘流洗素足。明月在云间,迢迢不可得";"可怜谁家郎,缘流乘素舸,但问情若何,月就云中坠"。组诗其四"相看月未堕"即反用其意。也因此可知,此类均南朝以来越地俗语,而诗人用之由来有自。

夜泊牛渚怀古①

牛渚西江夜②,青天无片云。
登舟望秋月,空忆谢将军③。

余亦能高咏④，斯人不可闻⑤。

明朝挂帆去，枫叶落纷纷⑥。

① 李白于入长安前（开元十五年前后），为翰林院供奉后（天宝三载），以及晚年流夜郎遇赦东归后，都曾往江东，可能途出牛渚。郁贤皓教授《李白诗选》据第七句一本作"明朝洞庭去"，而系本诗于开元十五年溯江往洞庭云梦之时，可备一说。本诗原本题下有注："此处即谢尚闻袁宏《咏史》处。"按《晋书·文苑传》记，袁宏字彦伯，有才美，少时孤贫，以运租为生。曾作《咏史》诗，寄托情怀。当时谢尚镇守牛渚，秋夜与左右泛舟江上，恰闻袁宏在舟中吟讽《咏史》，心异之，便邀请袁宏上自己的船，与他谈论通宵。袁宏由此声名大振，后官至东阳太守。牛渚，矶名，在今安徽当涂北江边牛渚山下，与采石矶相邻。

② 西江：古称由江西到江苏南京的长江水流为西江，牛渚正在西江中。

③ 空：白白地。谢将军：谢尚镇牛渚时官左卫将军。

④ 高咏：高声朗诵。

⑤ 斯人：指谢尚。句意为再也没有谢尚这样的尚贤之人。

⑥ 明朝二句：暗用《楚辞·招魂》"湛湛江水兮上有枫,目极
千里兮伤春心"句意。挂帆,张帆。

清王士禛《带经堂诗话》评云："或问'不著一字,尽
得风流'(《二十四诗品》语)之说,答曰: 太白诗'牛渚
西江夜……枫叶落纷纷',诗至此,色相俱空,正如'羚
羊挂角,无迹可求'(宋严羽《沧浪诗话》语),画家所谓
'逸品'是也。"这段话的意思是说本诗写得自然超妙,
言外有不尽意韵。确实,李白诗本以自然著称,而本诗
尤其不见针痕线痕,这首先因为它发兴于一种极其自然
的氛围之中。袁宏牛渚月夜江上遇知于谢尚,而李白途
出牛渚时,也正逢月白江清。"江上何人初见月,江月
何年初照人。人生代代无穷已,江月年年只相似"(张
若虚《春江花月夜》),这千古似一的江月,联系了前后
四百年的才子之心。于是诗人起笔便先渲染出一派澄
明无垢泽的清景,在那深湛无片云的夜空,那空里流霜
般的月华中,仿佛自然而然浮现出当年袁宏遇谢尚依稀
情状。"余亦能高咏"句,"亦"字由古及今,由彼及我。

然而千古胜事可遇而不可求，"斯人"已矣，随着那江流逝去，所余下的只是"余"之不可知的前程，就好像楚江畔那纷纷飘飞的落枫。末句暗用《楚辞·招魂》语，隐含"目极千里兮伤客心"之意——在言词之外，江天月华之中……

与这种极自然的感兴相应，本诗在格律上也化去町畦，声调全合五律而通篇不用对偶，故读来有行云流水、一气旋折之感，极有效地传达出清江月夜的意韵。这种体格在李白蜀中诗中未曾发现，然而前此襄阳孟浩然《舟中晚望》用此体，中唐后皎然等吴中诗人也多有此类作品。前后联系以观之，可知这是以轻清飘逸为主的南方诗人在格律上的一种创获，而李白本诗也应说是东南之游在诗律上的一种收获吧。

入彭蠡经松门观石镜缅怀
谢康乐题诗书游览之志①

谢公之彭蠡，因此游松门。余方窥石镜，

兼得穷江源②。将欲继风雅，岂徒清心魂③？
前赏逾所见，后来道空存④。况属临泛美，而无
洲渚喧⑤。漾水向东去，漳流直南奔。空濛三
川夕，回合千里昏⑥。青桂隐遥月，绿枫鸣愁
猿。水碧或可采，金精秘莫论⑦。吾将学仙去，
冀与琴高言⑧。

① 安旗教授以此诗与李白晚年愤懑心情接近而系于上元元
　年，细按诗旨与作法，非是。本诗当为初游东南后西行至
　彭蠡湖，忆谢灵运《入彭蠡湖口》诗有感而作，故系于上诗
　后，说见讲评。彭蠡：又称彭泽，即鄱阳湖，在江州浔阳县
　（今江西九江）东南五十二里处。松门、石镜：均谢诗所及
　游览处。参注②。谢康乐：谢灵运袭封康乐公，也称谢
　康乐。

② 谢公四句：谢原诗有句"攀崖照石镜，牵叶入松门"，四句
　即此以述自己行程。松门，山名，在彭蠡湖中三百三十里
　处，东西四十里，青松夹岸。石镜，亦山名，在浔阳城旁，庐
　山之东，山有圆石明净可鉴，故称。江源，原意为江水发源

处，按汉郑玄说三江："江水发源蜀地，最居上流；下至湖广，汉江之水自北来会之；又下至江西，则彭蠡之水自南来会之。三水合流而东，以入于海……"李白或以彭蠡之水为江水之南源，而以江源称彭蠡湖口。

③ 将欲二句：谓此游不唯为揽胜清怀，更为瞻仰谢公而踵武前贤。风雅，《诗经》中国风与大小雅的合称，后用以指代能继承前修的诗章与中国古典诗歌传统。清心魂，以游览清心涤怀。

④ 前赏二句：伸足上二句之意，参讲评。

⑤ 况属二句：收束前文。况属，何况正当。临泛美，登山泛水之美。洲渚，江上小岛，洲大渚小。

⑥ 漾水四句：写彭蠡水势。漾水源出蜀中，向东南流为沔水，又为汉水，至今九江汇合江水而汇为彭蠡。漳流，即漳水，源出今湖北襄阳南漳，东南流，合沮水入大江。三川，即三江，古书云"三江既入"，会于今九江一带，具体说法不一，参注②。按谢灵运原诗云"洲岛骤回合，圻岸屡崩奔"，又云"三江事多往，九派理空存"，本诗此四句由谢诗四句化出。

⑦ 青桂四句：写远望所见所闻所想。按谢灵运原诗云"乘月

听哀狖(猿),浥露馥芳荪,春晚绿野秀,岩高白云屯",李诗"青桂"二句,争胜谢诗此四句;谢诗又云"金膏灭明光,水碧缀流温",李诗"水碧"二句由此化出。水碧,水玉,或谓即水晶。金精,即谢诗之"金膏",提炼黄金之精华而成的仙药。

⑧ 吾将二句:结出学仙之想。冀,企望。琴高,战国赵人,高姓,擅琴,因称琴高,浮游河北一带二百余年成仙,能乘赤鲤来去水中。

　　读本诗,先要弄懂诗题。"入彭蠡,经松门,观石镜,缅怀谢康乐题诗"为一个层次。其中又分二节,前九字为一节,述作诗起因;"缅怀谢康乐题诗"又一节,是说因游而"缅怀",故"缅怀"是本诗第一个重点。"书游览之志"是又一层次,其中"志"是主词,故述志是本诗第二个重点。要之,"游览"是红线,因"缅怀"而"述志"是重点,诗歌本文即依次展开。

　　起笔"谢公"四句写诗人此游行程,妙在化用大谢原诗"攀崖照石镜,牵叶入松门"二句。而以"谢公"与

"余"，"松门"与"石镜"互文见义，非常省净地述明自己此游与谢公当年行程正相同，既切题面前九字，又为"缅怀"作铺垫。

"将欲"六句，正写"缅怀"，切题面次七字。前二句言此行非徒为游览以清心散怀，更重要的是想步踪谢公题诗之"风雅"传统；"前赏"二句更承上感叹，谓前贤谢公所赏之遗迹固然尚或可见，而"后来"者如"余"，则只能深叹行道虽依然而在，但道上空空然，谁以为继？这四句的句序很有讲究。"岂徒"、"将欲"是关联词，但诗人倒置之，从而先有效地突出了"继风雅"的重点；然后以"前赏"、"后来"呼应"谢公"与"余"，以"迹可见"、"道空存"对照见义，从而可知"道"字语含双关：既指实见之山道（路），又隐喻谢公所秉"风雅"之道。而"空"字更画龙点睛，营造起一种山行道上唯"余"与"谢公"古今遥应的时空感，暗示谢公以降，四百年来，风雅之道已几乎失坠，而有志追迹前修者，唯"余"一人而已。这种"空"的意境，更引起下文"况属临泛美，而无洲渚喧"二句的静景，从而使"缅怀"之思渟蕴于一片空静悠远的境界之中,既为诗题第一层次作收束,又为下文的重新提起蓄势。故"况属"二句又是前后两大层次的转关。

由空静之境放眼望去,进入第二层次"书游览之志"。

"漾水"四句应前"兼得穷江源",写彭蠡、浔阳一带水势。按彭蠡之水为古所谓九江之一,其湖口相接浔阳江口,故诗人所游之彭蠡湖口,正是古书所说"三江既入"、"九江孔殷"的众水交汇处。所谓"三江"、"九江",秦汉以来已众说不一,谢灵运原诗就慨叹"三江事多往,九派理空存"。现在诗人放眼望去,唯见西来的漾水滚滚向东流去,北下的漳江一股劲儿南奔,浔阳城下,江、汉与彭蠡之水三川交激汇流,夕阳返照下,水气空濛,与漾、漳等水回环合沓,于是水天千里,浩浩无际。而透过空濛水气,远山的青桂丛里,月儿渐渐升起;绿枫林中,传来猿狖的鸣啼。"隐遥月"的"隐"字、"遥"字,"鸣愁猿"的"愁"字,都与前文水气空濛相应,营构起一种恍惚迷离的境界。至此,诗人终于明白了,谢公原诗收尾"金膏灭明光，水碧缀流温，徒作千里曲，弦绝念弥敦"四句之感喟所以会产生的情境：因为对此，他也感到"或可采"，"秘莫论"；然而好在我正当学仙东去之时，希望到时能与仙人琴高讨论一下这个问题吧！

从以上疏解中首先可以看到李白对前辈诗人谢灵运的极其崇敬。"将欲继风雅"，而与古人空山独对，冀承其道，是本诗的核心。这种崇敬可分成两个阶次。

第一阶次是学谢。就诗体看，这是首典型的以谢灵运、谢朓为杰出代表的"选体"诗（《文选》体诗）。全诗二十句除起、结各二句用散句外，全用工整的对仗，极见功夫。就结构观，以"况属"二句为转关将游览分作二层，形成游——情——游——情的诗歌脉络，这正是谢灵运山水诗最典型的格局。再就意象考察，如前析，多化用谢诗原句。最后从用韵比较，二诗竟用同一韵部。这种刻意仿学，正是崇敬心理的表现。

第二阶次是角谢，正如李白既十分崇拜其乡贤汉人司马相如，而又希望"作赋凌相如"一样，他尊崇大谢，却不亦步亦趋。一般而言，尤重主观抒情的李白诗，写景不以精丽取胜，但本诗却极其用心。大谢原诗名句："洲岛骤回合，圻岸屡崩奔。乘月听哀狖，浥露馥芳荪。春晚绿野秀，岩高白云屯"，写江晚景色入神。李白"漾水向东去，漳流直南奔。空濛三川夕，回合千里昏。青桂隐遥月，绿枫鸣愁猿"，可以感到与谢诗神似，然而不仅自铸新境，而且层次更丰富，境象更开阔：由动到静，由夕至夜，以至"青桂"、"绿枫"二句的夜景，似乎是从那九江合沓的水气中蕴生出来一般。同样可玩味的是起首四句，虽化用谢诗，但析谢诗"石镜"、"松门"二句为四句，以"谢"与"余"互文见义，笔致较大谢来得省净、疏朗，而有跳荡感，最能见出李白尽管学谢而不失故我。

至此，我们可以对本诗的作年作出合理的推断了。本诗的主旨是学谢而且角谢，而不是什么抒愤刺世。因此全诗中的景色是从"况属临泛美，而无洲渚喧"的静境中生发出来的，"漾水"以下六句，虽写到三江交汇的水势，但整个意境是空濛清旷的，而不是什么对混乱时世的影射。甚至学仙也非此诗的要旨，而是顺大谢原诗关于"水碧"、"金膏"的说法而生的一种即兴式的不无俏皮之感的联想。这一轻快的结尾与起首的跳荡笔触，正有以见当时李白心境之轻松开朗。不过"吾将学仙去"倒是真的，李白多次求仙，哪一次是轻松的呢？只有初下东南一次。因此系本诗于此期。

望庐山瀑布水①

日照香炉生紫烟②，遥看瀑布挂前川。

飞流直下三千尺，疑是银河落九天③。

① 本诗詹锳教授据任华《杂言记李白诗》有关内容考定为开元十四年(726)作，时李白年二十六。可从。原题二首，其一为五古体，此为其二。庐山：在今江西九江南，本名鄡山。传说周武王时孝子匡俗兄弟七人结庐于此，因称匡山、庐山。

② 日照句：香炉为庐山西北高峰名，晋慧远《庐山记》称其"孤峰秀起，游气笼其上则氤氲若香烟"。

③ 九天：古称天有九重，称九重天、九天。

宋人刘辰翁称本诗"以为银河，犹未免俗耳"。然而如果细究物理、诗理，则知刘说不明就里。

生活中，你如果注意一下便会发现，烟云之气在日照下，除了旭日东升与夕阳返照时，一般都是青白色的。烟云呈红紫，一定有大量水气，是光线透过水气的作用。本诗首句所云，即为此种物理现象（按日出日落时的红色，也是由于海气的缘故，万物也因此染红）。

虽说香炉峰顶游气氤氲见诸记载，但日照下，峰顶紫烟蒸腾似天界仙境般的壮美景象仍引起了诗人的注意。本诗先从"紫烟"起笔，而第二句以"遥看"补出"望"字，正生动地传达了诗人当时那种惊诧与叹美的感受，也使那悬垂而下的瀑布一开始就被赋予一种神奇的色调。

如果你有类似的旅游经验，则必知道，瀑布在远望时，其上端是好像布帘悬垂般不动的。因此相对而言，前二句绘出了一幅看似静态的烟云缭绕的山水图，而

"遥"字、"挂"字正为之传神。"飞流直下三千尺"，是悬瀑冲激至山下而近前的动态景象。此时流沫飞溅，水声如雷，诗人也似乎从近于静态的入神遥望中被唤回，于是他惊呼道"疑是银河落九天"。可见"银河落九天"是比，却非一般的比喻，它是由起笔时"日照香炉生紫烟"的奇幻入神的氤氲中蕴生而来的惊叹，"九天"早已伏脉于首句，而那个"疑"字更是空间传神，将首尾联成了一体。

太白诗写景看似疏放，其实每于醒快之中传神毫端，对比本题第一首中"海风吹不断，江月照还空"，可见同一事物，昼夜之间，观察写法绝不雷同。晚唐徐凝写瀑布云"千古犹疑白练飞，一条界破青山色"，苏东坡以之对照李白本诗而称之为"恶诗"。"恶诗"之贬，虽或太过，但前者放而传神与后者工而板滞的区别，还是明显可见的。

三、酒隐安陆与初入长安(727—740)

当李白饱览吴越山水后，买舟经淮南向云梦，企望实地观察"乡人相如大夸云梦之事"时，他的境况已不仅不复年前"豪客"般的排场，更已是阮囊羞涩，贫病交迫了。"功业莫从就，岁光屡奔迫；良图俄弃捐，衰疾乃绵剧"(《淮南卧病抒怀》)，天真的诗人也不禁有了切实的危机感。然而"天无绝人之路"，高宗朝故相许圉师，在安州(今湖北安陆)为孙女招婿，于是在开元十五年(727)秋冬，李白吉人天相而入赘许府，开始了他自称为"酒隐安陆"的新一页生活。

请充分注意这一时间——开元十五年。这一在常人心目中普普通通的年份，于唐诗史则举足轻重。"开元十五年后,声律风骨始备矣",唐人殷璠《河岳英灵集序》恰恰以此年作为真正的唐诗风格成熟的标志点。确实,以这一年为中心的前后约十数年时间里,由于科举制向寒门才士真正有所开放,后来被认为最有代表性的盛唐诗人如王维、储光羲、崔国辅、綦毋潜、常建、王昌龄、崔颢、刘慎虚、祖咏、陶翰均进士及第而在长安诗坛登场,当然还有高才黜落者如孟浩然、高适、王之涣、李颀等等,也都于此期出入两京,初度亮相。于是,南来北往的松散的才士型文人群,逐渐取代了初唐密集的侍从型的宫廷词臣群,成为诗坛的主角,而风流天子唐明皇所说的"英特越逸之气"也代替了词臣们的雍容典雅,成为盛唐诗的主旋律。才俊之士们既为此时方形成却前所未有的开元盛世的宏大气象所鼓舞,更为似乎举手可及的致身青云的希望所催动,于是一路高唱,即有挫跌,也在所不辞。因为他们其实看不到,也正是在开元十五年前后,盛唐气象背后缕缕暗云已悄然升起;致成三十年之后安史之乱的种种社会矛盾:诸如奢靡之风渐开、宦官专权、聚敛严酷、开边无度,以及旧士族对新进进士群的排斥等等迹象，已经萌生。也许他们不可能看到就在这几年玄宗已是"力士当值，吾寝即安"；然而开元十三年玄宗东封泰山，"供具之物，数百里不绝"的极尽铺张；开元十五年，又是这位明皇帝不听丞相张说疏谏，而谋之于志大才疏的王君㚟，对吐蕃大肆兵威，杀戮无度，而不久即遭致耻辱性的大败，君㚟被杀——对于这些明明白白的大事件，他们不会不知。可是我们只要看一看当时的才士们多数从未到过边塞，也几乎人人高歌《从军行》；从未一窥宫禁，也依然大家低吟"宫中行乐词"，就会明白，他们其实是把这一切都视为宏盛气象的反映，即有不安，也只似碧波之上飘过的一抹云影。自然，他们也不会清醒地意识到，开元十八年，时相裴光庭已在全面推行一项对他们影响至巨的政策"循资格"，亦即论资排辈，毋得逾等，实际上已将刚刚为他们打开的并不宽敞的超迁之路，重新紧紧关闭。他们过于天真而血性，而李白正是这一群中尤其天真血性的第一人。

虽然故相之家并不豪富，但从今存不多的诗篇与记载中,我们看到李白入赘后不仅有了一位才德兼备的夫人,还有了一处清幽宜人的读书之地。然而所谓"酒隐安陆",在他是根本隐不住的。他早已将不久前的贫病交迫的阴影一挥而去,在婚后不久就又高唱起他自谱的"大人先生歌"来。他自写形相为"天为容,道为貌,不屈己,不干人:巢(父)(许)由以来,一人而已"。虽然山林养人,使他"童颜益春,真气愈茂",以至自觉膨胀到"将欲倚剑天外,挂弓扶桑",然而他已不甘于再在山中"餐君紫霞,荫君青松",而决定要"卷其丹书,匣其瑶琴,申管晏之谈,谋帝王之术,奋其智能,愿为辅弼,使寰区大定,海县清一";而一旦"事君之道成,荣亲之义毕,然后与陶朱(范蠡)留侯(张良),浮五湖,戏沧洲,不足为难矣"(《代寿山答孟少府移文书》)。于是在江汉一带做了些再度游说的"热身运动"后,开元十八年春夏,也就是"循资格"令推行不久,"庸碌沉滞者皆喜"而"才俊之士,莫不怨嗟"之时,李白以三十——而立之年,昂然西向,初入长安,开始了他自称的"历抵卿相"的活动。

不知是否自以为与道门有缘,也不知是否受到数年前王维因长公主的推荐而为华州乡贡进士"解头"(第一人)的启发,李白初入长安,即单刀直入,以玄宗之妹、早年入道的玉真长公主为干求的第一目标。他兴冲冲地写了首文采斐然的《玉真仙人歌》造访公主,却始终未能得见仙容,只是由玉真侄婿、丞相张说之子卫尉卿张垍接待,被安置在终南山上的玉真别馆。虽然这也算是种礼遇了,但司马相如那种因此得以晋见君王的幸运,却始终不曾降临。于是在以冯谖自比、慨叹"弹剑谢公子,无鱼良可哀"(《赠卫尉张卿二首》)之后,李白便掉头西行,登太白,下邠岐(在长安西),又游东都,登嵩岳,直到开元二十二年冬才回到安陆。以后他便时隐时出,南北遨游,以江汉一带为中心,西北至太原,东南则再游吴越。"酒隐安陆"的新生活,终于以"蹉跎十年"(实则十二三年)而憾恨地被翻了过去。

李白初入长安的失败,史家往往归罪于张垍的冷遇。然而从李白出长安后仍真诚地寄诗张垍,以及与张氏其他兄弟的亲密交往来看,未必尽然。李白的错误,归根结蒂在于他全然未意识到,在"循资格"令的推行之际而仍希望一鸣冲天,是多么地不合时宜。

对于李白的干谒活动,或以为表现了他庸俗的一面,其实,以诗文干求要人,是周汉时辩士周游列国的遗风。在当时称作"行卷",是风行的习俗,也是在科场以外,企望表现自我价值的一种手段。李白确实未能做到"不干人",但却真正实践了"不屈己"。千百年后,今天读到他当时投献要人的诗书,都能感到其中的虎虎生气:"白陇西布衣,流落楚汉;十五好剑术,遍干诸侯;三十成文章,历抵卿相。虽长不满七尺,而心雄万夫……幸愿开张心颜,不以长揖见拒。必若接之以高宴,纵之以清谈,请日试万言,倚马可待。"(《与韩荆州书》)从中我们似乎看到了一千年前那位"说大人则藐之"的孟夫子的身影。而这种不可一世、舍我其谁的气概,也应当是他所说的"谤言忽生,众口攒毁"的原因之一。

与初游东南一样,李白初入长安及前后一系列求仕活动的失败,又进一步成就了他的诗歌创作。

长安,这座当时在全世界首屈一指的大都会,不仅是唐朝的政治、经济、文化中心,也是国际性的商贸、文化交汇点。所谓万方辐辏,不仅有全国各州县的商人、士子,更有东自新罗、日本,西至阿拉伯、罗马的驼队与僧俗学者及留学生。仅从宗教看,不仅传统的儒、佛、道三教互争互融,更有景教、祆教、摩尼教、伊斯兰教等等纷纷来至。而在诗学上,这里便自然成为南北诗风与朝野诗风二位一体之交融的中心。如果说生于蜀中、游于东南的三十岁前的李白,是南国庄、屈一脉文学传统在盛唐的杰出代表,那么从初入长安再度漫游后,他的作品中已明显可见在此前的轻清俊逸中融入了厚重的北地诗风的许多因素。清新俊逸与遒健刚劲的结合,在此前如果说是偶有体现,那么至此已开始成为其诗歌的主要特征了。而人生阅历的加深以及在长安目睹身历的种种社会弊病,更使这种结合开始具有一定的厚度。在上一章中,我们经常见到的那种对明亮光晶的憧憬中,已开始有一种郁勃的怒气浮起,如同清晨的山岚中,隐隐可闻从谷底响起的初雷声。这是时代性的英特越逸之气中的朦胧的不安与不平,是满怀希望的不安,豪迈进取的不平。

山中问答①

问余何事栖碧山？笑而不答心自闲。

桃花流水窅然去②，别有天地非人间。

① 本诗郁贤皓、安旗教授均定为居安陆初期作，而具体年份有小异。李白又有《安陆白兆山桃花岩寄刘侍御绾》诗，从诗意看桃花岩为其读书处。据本诗"桃花流水"句，安、郁说大抵可从。诗题又作《答俗人问》、《山中答俗人》。山，当即白兆山，在湖北安陆西三十里。

② 窅（yǎo）然：渐远渐杳状。

此诗评家历来叹为"气象飘逸，高出物表"，"信手拈来，字字入化"，说得玄乎些，但确实有难以言诠之感，所可言者是一种景与心会的自在意态。李白入赘许府，由颠沛而安定，由安定而自在，当时这种心态还是可以想见的。

不过宋人严羽似乎已感觉到此诗似有些问题,说是"云'不答',又复答矣"。严说"又复答",是认为"桃花"二句最终还是回答了俗人"何事栖碧山"之问,大意则为桃花岩下,落英似红雨,随青青流水漂去,渐远渐杳,这景象是迥出人世的另一番天地,因此我愿栖居于此人迹罕至的碧山之中。也许此时诗人因眼前桃花,还想到了晋宋之际隐逸诗人之宗陶渊明笔下那"不知有汉,无论魏晋"的桃花源呢!

以上将后二句视作答语,虽也勉强可讲通,但细玩诗脉,也许有一种更合理的诠释。按"桃花"二句是承"心自闲"而来的,应当是此时诗人心境的自我象喻,而不宜作答语看。二句表面是写眼前景色,其实落英随流飘去,渐远渐杳的自然景象,是诗人在安逸满足境况下油然而生的随缘任运心境的物化;而"别有天地非人间",又不仅是说此山,更是说,我心"别有天地",非世人所可知也。于是"笑而不答心自闲"的意态也就凸现出来了,这是一种心中"别有"经略而不屑为俗人道的傲兀意态。闲是闲定，尽管仕路不通，而我依然神定气闲，不变素志。这素志又是什么呢？本章导言所引李白在居白兆山前所作《代寿山答孟少府移文书》已道出了个中奥秘。按唐人秦系有句云"长策胸中不复论，荷衣蓝缕闭柴门"（《闲居览史》），李白"闲"定的心思，当与此同。

长 相 思① 二 首

长相思，在长安②。络纬秋啼金井阑③，微霜凄凄簟色寒④。孤灯不明思欲绝，卷帷望月空长叹。美人如花隔云端，上有青冥之长天⑤，下有渌水之波澜⑥。天长地远魂飞苦，梦魂不到关山难。长相思，摧心肝。

① 本题二诗当作于居安陆时，说见讲评。二诗中第一首拟征夫想象在长安的妻子。第二首拟妻子想念在边地的丈夫。

长相思：乐府旧题，《乐府诗集》收入《杂曲歌辞》，语出汉《古诗十九首》："上言长相思，下言久别离。"

② 在长安：指在长安的妻子。

③ 络纬：昆虫。又名莎鸡，俗称纺织娘。金井阑：言井栏之
　　精美。阑通栏。

④ 簟（diàn）：竹席。

⑤ 青冥：又作青溟，青而深邃不可测，也可径指青天。本句下
　　有"长天"字，当作前一义。

⑥ 渌：水清。

　　前人论评《长相思》二首，多以为以情辞写君臣不
遇之感。不过在没有确证的情况下，我们更愿意相信宋
人宋长白《柳亭诗话》的一则记载："李白尝作《长相思》
乐府一章，末云：'不信妾肠断，归来看取明镜前。'其妻
从旁观之曰：'君不闻武后诗乎：不信比来常下泪，开箱
验取石榴裙。'李白爽然自失。此即所谓相门女也。"此
条注家都因语近小说而不予注意。其实宋世去唐未远，
或有所本；又所述情节，细腻而又合理，深得闺房之趣；
而二诗体涉轻艳，又非比兴寓愤之所宜，故从宋说而系
于此，以与上诗并读，可见李白初居安陆生活之一斑。

安旗教授系第二首于开元十七年，而以第一首有"在长安"语，而系于十八年。其实拟乐府之作，往往凿空构想，不必拘泥，说见后文。

如前指出，李白诗往往以白色晶亮的意象相叠加，形成清澄的诗境。这诗也如此。金秋、金井、秋霜、竹席、孤灯、明月、青天、渌水，组成了全诗清的基调。但是更应注意，李白诗这种基调中的不同色调。上半虚拟意中人在长安情态，"啼"、"凄"、"寒"、"绝"、"空"等字已先使清澄带上了凄恻的寒意，这凄寒如在长夜中酝釀，而终于以"隔云端"为过渡，由虚拟意中人而转为实写自己愁思，成为一种浩杳（"冥"）、骚动（"波澜"）、深长而强烈的感情波动。篇末复以"远"、"苦"、"难"等字点睛，于是人们会感到那深长的思念，就如那清空中的一脉夜云，渐重，渐浓……

《长相思》是乐府旧题，从六朝刘宋时吴迈远起代有作者，李白用古题而又有创新。诗体由五言变化为七言为主的杂言，七言古称长句，曼长的音节更适宜缠绵情致的表达，加以三言句的杂用，"之"字七言句的句式变化,更可感到在缠绵中融和了凄恻无奈之情。在语言上,他继承了乐府诗质素有含的特色,又融和了唐诗尤重象外之意的特点。如"孤灯不明思欲绝"句,看似平常,其实却含多重意味,灯火不明,是因灯芯过长了,灯芯过长则见出对灯人独坐之久,她甚至不愿以举手之劳剪去这已燃过的灯芯儿。于是"思欲绝"之状因灯火不明的影借而十分形象,那哀哀欲绝的愁思简直就与昏昏将尽的蜡火融和一片了,于是我们看到了孤灯畔那位被思的孤独的女子。虽然其形态可见仁见智,但那神情,人们都会感到真是"怎一个愁字了得";我们仿佛更见到因思念而想象的远戍的征夫,唯因想象得真切,更见出其思恋之万般深长。

人们常说李白诗坦直俊快,其实俊快之中常有细腻婉曲的一面,唯以其体察入微,道来自然,如从笔底流出,故不觉其曲。这种似直而曲、似近而远的境界,是李白乐府诗的胜境,《长相思》二首,尤有代表性,请再细玩下一首。

日色欲尽花含烟①,月明如素愁不眠②。

赵瑟初停凤凰柱③，蜀琴欲奏鸳鸯弦④。此曲有意无人传，愿随春风寄燕然⑤。忆君迢迢隔青天。昔时横波目⑥，今作流泪泉⑦。不信妾肠断⑧，归来看取明镜前。

① 烟：似烟的氛氲。

② 素：白练。

③ 赵瑟：瑟为弦乐器，多为二十五弦。赵地人善鼓瑟。《史记·廉颇蔺相如列传》记，秦赵会谈，秦请赵王为秦王鼓瑟，以辱赵王。赵地在今河北南部，山西北部。凤凰柱：弦乐器用以绞紧弦线的小木柱，其雕成凤凰形者称凤凰柱。凤凰与下句"鸳鸯"都是雌雄双鸟。瑟与下句之"琴"合称琴瑟。这些都是象喻夫妻的。《诗经·周南·关雎》："窈窕淑女，琴瑟友之。"

④ 蜀琴：琴亦弦乐器，五弦或七弦。蜀中桐木宜为乐器，故言蜀琴。

⑤ 燕然：山名，即杭爱山，在今蒙古人民共和国境内。东汉窦宪远征匈奴，至此刻石纪功而还，后以燕然指边地。

⑥ 横波目：目光如横斜的水波，流盼生辉。晋傅毅《舞赋》："目流睇而横波。"

⑦ 流泪泉："泪似泉涌"成语由此出。

⑧ 肠断：极度伤心，前屡见。

　　本诗曲曲以写思妇情思，精彩最在末四句的痴想。这女子长夜思夫而对镜顾影。见到镜中昔日夫妻相对时流光溢彩的美目，今日里却与泪泉一般，不禁自怜自悲，而发出最后二句的怨艾。其实，如果丈夫真的回家，又何必"看取明镜前"呢？径直看那活生生的人儿就是了嘛。可见这是痴语，是对镜自怜的瞬间，全神贯注而忘记了一切的痴语。然而正因其痴，方见出其相思之深。由此再返观前七句，便可感到，那如烟花气，如练月色，那琴瑟与双鸟，那有情无情的春风，都已汇成了一种澄明而又朦胧的梦一般的境界，终于酝生出这最后四句的真切的情痴之想。

　　请十分注意"燕然"二字，这是与上一首"长安"相应的。上一首但言所思之妇的所在地，这一首只说被思之丈夫在何方,遥相呼应。由此可知二诗夫思妇、妇思夫本为一体。析为二年作,显然不当。又被思者既在"燕然",则所谓寄君臣隔离之感说,也可不攻自破。

还请注意"昔时横波目,今作流泪泉"两句,写情入微而轻艳,最是闺房调笑语,若以为感讽之作,则必如崔颢献艳诗于李邕而遭叱逐。李白入长安年已三十,投献经验累累,又有崔颢前车之鉴,决不会如此不智。

送孟浩然之广陵①

故人西辞黄鹤楼②,烟花三月下扬州③。
孤帆远影碧空尽,唯见长江天际流。

① 郁贤皓教授考定本诗开元十六年(728)暮春由安陆游江夏(今湖北武昌)时作,可从。孟浩然(689—740):襄阳(今属湖北)人,隐鹿门山,四十岁方赴长安应试,不第而游于东南,一度入张九龄幕府,不久又归隐,疽发于背而卒。性格疏散狷介,尤工五言山水田园诗,与王维并称"王孟"。

之：往。广陵：今江苏扬州。

② 故人：郁考李白于上年与孟浩然会于襄阳,故称故人,即旧友。西辞：黄鹤楼在广陵西,西辞是相对广陵而言的。黄鹤楼：故址在武昌黄鹤山上。传说仙人费文祎乘黄鹤登仙,休憩于此(一说为王子安),因得名。

③ 烟花：花气似烟霭。下：顺江水而下行。

请尤其注意本诗的意象组合。

楼存仙逝、三春烟花、孤帆碧空、江流天际,叠合成空濛而又浩荡有远意的境界。"辞"、"下"、"尽"、"见"四个动词,则是全诗脉理所在,既指示故人去向,又似乎带有一种流动感。于是我们既能感到诗人对故人之思长情深,更能体味到这离思中融漾着一种不同于常人的博大而又俊爽开远的气质。宋人陆游《入蜀记》记陆游登黄鹤楼评本诗三、四句云："盖帆樯映远山尤可观,非江行久不能知也。"这是说的本诗写景有生活经验为根本;然而写景传神的"神",更重要的是一种即时即地的个性流露与心理体验。试问,"江行久"者多矣,又有谁能写得像李白这样浩杳中见清远之致呢？

"黄鹤楼"三字还当细味，不仅为实写送别地点，连下文意象观之，会感到与崔颢《黄鹤楼》诗"昔人已乘黄鹤去，此地空余黄鹤楼"有相似的况味，于是我们头脑中会浮现出那位故人孟浩然的形象，他，应当是飘逸似仙的。如参以后录《赠孟浩然》诗，可证实孟浩然在李白心目中的这种印象。传说李白至黄鹤楼，因"崔颢题诗在上头"而不敢再作题咏，后来便作《登金陵凤凰台》诗以角胜之。平心而论，那诗虽不错，但仍逊于崔颢《黄鹤楼》诗，倒是这首黄鹤楼送别诗，可与崔诗媲美。看来有心角胜倒不如无心插柳，不经意处往往便成佳构。

下终南山过斛斯山人宿置酒①

暮从碧山下②，山月随人归。却顾所来径③，苍苍横翠微④。相携及田家⑤，童稚开荆扉⑥。绿竹入幽径⑦，青萝拂行衣⑧。欢言得所憩^⑨，美酒聊共挥^⑩。长歌吟松风^⑪，曲尽河星稀^⑫。我醉君复乐，陶然共忘机^⑬。

① 诗题的意思是：从终南山下来，过访斛斯山人家留宿，主人备酒款待，（因有所感）。终南山，秦岭山峰之一，在京城长安（今陕西西安）南，又有太乙山、南山等多名。过，访。斛斯山人，斛斯是复姓，山人即山林隐者。斛音胡，杜甫有《过斛斯校书庄二首》，校书名融，亦嗜酒。斛斯山人或即未官时之斛斯融。唐人求官，多隐居近长安之终南山，自高其名，以待征召。本诗当是开元中李白初入长安求官时所作。从诗中的意兴看来，当是被安置于玉真别馆之初而尚满怀希望时。

② 碧山：青山，指终南。下：动词，下山。

③ 却顾：回头看。所来径：所经过的小路。

④ 苍苍：青黑、青灰色，这里指山路因暮色而显得灰暗。横：横斜，指山路延伸之势。翠微：山色青绿依微，故称翠微，代指青山。

⑤ 及：到。田家：指山人庄。

⑥ 荆扉：柴门。

⑦ 绿竹句：谓一条幽静的小路穿过竹丛渐入深处。

⑧ 萝：女萝，又名松萝，丝状攀援植物。行衣：行人之衣。

⑨ 欢言：言语助词。得所憩：得到了休息之处。

⑩ 聊：姑且，这里有随意的意思。挥：据《礼记·曲礼》注，振去杯中的余酒叫做挥，这里是欢饮之意。

⑪ 长歌句：谓长歌与松风相应和。又，琴曲有《风入松》，兼用此意。

⑫ 河星稀：银河的星星渐稀，是夜深乃至近明时分了。

⑬ 陶然：和乐之态。忘机：忘却了世俗得失。机，机心，世俗巧伪之心。《庄子·天地》："功利机巧，必忘夫人之心。"

　　读此诗请先看清诗题，可以了解唐人此类诗的作法。起首四句切诗题"下终南山"；"相携"以下四句与题"过斛斯山"相应；"欢言"下四句写"宿置酒"；末二句总束全诗，结出"陶然共忘机"的诗旨。素来论家称李白诗似天马行空，不受拘羁。其实这话只说对了一半。李白诗并非无法，而是因其胸次浩然、真气充沛，而泯去了诗法的针痕线迹，这就是庄子所谓"神超乎技"

的至高境界。真要是一味"无法",恐怕就不能这样读来明白如话,而将变成难晓的"天书"了。

因其明白如话,故不烦细讲,所应细细品味的是字里行间的那种与大自然拍合的真趣。"暮从碧山下,山月随人归";"绿竹入幽径,青萝拂行衣";"长歌吟松风,曲尽河星稀":山月也罢,竹萝也罢,松风也罢,还有那人,那作为主人的山人,都似乎奔来与诗人相戏相亲,简直融成了一体,这又怎能不使人"陶然共忘机"呢?这些句子都好,而我最欣赏的是"却顾所来径,苍苍横翠微"二句——下得山来,回首一望,便使通篇行云流水般的节律有了一个必要的顿挫,使通篇明快的色调有了一种景深。可称妙句天成。明王夫之《唐诗评选》卷二论此诗:"清旷中无英气,不可效陶(渊明)",懂得那种清旷中的英气,便可见出李白之于陶潜,亦形异神合。

读本诗还当与集中《玉真公主别馆苦雨赠卫尉张卿二首》对读,则可知李白不久便不复如此潇洒了,亦有以见出诗人之尤其天真之风貌。

古　风(第二十四)①

大车扬飞尘，亭午暗阡陌②。中贵多黄金③，连云开甲宅④。路逢斗鸡者⑤，冠盖何辉赫⑥！鼻息干虹霓⑦，行人皆怵惕⑧。世无洗耳翁，谁知尧与跖⑨！

① 郁贤皓教授系本诗于初入长安时，可从。参讲评。古风：今存李白《古风》五十九首，大抵刺时言志，咏古感怀，非一时一地而作，为阮籍《咏怀》及陈子昂、张九龄《感遇》之流亚，均五古体。可知所谓"古风"，意即得古诗之风骨者。本诗刺时言志。

② 亭午句：谓车尘飞扬，午日为蔽，阡陌昏暗。亭午，正午。阡陌，泛指大路。

③ 中贵：中贵人的简称，即宦官。

④ 连云句：意谓中贵府第矗立天空，望去像连绵相接的云彩一样。甲宅，即甲第，头等府第。

⑤ 斗鸡者：玄宗好斗鸡，治鸡坊于两宫间，选六军小儿五百人

教饲。上行下效,浸以成俗。时谣有云"生儿不用识文字,斗鸡走马胜读书"(《神鸡童谣》),中唐陈鸿《东城父老传》专记其事,言贾昌为五百小儿长,赐金日至,从封东岳。父死,玄宗为具葬器丧车,乘传于洛阳道。此斗鸡者当指贾昌一类人物。又按斗鸡之戏据《淮南子》等载,春秋时即盛行。

⑥ 冠盖:指服饰和装备。盖,车盖。辉赫:光彩照人貌。

⑦ 鼻息句:犹言气焰冲天。干,冲犯。《资治通鉴》卷二〇五:"内史李昭德恃(武)太后委遇,颇专权使气……(丘愔上疏)曰:'臣观其胆,乃大于身。鼻息所冲,上拂云汉。'"

⑧ 怵(chù)惕:恐惧。

⑨ 世无二句:谓世上没有像许由那样不慕荣利的人,谁又能辨清贤与不肖。洗耳翁,古代的隐士许由。相传尧曾想把帝位让给他,他不肯接受,逃于颍水之阳。尧又召为九州长,他认为这话玷污了他,洗耳于清泠之水。事见《庄子》、《史记》及《高士传》等书。跖(zhí),古代大盗,庄子有《盗跖》篇。此以尧比贤者,盗跖比不肖者。

本诗作年亦有歧见。今按玄宗重用宦官,开元前期已开始。北军王毛仲，内官高力士，是尤为宠信者。至十八年，力士借故一举倾覆王毛仲，《通鉴》评曰："自是宦官势益盛，高力士尤为上所宠信，常曰'力士当值，吾寝即安'，故力士多留禁中，稀至外第，四方表奏，皆先呈力士，然后奏御，小者力士即决之，势倾内外。"同时，开元十三年玄宗东封泰山，以宫中斗鸡五百小儿长贾昌从封，可见斗鸡之戏，于是亦盛。这些都与本诗所刺现象吻合，则十八年初入长安作极可能。又按本诗末二句以"许由"自拟，当为在野之身，故不类二入长安待诏翰林时作。本诗的作法也较简单发露，与二入长安之《古风》第四十六（一百四十年）题材虽略近而词气显有稚嫩与老辣之别，故从郁贤皓先生说，系于初入长安期间。

虽说作法较简单，但仍有可观。就大结构言，前八句四句一组，分写"中贵"与"斗鸡者"之势焰；至末二句骤然反跌，以隐者许由自拟，结出世人皆醉、唯我独醒主旨。其意气傲兀，是青年李白本色。再从细部来看，写"中贵"与"斗鸡者"笔法有变化。写宦官，起笔"大车扬飞尘,亭午暗阡陌",渲染气氛,发唱惊挺而造成悬念。至第三句"中贵多黄金",方点出不过是阉者宦官而已。四句"连云开甲宅"更宕开一笔,愈见其事荒谬。写斗鸡者,先直接点出其身份,而"路逢"字又使词气作一舒宕,然后接下三句一句紧似一句,一步更进一步写其势焰薄天,前二句正写,后一句侧写,渲染至极点,再跌出末二句,尤见感叹。

综上全诗实有二重对比,一是"洗耳翁"(即"我")与宦官、斗鸡者的对比;二是宦官、斗鸡者身份微贱与势焰熏天的对比,对比中套对比,使词气由直致中见跌宕,应细味。

读诸葛武侯传书怀赠
长安崔少府叔封昆季①

汉道昔云季,群雄方战争。霸图各未立,割据资豪英②。赤伏起颓运,卧龙得孔明③。当其南阳时,陇亩躬自耕④。鱼水三顾合,风云四海生⑤。武侯立岷蜀,壮志吞咸京⑥。何人先见许,但有崔州平⑦。余亦草间人,颇怀拯物情⑧。晚途值子玉,华发同衰荣⑨。托意在经济,结交为弟兄⑩。无令管与鲍,千载独知名⑪。

① 本诗当作于开元十八年(730)初入长安时。时年三十。诸葛武侯:诸葛亮封武乡侯,卒谥忠武侯,故称。长安崔少府叔封:名崔叔封的长安县尉。县尉别称少府。昆季:兄弟。

② 汉道四句:谓汉末军阀割据,如袁绍、袁术、吕布、孙坚、曹操、公孙瓒等。

③ 赤伏二句:谓刘备如当初刘秀复汉前,得到表示天命的赤伏符那样,得到了卧龙先生孔明。赤伏符事见《后汉书·光武帝纪》。赤,代表汉之火德,赤伏即火德暂伏之意。起颓运,起汉运于衰颓之际,颓运指王莽代汉。

④ 当其二句:诸葛亮《出师表》:"臣本布衣,躬耕于南阳。"句意由此化出。南阳,在今湖北襄阳北。

⑤ 鱼水二句:谓一自刘备三顾茅庐,君臣相得,便风云际会。

鱼水，《三国志·蜀书·诸葛亮传》记，孔明作"隆中对"出山后，刘备深信之，关羽、张飞不悦。刘备劝慰他们道："孤之有孔明，犹鱼之有水也，愿诸君勿复言。"

⑥ 武侯二句：谓孔明筹划三国鼎立大局，虽偏处岷蜀而屹立自强，壮志正在光复旧都长安，一统天下。岷蜀，蜀有岷山，是代表性的大山，故称岷蜀。咸京，指西汉京城长安，即秦京咸阳。

⑦ 何人二句：逆叙当初刘备请孔明出山，唯博陵崔州平称许推荐。按，据《三国志》当时识而荐之者尚有徐庶。

⑧ 余亦二句：谓自己也是在野而有远志者。拯物，济民。

⑨ 晚途二句：安旗教授释此二句，大意谓当我末路之时，而识得崔少府，愿至衰老而共命运。子玉，后汉崔瑗字子玉，早孤好学而传父业，与名儒马融、张衡交好。此以崔瑗比崔叔封。按一本无此二句。

⑩ 托意二句：谓二人同有经世济民之志，故结交为弟兄。托意，犹言寄志。

⑪ 无令二句：春秋时齐国管仲与鲍叔牙同居颍上，少年时管仲家贫而常欺鲍叔，鲍叔不以为意反善待之。及长，齐内乱，鲍叔从公子小白，管仲事公子纠。公子纠败死，管仲被

囚，鲍叔牙不计前嫌，向已立为齐桓公的小白推荐管仲，管为齐相，鲍叔居其下而无不满，二人共助齐桓公九合诸侯，一匡天下。事见《国语·齐语》及《史记·管晏列传》，后世以"管鲍之谊"作为真诚友谊的象征。二句用此典，谓不要使后世只知管鲍，而不知我们崔李。暗示崔，希望像鲍叔牙荐管仲般推荐自己。

这是首用于赠答的"选体"诗。比起前录《入彭蠡……》那首，已有了长足的进步，拟学之迹渐泯，而独特的个性益形彰显。其精要处则在于诗中的两处转接，一处波澜。

诗题分两层意："读诸葛武侯传"、"书怀赠崔少府昆季"。前十四句（至"崔州平"）咏史，切第一层意。"余亦"起八句抒怀，切第二层意。最关键的转接，即在这两大层次之间。诗至"武侯"、"壮志"二句颂孔明功业已极，诗势远扬开去，这时李白出人意表地用"何人先见许，但有崔州平"二句收转，并极自然地接以"余亦草间人"，以崔州平影借崔少府，同时以"余"自比当初孔明在野,从而不着痕迹地完成了上下的转接。从时序看,崔州平识荐在前,但如顺叙史事,便难以接转;今以逆笔倒叙,不仅使转接自然,更于顺逆变化间,形成一种夭矫鼓荡的气势。

另一个转接在诗的上半部分。诗题"读诸葛武侯传",却以汉末群雄割据的大背景领起,这固然使格局宽大,气势雄深,但如何转入所咏主角孔明呢?李白不像庸手那样节节铺叙,他同样出人意表地以"赤伏起颓运"句阑入刘秀复国兴汉事以收束上文,更以"卧龙得孔明"句作对,隐含主语刘备——仍是群雄之一——却顺势带出"孔明"这一主角。这一对句极工整,却极有气势。既将从刘秀复汉到刘备兴汉这一段时间跨度很大的历史浓缩于一联之中,更以"赤伏"与"卧龙","颓运"与"孔明"的字面对仗作暗示,使人产生由乱而治当归功诸葛亮的联想,因为伏即潜,刘秀是汉家潜龙,意脉潜通于下句卧龙;而"孔明"这一诸葛亮的字又似双关语般,呼应着代表大汉火德的"赤伏"。至此,说这一转接精严而浑成,放得开而收得拢,当非过誉。

除这两个大转接外,尚有一处小波澜也值得玩味。本来"赤伏""卧龙"之对后可以直接咏诸葛功业,然而李白却先以一个散句"当其南阳时,陇亩躬自耕"作回旋,从而使以下"鱼水三顾合,风云四海生。武侯立岷蜀,壮志吞咸京"两个化用史书、高度浓缩的对句,因着上面数句回旋的蓄势,而产生拔地而起、气壮山河的崇高感(其中以"岷蜀"称蜀汉,又借岷山雄姿从形象上作暗示)。南阳躬耕的小回旋又与下文崔州平识荐的逆笔补叙形成呼应。这样全诗将章法、对法、词法及用典融会贯通,剪裁史事,暗示求荐主旨,整饬的大格局中遂有了顺逆、骈散、收放的变化,使整饬不仅不显得板重,反而为李白诗特有的奔腾起伏的气势增添了一重庄重恢廓感。李白的这类五古诗是大谢"选体"诗的重大发展,也是完全可与杜甫媲美的。

最后让我们回过头来解答两个读者可能有的疑问。

其一,崔叔封官卑职轻,李白求荐于他,是否有用?按崔叔封属博陵崔氏,为当时有数的望族之一。李白只言识荐而不言拔擢,既恰如其分,又寄望通过叔封向族中有势力者推荐而达到拔擢的目的。了解唐人这一社会现象，相信对读者以后读唐人诗文会有用。

其二，李白曾两次入长安，为什么定本诗为初入长安时作呢？按本诗干求之意甚明，又自称"草间人"，李白二入长安供奉翰林，是在官之身，不当如是言。唯一的疑问是"晚途值子玉，华发同衰荣"，似垂老之言，而李白初入长安年方三十，似不合。对此郁贤皓教授举咸淳本李白集注"一本无此二句"，以释其疑；但孤证不足为确据。安旗教授则释晚途为"末路"，解说如注，但未有书证，亦见疑于他家。故这里想补充一条书证。按陆游《记梦》诗："梦里都忘困晚途，纵横草疏论迁都。"时为乾道七年，陆游年四十七，未入老境；而考其行事，正当罢官多年，起复为夔州通判时，偏处西南，远离中朝，郁郁不得志。"困晚途"，即困于穷途末路之谓，可理解为日暮途穷之省称。至于"华发"句，可如注⑧所引安旗教授解，也可理解为一般的叹老嗟病之言，这在唐人诗中是屡见不鲜的。

登 太 白 峰[1]

西上太白峰,夕阳穷登攀[2]。太白与我语[3],为我开天关[4]。愿乘泠风去[5],直出浮云间。举手可近月,前行若无山。一别武功去[6],何时复更还?

[1] 本诗当为初入长安无成而作,约当开元十八年(730)秋末,李白时年三十。参讲评。太白峰:太白山,即太乙山,秦岭主峰,在长安西,今陕西眉县南。

[2] 穷:尽,穷登攀即登上峰顶。

[3] 太白:此太白为太白星,即金星。

[4] 天关:天门。

[5] 泠风:轻妙的小风。《庄子·齐物论》:"泠风则小和。"又同书《逍遥游》:"夫列子御风而行,泠然善也。"此合用二语。

[6] 武功:武功山,在陕西武功县西,北连太白山,均属终南山脉。时谚云:"武功太白,去天三百。"此言武功,即指太白山,以避与首句字面重复。

如果与前录《登峨眉山》诗对读，不难看出，本诗已洗脱六朝缛丽，一任自然。《唐宋诗醇》评云："亦率胸臆而云，形容峰势之高，奇语独造。"是很中肯的。然而率胸臆并非草率，细细品味，能于率意之中读到一种深沉，一种奇思。以奇思逸想遣怀去闷，化深沉之感为洒落之态，是李白这一时期诗的主要特征。不仅与杜甫之愁云难拨有异，也与李白本身前后的作品微有不同。

首先要注意的是最后二句："一别武功去，何时复更还？"这是离别远行之语。李白初入长安，希望借玉真公主及其侄婿张垍之力青云直上的梦破碎了，于是决意西游邠(州)岐(州)，本诗应当作于此时。

其次要细味"太白"一词。太白是山名，也是星名，《录异记》载，太白金星之精，坠于终南山圭峰之西，因号太白山。不仅如此，太白又是李白的命星，所谓其母梦太白星入怀而生李白，因以太白为字。山、星、人三位一体，这是本诗构想的关键所在。

当李白"西上太白峰"时，"夕阳穷登攀"，似乎隐隐暗示着他初入长安求仕不成的恢恢心境。然而这点挫跌是挡不住青年李白的。人间的天门——宫门虽对我禁锁，昊天的大门却未必如此，因为我与此山一般是太白星精的化身。于是，"太白与我语，为我开天关"；于是，他乘泠风，出浮云，举手扪月间，似感到"前行若无山"——山重峰峻，对于星精化身的"我"来说，又何足道哉？也因此，结语"一别武功去，何时更复还"就不仅是惆怅，更透现着一种不无自信的期盼。

评家盛赞本诗"太白与我语，为我开天关"，"举手可近月，前行若无山"四句，以为"奇想奇语，非谪仙决不能言"（《李太白诗醇》）。然而当你明白了这诗兴发意生间三位一体的构思，同时再细玩"武功太白，去天三百"的时谚，就必能进一步体味到，太白的奇想奇句，都与即时即地的景象与自己的心态密切相关。所谓"夸而不诞"，当作如是解。

襄 阳 歌[①]

落日欲没岘山西[②]，倒著接䍦花下迷[③]。

襄阳小儿齐拍手,拦街争唱白铜堤④。旁人借问笑何事,笑杀山公醉似泥。鸬鹚杓⑤,鹦鹉杯⑥,百年三万六千日,一日须倾三百杯。遥看汉水鸭头绿⑦,恰似葡萄初酦醅⑧。此江若变作春酒,垒曲便筑糟丘台⑨。千金骏马换小妾⑩,笑坐雕鞍歌落梅⑪。车旁侧挂一壶酒,凤笙龙管行相催⑫。咸阳市中叹黄犬,何如月下倾金罍⑬?君不见晋朝羊公一片石⑭,龟头剥落生莓苔⑮。泪亦不能为之堕,心亦不能为之哀⑯。清风朗月不用一钱买,玉山自倒非人推⑰。舒州杓,力士铛,李白与尔同死生⑱。襄王云雨今安在,江水东流猿夜声⑲。

① 本诗作于开元二十二年(734)前后游襄阳时,时年三十四。
    襄阳歌:乐府旧题有《襄阳曲》,此为李白改制,写即时即地之感。襄阳,今属湖北。

② 岘山:在襄阳南九里。

③ 倒著句:本句及此下四句以西晋山简自拟。山简字季伦,

竹林七贤之一山涛之子,永嘉三年任征南将军,镇襄阳,有政声。性好酒,常出游当地豪族习家园池,名之为高阳池,酒醉而归。儿童歌曰:"山公出何许,往至高阳池。日夕倒载归,酩酊无所知。时时能骑马,倒著白接䍦。"事见《晋书·山涛传》附山简传。接䍦,一种白色便帽。

④ 白铜堤:襄阳童谣曲名,此借用。

⑤ 鸬鹚杓:形似长颈水鸟鸬鹚的酒杓。

⑥ 鹦鹉杯:形似鹦鹉的酒杯,见《山海经》。一说以鹦鹉状海螺为之。

⑦ 汉水:襄阳在汉水北岸。鸭头绿:印染业所称的绿色之一种,似花鸭头顶之暗绿色。

⑧ 恰似句:谓汉水色似以绿葡萄重酿的新酒。酘醅(pō pēi),再酿而尚未过滤的酒。庾信《春赋》:"葡萄酘醅。"

⑨ 曲:酿酒的发酵剂。糟丘台:《新序·节士》记,夏桀筑酒池,垒酒糟成丘,七里之外可以望见。

⑩ 千金句:曹操子曹彰,性格倜傥。见人骏马而爱之,马主惜之,彰称我有美妾可换马,惟君所选。于是马主指一家伎,彰慨然换之。事见《独异志》,此用其事。

⑪ 落梅:即《梅花落》,古乐府曲名。

⑫ 凤笙龙管：笙形似凤凰，故称凤笙；箫音似龙吟，故称龙管。
催：催酒，劝酒曰催。王翰《凉州词》："欲饮琵琶马上催。"

⑬ 咸阳二句：《史记·李斯列传》记，秦相李斯事败，判腰斩
于咸阳市，临刑时对其中子说："吾欲与若（你）复牵黄犬，
俱出上蔡东门逐狡兔，岂可得乎？"言毕，父子相哭，被夷三
族。二句用其事，谓荣华富贵不可恃，与其祸来叹恨，不如
终日常醉。倾金罍，犹言干杯。罍（léi），古酒器，以金饰之
称金罍。

⑭ 君不见句：羊公指西晋名将羊祜。羊祜，字叔子，封巨平
侯。泰始五年（269）都督荆州诸军事，镇襄阳，负责对吴作
战。仁政深入人心，称羊公。又性好山水，常登岘山，置酒
言咏，终日不倦。卒后百姓于其岘山游憩处建庙立碑纪念
之，见碑者莫不堕泪，继任者杜预因名之曰"堕泪碑"。事
见《晋书》本传。一片石，指羊公碑。语出庾信论北魏温子
昇《韩陵山寺碑》："惟有韩陵山一片石堪共语。"

⑮ 龟头句：谓羊公碑已圮坏。龟，指负碑的似龟形的石座。
古以石雕赑屃作碑座，赑屃一名蟕龟。

⑯ 泪亦二句：承上谓往事已矣，不再为之感动。

⑰ 玉山句：《世说新语·容止》称嵇康："嵇叔夜之为人也，岩

岩若孤松之独立;其醉也,傀俄若玉山之将崩。"此化用
其意。

⑱ 舒州三句:谓与酒同死生。唐舒州以产酒器称,用以上贡。
舒州杓,舒州所产酒杓。力士铛(chēng),唐豫章贡品,温
酒器。此处杓、铛均指代酒。

⑲ 襄王二句:宋玉《高唐赋》记楚王梦游高唐,遇巫山神女,
自谓"妾在巫山之阳,高丘之阻。旦为朝云,暮为行雨,朝
朝暮暮,阳台之下"。后世即以"云雨"指男女欢爱。此泛
指声色繁华。按襄阳为故楚旧地,故用楚王事。

　　这诗可说是一曲酒歌,极言人生苦短,醉酒可乐,分
三层。

　　"落日"起六句第一层,写山简事以自况。前五句
极写颓放意态,末句"笑杀山公醉似泥",归到"醉"字,
并启下"鸬鹚杓"后十四句,为第二层,直接抒写醉眼望
江,醉酒之乐,是上一层之发挥。其中用曹彰以妾换马
事作点缀,不仅摇曳生姿,且逆应上一层山简"时时能
骑马"、"日夕倒载归"之意趣,从而逼出"咸阳市中"二

句,用李斯事为一束,进而醒明富贵不可恃,不如今朝有酒今朝醉。"君不见晋朝羊公一片石",由上文之叹息中重新喝起,意脉似断而续,领起下十句,为第三层。用羊公事,则承上而谓不仅富贵不可恃,即使功业也经不起时光磨灭,以至今日虽对堕泪碑,竟"泪亦不能为之堕,心亦不能为之哀",至此似低回之极,却又以"清风朗月不用一钱买"再次振起,唱为与酒同死生之极颓放、极悲慨语。结末用襄王云雨事,衬以江流猿啼,上应李斯事,由相及君,反见世上唯酒徒常在之主旨,结束全篇。

全诗读来似风行水上,恰似酒徒行歌,句句从心底流出,而细味之,则觉似醉而醒,似颓唐而横放杰出,别有一番滋味,别有一种底蕴。

应首先注意的是三层次的三个结句:"笑杀山公醉似泥",纯写醉趣而由谐趣出之,一片天真烂漫;"咸阳市中叹黄犬,何如月下倾金罍",伸足酒趣,却已由"笑"而"叹",微见神伤;"襄王云雨今安在,江水东流猿夜声",虽说反衬与酒同死生,然而却不免使人起一种深沉的思索,感到一种莫可言说、无可奈何的悲慨。这样,三个结句，层递而下，暗暗传递出诗人大醉之下的大悲。按李白游襄阳，是为拜谒荆州长史兼判襄州刺史韩朝宗，有《与韩荆州书》。朝宗以能识士荐士著名，有"生不愿封万户侯，但愿一识韩荆州"之美誉。李白谒韩，本希望"一登龙门，则声价十倍"，从而能颖脱而出；然而结果就如他此前多次干谒名公与初入长安一样，终于铩羽而归。这对于"心雄万夫"、自称"立试万言，倚马可待"的狂生来说，不能不感到极度悲愤。有评论家认为诗中用"羊公一片石"事，是影射韩朝宗的"口碑"纯属虚誉；这虽过于穿凿，但是以上述背景与本诗三层次的结句合而观之，可知本诗之大醉实起于大悲。也正是这种潜在的悲愤使这首醉歌虽曰颓唐，却可见出沉厚，虽曰狂放，而不见轻浮。醉趣与悲意的对冲是本诗横放杰出的底蕴，而这一切又都是通过似醉非醉的艺术构思与想象来表达的。

说本诗似风行水上并非说率意而为。李白诗有丰厚的学养，有艺术的经营，只是天才俊逸，融用经营得不着痕迹。先从大格局来看，三个层次的结句设置，不仅寓意深刻,而且在用事上也颇有讲究。诗中用到四个古人:山简、羊祜、李斯、襄王。诗以前二人之事为主,后二人之事为辅,这是由诗人作《襄阳歌》的具体情境决定的。山、羊二者均曾镇襄阳,又都似诗人之好酒,是行游中即时即地所见所思,故为主;如果反过来以李斯、襄王事为主,便是轻重失宜了。再就小环节来体味,诗中用语使典虽由实感而别出心裁。"遥看汉水鸭头绿,恰似葡萄初酦醅","葡萄酦醅"用庾信《春赋》语,却的是醉汉目中看出,盖酦醅是重酿未滤之酒,酒质厚滞,以喻江水,最为醉眼朦胧而滞重者传神。以下更进而想象江水变酒,带出"糟丘台",是用夏桀事,却谓"垒曲便筑"。曲为酒母,所用极寡,糟为酒滓,所产极多,以曲为台,正与以江变酒相应,写尽酒醉人心态。又如"清风朗月"是成辞,任何人都可用得,然而"不用一钱买",却非李白不能为;"玉山自倒"是熟典,而缀以"非人推",却是全篇点睛之笔,意谓玉山总是玉山,倒则唯有自倒,非他人所能推倒。这正是失意之后极自负极自信者不可一世之语,如与"一片石"之用庾信语以见不屑之意对照,更可见出"天生我材必有用"般的狂生气概。

最后再略说一下本诗的节律。全诗大抵为七言,唯"鸬鹚杓,鹦鹉杯"、"君不见晋朝羊公一片石"、"舒州杓,力士铛"、"清风朗月不用一钱买",凡四处用杂言,这四处均为转意处用作提起。又全诗三层,前二层一韵到底,第三层前六句用前韵,后四句则换韵。用前韵是古诗韵法中所谓韵意不双转,是求谐和;后四换韵则是求变化,以成急管繁弦之势。以上杂言提起,韵意时或不双转,末段换韵,是李白长篇七古中常见的节律特点,其作用都是以整饬与变化的互节造成错综历落的音乐形象,而为奔放跌宕的气势传神。

意、势、辞、声,是诗歌的四大要素,任何能诗之人都不能不讲究,而李白诗的胜境则在看似拉杂写来,若不经意,却能一切为我所用,于不经意处见功力。

江夏别宋之悌①

楚水清若空②,遥将碧海通③。

人分千里外，兴在一杯中④。

谷鸟吟晴日，江猿啸晚风。

平生不下泪，于此泣无穷。

① 本诗作于开元二十三年（735）春，时年三十五岁。江夏：
在今湖北武昌。宋之悌：唐诗人宋之问弟，有勇力，时由
河东节度南贬朱鸢（在今越南境内），路经江夏。

② 楚水：此指汉水，汉水流经江夏，为古楚地，故云。

③ 碧海通：汉水入长江东流入海。

④ 人分二句：千里，指宋之悌贬所朱鸢。兴，有感而起兴。

　　本诗所谓"借他人之酒杯，浇胸中之块垒"者。宋
之悌南贬途出江夏时，正当李白初入长安无成归安陆，
又游于襄阳谒韩朝宗，希望而复失望之际（参郁贤皓教
授本诗《系年辨误》）。首联点题江夏，暗示之悌去向。
由江而海，一水相通，起笔先见浩茫愁绪，而"清若空"
虽实写汉水"水色澄澈可鉴"，亦暗寓自己与之悌襟怀
如水可鉴之意。二联"人分"二句由"碧海通"而来，切

入"别"字,束上启下,是一诗关键。按南朝庾抱之有句"悲生万里外,恨起一杯中",此联似受庾影响,但不言"悲"而称"分",不言"恨"而称"兴",语意更含蓄可味。不仅如此,"千里"、"一杯"之对,更似浅而深,"千里"先已归束上二句意,由"千里"复又归到"一杯",则"一杯"汇束前三句诗势,是关键中尤关键者,古人称为"诗眼"。三联"谷鸟"二句承上"兴"字而来,兴是触物起兴,即由外界景物引起创作冲动。"谷鸟吟晴日"是丽景,诗人似乎想借此稍纾离愁,然而"江猿啸晚风",凄厉的猿声由晚风萧瑟送来,则愁非但不可遣,反而愁上加愁。这一联不仅用古来以丽景衬悲意的手法,更以"晴日"、"晚风"为对,暗示送别时间之长,依依不忍相舍,从而逼出末联"平生不下泪,于此泣无穷"。上句反衬下句,将积年心事,一腔悲愤,泄于一哭;回照起联,悲愤似随江水浩浩东流去。

此诗是相当规整的五律,佳处在于不但含两重意境,更循律而得势。清襟可鉴的自许与坎坷不遇的悲恨,借离别之际一并泻出,形成李白不遇诗固有的亮色调与暗色调的对冲(这一点在他中后期诗中越来越显著),对冲所产生的感情线在眼中景、当前事中,也在一偏一正的对句中盘旋起伏,形成全诗的意脉。其中起联得势,二联推陈出新作归束,三联宕开且以丽衬悲,末联以刚强衬回肠,并回应开首,尤可细味。

将　进　酒①

　　君不见黄河之水天上来,奔流到海不复回②。君不见高堂明镜悲白发③,朝如青丝暮成雪。人生得意须尽欢④,莫使金樽空对月⑤。天生我材必有用,千金散尽还复来⑥。烹羊宰牛且为乐⑦,会须一饮三百杯⑧。岑夫子,丹邱生⑨,将进酒,杯莫停。与君歌一曲,请君为我倾耳听。钟鼓馔玉何足贵⑩,但愿长醉不愿醒。古来圣贤皆寂寞,唯有饮者留其名。陈王昔时宴平乐,斗酒十千恣欢谑⑪。主人何为言少钱,径须沽取对君酌⑫。五花马⑬，千金裘，呼儿将出换美酒⑭，与尔同销万古愁。

① 郁贤皓教授考定本诗当是开元二十三年（735），李白游太原后归家，又被元丹邱招至嵩山时作，当时因岑勋至嵩山元丹邱处寻访李白，元遂请白至嵩山相会。按此说可从，时李白三十五岁或略后。将进酒：乐府《鼓吹曲·汉铙歌》旧题，内容多写饮酒放歌。

② 君不见二句：兴起下文岁月易逝、人生易老的意思。高步瀛曰："河出昆仑，以其地极高，故曰从'天上来'。"（《唐宋诗举要》卷二）

③ 高堂句：意谓于高堂明镜之中，照见白发生悲。

④ 得意：有兴致的时候。

⑤ 金樽：金杯。

⑥ 千金句：谓豪爽不拘，仗义轻财。李白《上安州裴长史书》："曩昔东游维扬，不逾一年，散金三十馀万，有落魄公子，悉皆济之。"

⑦ 且为乐：姑且作乐。

⑧ 会须：应该。

131

⑨ 岑夫子：即岑勋，南阳人。丹邱生：即元丹邱。岑和元都是李白的好友，集中有《酬岑勋见寻就元丹邱对酒相待以诗见招》等诗。

⑩ 钟鼓馔玉：这里用作功名富贵的代称。钟鼓，指权贵人家的音乐。馔玉，以玉为馔，形容饮食精美侈豪。梁戴暠《煌煌京洛行》："挥金留客坐，馔玉待钟鸣。"

⑪ 陈王二句：曹植曾受封为陈王。其《名都篇》："归来宴平乐，美酒斗十千。"平乐，观名。《三辅黄图》载，汉明帝取飞廉铜马，置之洛阳西门外为平乐观。斗十千，一斗酒值十千钱，极言酒美。恣，尽情。

⑫ 径：直接，不犹豫。

⑬ 五花马：唐开元、天宝年间，最考究马的装饰。凡有名马，常把鬃毛剪成花瓣形，剪三瓣的叫三花马，剪五瓣的叫五花马（见《图画见闻志》卷五）。一说，五花马谓毛色斑驳之马。

⑭ 将出：拿出。

自从庄子说"醉者神全"——醉者可不受外界干扰，保持自己精神上的自足独立——此后，酒便成了历代不得志才士的精神寄托与创作灵感的催化剂。魏晋六朝有阮籍、嵇康、刘伶、陶潜等数十人;隋末唐初有"五斗先生"王绩,其《五斗先生传》有云:"(五斗)先生绝思虑,寡言语,不知天下有仁义厚薄也。忽焉而去,倏然而来;其动也天,其静也地:故万物不能萦心焉。"这段话说出了中国酒文化的重要内涵之一。李白则是王绩之后又一个与酒结下了不解之缘的诗人。杜甫作有《饮中八仙歌》,即以李白为其中之一。

诗分三层。"君不见"起至"会须一饮三百杯"凡十句为第一层,抒情放言人生苦短,当明否极泰来、自然任运之理而及时行乐,醉以全真。"岑夫子,丹邱生"起至"径须沽取对君酌"十四句为第二层,是诗人直接对岑勋、丹邱生而发的一曲酒的礼赞,以前修陈王曹植平乐之宴为史证,极写酒趣,慨言富贵不足恃,圣贤不足凭,唯饮者千秋留名,因请主人添酒。其中后八句是"歌一曲"的歌辞。"五花马"以下四句为第三层,因歌更发豪兴而呼酒销愁,是酒宴的高潮,也是全诗的卒章。

全诗看似通篇醉语,意思重叠,其实是亦醉亦醒。

睥睨权贵,弃绝世俗,而这权贵与世俗其实是难以冲破的;自许有王霸之略,而这壮志雄心实际上也难以舒展。这些矛盾构成了诗人内心无法解脱的苦闷,于是他对友抒志,借酒遣怀,希望在醉乡中获得对现实的超越,而作为第一层次殿结的"天生我材必有用,千金散尽还复来,烹羊宰牛且为乐,会须一饮三百杯",是李白出蜀以来十年颠沛生活的小结,也是全诗的警策与中峰,将对酒德的讴歌分作前后两个层面:前一层就"我"之感受径直下笔,"我"必"有用",是主题句;后一层就史之镜鉴对友高歌,以"古来圣贤"陪衬"唯有饮者",而"留其名"又是第二个主题句,与上一层"必有用"相应。于是尽管全诗以"悲"起,以"愁"结,却在这悲愁之中树立起铮铮傲骨。傲气与悲愁之意的对冲形成了全诗飙风骤雨般大起大落的节律,从中也完成了诗人力图表现自我而对抗现实的"大人先生"般的自我塑造。

节律是诗歌的生命。本诗主要以七言为主,但三个层次的起句均用杂言。第一层次以两个"君不见"复沓领起两组"十、七""十、七"的长句,劈空喝起,调高势壮,似乎可见积年愁闷,如"黄河之水天上来"般奔涌而出。第二层次以"岑夫子"等四个三字句开端,又接以一组五、七字句,其节奏似"低眉信手续续弹",使"天生我材"后的激昂得到渟蕴;然后又是八个七字句,似侃侃续续对友叙谈,情绪则由渟蕴而渐渐高扬,至"主人何为言少钱"二句结束"歌一曲"时,又到达激昂。以后不待诗势下坠,即以"五花马,千金裘"两个三字句呼语,带起两个七字句,极写豪兴,恰似"跻攀分寸不可上"。至此酒意醉态饱满已极,却以"万古愁"作结,对照开首"悲白发",全诗读来犹如大河奔注,九折东向,滔滔滚滚中,与"必有用"、"留其名"两个中流砥柱相激荡,最后河流入海,在河海相激中,渐渐涵淡浩渺,余音不绝,余势荡漾。

李白以酒诗称,这是表现愁愤的酒歌中较早的一篇代表作。明暗的对冲反映了这一时期其诗作的重要特色,然而冲决愁苦的强烈自信使得全诗尽管言愁却高昂开远,一往无前。而表现在诗歌节奏上,总体而言,仍以酣畅痛快为主,其意脉也较为显豁。既不同于初游东南时的澄明，也不同于天宝末年之后的拗怒甚至晦涩。这是读李白诗时要充分注意的。

　　本诗的语言看似直白，其实也都有为而发。"千金散尽还复来"，是东南游"散金三十余万"而自己终于落魄经历的心理反映。"陈王宴平乐"史事的拈取，也因作诗地点在嵩山，与洛阳旁的平乐相近，是即地即时的感发。细心体味这些，便会感到李白的率真之中实有丰富的底蕴。

赠 孟 浩 然①

　　吾爱孟夫子②，风流天下闻③。

　　红颜弃轩冕，白首卧松云④。

　　醉月频中圣⑤，迷花不事君⑥。

　　高山安可仰⑦，徒此揖清芬⑧。

① 孟浩然：盛唐著名诗人，参前《黄鹤楼送孟浩然之广陵》诗注①。本诗当为孟浩然游宦无成归襄阳后至其去世前所

作。时当开元十八年后至开元二十八年前。又据郁贤皓
教授考证,李白曾于开元二十七年往襄阳探视孟浩然,诗
作于此时。

② 爱:敬慕。夫子:古时对有才德之望的中年以上男子的
敬称。

③ 风流:如风之流动,影响远播。

④ 红颜二句:谓浩然少年无志仕宦,晚年仍隐居山林,遂其初
志。按,浩然至四十岁方游长安求仕,数年后归山;一生大
部分时间隐居。红颜,指青春年少。轩冕,车与冠,皆仕宦
者用,代指官爵。

⑤ 醉月:醉眼对月。中圣:酒醉。《魏志·徐邈传》载,徐邈
不顾禁酒令,私饮沉醉。赵达问以所司曹事,答曰"中圣
人",因当时醉客称清酒为圣人,浊酒为贤人。中,作动词
用,读去声,犹"中箭"之"中"。

⑥ 迷花:繁花耀目曰迷,迷花即流连花卉,指归依自然。不事
君:《易·蛊卦》:"不事王侯,高尚其事。"

⑦ 高山句:《诗·小雅·车舝》:"高山仰止,景行行止。"此用
其句。

⑧ 徒此:只有在此。揖清芬:向您的亮风高节致敬。

　　孟浩然归隐襄阳之时，也正是李太白四方奔走，干谒无成之际，其《襄阳歌》云"落日欲没岘山西，倒著接䍦花下迷"，又云"鸬鹚杓，鹦鹉杯，百年三万六千日，一日须倾三百杯"，更历数秦相李斯功成被杀，晋将羊祜镇襄阳，百姓为立碑建庙，而今碑基已"剥落生莓苔"。对照可见迷花中酒，叹功业如镜花水月正是李白当时的心态。于是他自然而然对襄阳前辈诗人孟浩然"红颜弃轩冕，白首卧松云。醉月频中圣，迷花不事君"的立身处世态度心向往之。

　　孟浩然确实是当得起李白这份礼敬的。他不仅诗开一派宗风，年四十游长安时即以"微云淡河汉，疏雨滴梧桐"句名动京师；而且"骨貌淑清，风神散朗"。山南采访使韩朝宗欲携其入朝，约日同行。及期，浩然正与僚友酒会，有人提醒他勿忘韩公之约，浩然叱曰："仆已饮矣，身行乐耳，遑恤其他！"因而失去了一次入仕的极佳机会，而他却终生不悔。这种孤傲性格，对素以平视王侯、抑揶卿相自居的李白来说，自然足可钦敬，因此写下了这首集中少见的谦抑礼敬之诗。

诗以"吾爱孟夫子"唱起，夫子是敬称，"爱"，敬爱，是一诗之魂，次句总领所以敬爱之由，谓其令节高行如风行而影响天下。"红颜"、"白首"、"醉月"、"迷花"二联铺展伸足首联之意，在松云、山月的清幽环境中，缀以繁盛的山花，顿觉幽而不冷，充分衬托了这位以隐居起、以隐居终的弃世诗人醉月迷花的潇洒意态、心态。通过这两联一转，首联敬爱之意获得了丰满的血肉，自然结为尾联，引《诗经》语，表达追慕向学之意。

前人论孟浩然诗，总以一味清淡目之，其实孟诗清而能壮，自有一段"浩然"胸次。李白觑中这一点，而于诗中着力表现之，也多少与他当时的心态有关。可叹的是，此后不久，浩然即以疽病发背而卒，这位终身不遇而为李白所崇敬的诗人的结局，似乎预示了"谪仙人"今后的人生之路。

四、寄家东鲁与二入长安(740—744)

"酒隐安陆"以"蹉跎十年"告终后，李白便于开元二十八年(740)四十不惑之年时迁家东鲁。他这一段生活有两个至今未能弄清的问题，也有两个可以肯定的结论。

首先是李白迁家东鲁的直接原因是什么至今不明，可能是家计困难，也可能是许氏夫人去世。凡此都有些影踪，可作为原因的一种说法，但都不充分。比如说许氏夫人去世，可从李白天宝初二入长安前夫人已是刘氏推断，但许氏也可能是在到东鲁后不久才去世的，所以还是不明。但有一点可肯定，其背景原因是在安陆他已处于"谤言忽生，众口攒毁"的困境之中，因而于是年

"五月梅始黄，蚕凋桑柘空"之时，"顾余不及仕，学剑来山东"（《五月东鲁行答汶上翁》），所谓"学剑"，也是对无聊的谤言的反抗吧。

其次是李白在东鲁居家何处不明。有说任城，有说兖州，有说曲阜旁，也有说阙陵之南陵等等。各说都有一定依据，却也都有扞格处，至今亦无定论，也可能曾经几番迁徙，故这里也不去详论。只是可以肯定的一点是，大抵是在汶水旁，而且寄家东鲁一寄就寄了近二十年，直到至德年间他流放夜郎时，儿子仍在东鲁，因此本章标题"寄家东鲁"也概下二章的时段而言，这是需要说明的。

"寄家东鲁"四字并非笔者杜撰，而是出于李白自述"我家寄东鲁"。"寄"的原意是"寄籍"，即流寓者寄籍客居某地。然而我们不妨转一层意来看，李白之于山东，是把家"寄托"在那里，而他自己则闲不住，是要到处游逛的。所以虽说寄家东鲁近二十年，实际上李白在山东居住时间并不长，最长的一段，也就从开元二十八年夏至山东起，到天宝元年（742）秋二入长安前两年多一点的时间。这两年多中也许因许氏夫人新亡，子女幼小，后又续娶刘氏，又离异，所以他即使外出，也大都在山东境内转悠。或以为他曾短时间到过嵩山，下过广陵，但证据都还不足，也不重要。值得关注的倒是以下二事：

一是"诗战"鲁儒。东鲁是孔夫子的家乡，褒衣博袖，子曰诗云者最多。李白"学剑来山东"，未曾下车，在"举鞭问前途"之际，已遭到鲁儒们的非难。看来"谤议"对于他来说是似影随身，从安陆躲到山东也躲不掉。于是他也就挺身应对，以"诗剑"作反击。而我们也因此得以知道他对儒学的基本看法。具体的讲论后面选诗中将展开，这里先总挈一句：李白并非笼统非儒，对孔夫子他有由衷的尊敬，且时时以夫子不得志时自比。他只是区判迂儒与通儒之别，而颇得夫子"君子时中"要义之精髓。这不仅对于李白研究，也对盛唐思想史的研究极有启发。

二是"徂徕"捷径。徂徕山是道教胜地，邻近汶上，素有道缘的李白便就近与韩準、裴政、孔巢父（孔夫子后裔)、张叔明、陶沔共隐于此,号"竹溪六贤",这名号颇有取法魏晋名士"竹林七贤"之意,多少是有点牢骚的。不意吉人还是有天相。至公元742年,玄宗皇帝改元"天宝",有好事者上奏"玄元皇帝"(老子)显圣,于是玄宗龙心大悦,广兴道教。不仅亲享玄元皇帝于新庙,更封庄子以下五位道家人物为真人,并在此年中第二次大赦天下,还下诏求贤。先是,《将进酒》中那位丹邱生——元丹邱已随玉真公主入京,至此便通过玉真荐李白于玄宗,而这次竟真的成了。后来李白自述这段遭际云:"天宝初,五府交辟,不求闻达;亦由子真谷口,名动京师:上皇闻而悦之,召入禁掖。"(《为宋中丞自荐表》)所谓"五府交辟"是大话;而"子真谷口"是以长安终南山汉代郑子真所隐谷口指代徂徕山。可见李白有心插花于"终南捷径"未曾走通,而徂徕之隐"无心栽柳"却真成捷径。由这件事也可悟到,将李白初入长安无成归咎于玉真、张垍是说不过去的。

"仰天大笑出门去,我辈岂是蓬蒿人",天宝元年秋,李白兴冲冲地二入长安。由于是奉召入京,也由于当时李白确也诗名颇盛,有文学上得天独厚的真本领,诗人此番光景可谓大不相同。前辈诗人贺知章见其《乌栖曲》,叹为"可以泣鬼神";又读其《蜀道难》,呼为"谪仙人"。而后辈诗人杜甫,或因当时在洛阳有所风闻,或是稍后之追忆,因据时人长安有"酒中八仙"之目,作《饮中八仙歌》,李白即其一,有云"李白一斗诗百篇,长安市上酒家眠。天子呼来不上船,自称臣是酒中仙"。可见当时李白春风得意之一斑。由于人奇事奇,后来便又衍生出许许多多"传奇",什么李白醉草吓蛮书,令杨国忠磨墨、高力士脱靴等等,不一而足,后世并编为小说,改为戏剧。传奇不可尽信,但传记资料与李白自己的诗作是可信的。当时玄宗确实是对李白恩礼有加,召见于金銮殿,命待诏翰林。并带着他侍从游宿骊山温泉宫及宜春苑等地,还命他制作《宫中行乐词》等等,供自己寻欢作乐。诗人确实风光了一阵子。

　　然而好景不长,至晚在次年秋,谤声又起。李白是颇为敏感的,一见形势不佳,于天宝三载春送贺知章归越养老后,便自行上疏请退,玄宗诏许"赐金放回"。于是诗人便"五噫出西京"。二入长安,诗人这一生中最风光的两年半的岁月,也就在"噫"声中结束了。

李白遭谗的原因,有的说是因作《清平调》词三首,以汉宫赵飞燕比杨妃,高力士乘机报复进谗;有的说是诏许李白中书舍人,因张垍谗毁而遭疏逐。前者是小说家言,不足为凭;后者是为李白集作序的魏颢所言,亦容有为序主张目之意,未能尽信。而就李白自己的作品看,根本原因还在于他的行为风调与这个世界格格不入。他所得罪的绝不是一个两个人,而是整个廷臣群体。

"揄扬九重万乘主,谑浪赤墀青琐贤",对玄宗皇帝他视为有重恩于己的圣君而大加揄扬;而对朝廷的高官他一概"谑浪"待之,亦即采取调笑打趣的轻蔑态度。以至这位本性疏朗的快活人,在当时竟有"褊促"之讥。李白这两句诗,不仅说明了他尽管放浪,但忠君还是毫不动摇的——这正与他"嘲鲁儒"而从来不反孔夫子相辅相成,是李白研究中尤须注意的一点,而且反映了他对社会结构的认识极其幼稚。

也许出于相近的道教因缘与相近的快活风流天性,

玄宗对李白确有一份亲和感。但诗人完全不懂得临时召来的翰林待诏与正统的翰林学士是大有区别的。后者有"内相"之称,是玄宗的内廷顾问团与军国文书班底;前者则只是文学侍从,说得难听点,不过是高档次的文学弄臣。其地位至多与汉代那位偷桃子的东方朔相类似。于军国文书,即有染指,亦属客串。这从李白的文集中可清楚看出。皇帝可以容忍李白偶尔的放浪,甚至可以因此开怀大笑,然而当后者的谑浪与皇朝的统治基础闹对立时,皇帝将他"开刷"是再自然不过的事情了。说"赐金放还"还是多少给他留了点体面。

"学剑翻自哂,为文竟何成?剑非万人敌,文窃四海声。儿戏不足道,五噫出西京。临当欲去时,慷慨泪沾缨。"李白晚年赠江夏太守韦良宰诗中这段话,为"寄家东鲁与二入长安"这段生活作了很好的总结。请注意"儿戏"二字,他这时方意识到与"学剑"一般,他在宫廷华章斐然的诗文,也同样形同"儿戏"。可惜这种认识已足足晚了二十年。

与初入长安不同,二入长安时间达两年半,又置身于社会的最高层,并经历了由大喜而大悲的重大转折,这不能不对诗人的心境与诗风产生重大影响。就在李白出京前后的作品中,我们已能感到初入长安后那种亮色调背后的隐隐的电光石火,开始变得郁怒而显得更为沉厚;他对现实的观察,虽不能说已深刻,但至少已显得厚重与苍劲。这一切预示了在以后的十年中,他的风格的重大转变,这一点且暂待下章再述。不过我们也不必轻诋他入京前期的那些宫廷华章。他的天才,他前此对于吴越民歌精神的吸收,使他的这部分诗作洗刷铅华而能风光旖旎,格调俊爽,而为诗国的这一方板结的园地输入了一股活泼泼的清泉。

我们仍应为李白的大不幸而大庆幸。如果他乖乖地做好他的文学待诏,那末他兴许会“编外转正”成为儒雅的真正翰林学士,甚至地位更高。这样《全唐诗》中会多几首漂亮的宫中行乐体词,《全唐文》中也会多几篇手笔不凡的策命典诰;然而中国诗史引为骄傲的布衣诗人天才李白则肯定不会出现;而这样的李白对唐人诗坛狂飚急浪般的冲击与影响也必会逊色不少。可以说李白二入长安是以丢官救赎了作为诗人的自身,也救赎了整个唐代诗史。

嘲　鲁　儒①

鲁叟谈五经②,白发死章句③。

问以经济策④,茫如堕烟雾。

足著远游履,首戴方山巾⑤。

缓步从直道,未行先起尘⑥。

秦家丞相府,不重褒衣人⑦。

君非叔孙通,与我本殊伦⑧。

时事且未达,归耕汶水滨⑨。

① 本诗为开元二十八年(740)夏至东鲁作,时年四十。鲁儒:
鲁地的儒生。鲁,今山东曲阜一带。

② 五经:儒家的五部经典著作:《易》、《书》、《诗》、《礼》、
《春秋》。汉武帝建元五年(前 136)建五经博士,始有

此称。

③ 死章句:死于章句之下。章句即章句之学,以析章句读为重,是汉儒解经的主要方法。

④ 经济策:经世济民的方略。与今义微不同。

⑤ 足著二句:谓鲁儒衣著仿古。远游履,明胡应麟《少室山房笔丛》:"盖魏晋间屦名远游。"方山巾,其制出于汉代宗庙祭祀时乐舞者所著之方山冠,以五色丝扎成,方正而高隆如山。方山巾当以软巾仿冠结扎而成。

⑥ 缓步二句:谓鲁儒行态拘谨。从直道,不曲行;先起尘,长裾曳地。

⑦ 秦家二句:秦相李斯不重儒生,曾建议秦始皇焚书。此用其典。褒衣,儒者之服褒衣博带,即大裾宽带。

⑧ 君非二句:谓鲁儒与自己非同类之人。《史记·叔孙通列传》记汉初叔孙通佐刘邦制订新朝仪,奉使征召鲁儒三十余人,其中二人谓叔孙通"所为不合古",不奉召,叔孙通笑曰:"若真鄙儒也,不知时变。"遂携其余三十人回京,完成改造礼制大业。此用其典。

⑨ 时事二句:见下讲评。汶水,今大汶河,济水支流,源出山东莱芜县北。

读此诗，首先会想到作《大人先生传》的阮籍。阮籍《咏怀》第五十五云："洪生资制度，被服正有常。尊卑设次序，事物齐纪纲。容饰整颜色，磬折执圭璋。堂上置玄酒，室中盛稻粱。外厉贞素谈，户内灭芬芳。放口从衷出，复说道义方。委曲周全仪，姿态愁我肠。"洪生，即所谓鸿儒、大儒。时光过去了五百来年，而"鸿儒"之迂腐虚伪竟一成莫变。"顾余不及仕，学剑来山东，举鞭访前途，获笑汶上翁"，从同时所作的《五月东鲁行答汶上翁》可见，李白刚到山东，就因学剑问途而被汶上的大儒们非议取笑。作为新时代的"大人先生"，李白自然不仅要"答"之，而且要"嘲"之。

然而，较之阮籍诗，本诗又显示出唐人诗较魏晋诗的两种进境。首先，我们很容易地会感到在对腐儒形相的刻画上，李白更通过细节绘形绘色。按善写人物形相是盛唐诗的一大风景，名篇有李颀《送陈章甫》、《别梁锽》，杜甫《饮中八仙歌》等。李白本诗也体现了这一风会，而于穷形极相之中，语含轻蔑调笑，则又见李白洒落本色。其次本诗的层次也较阮诗丰富。前八句正写鲁儒以嘲之,后六句以李斯、叔孙通二典正反言之,由嘲笑而抒怀,且以"时事"二字与起首"死章句"遥相对照,从而深化了主旨。按孔子以中庸为极则,又称"君子时中",故中庸并非折中,而是扣二端而求其中,亦即权衡正反两端,因时制宜而求得合适的度。李白并非反对读经,他幼时已熟读五经;他也不笼统非儒,所非的只是迂儒、鄙儒。对于通儒,他不仅不非,更引以为同调。"君非叔孙通,与我本殊伦",他正以汉初勇于通变改制的叔孙通自拟,可见过去将本诗说成非儒,是曲解李白本意的。

要探讨一下的是末二句:"时事且未达,归耕汶水滨。"通常注本说这二句是"笑鲁儒连时事都不懂,还是回汶水滨种田去吧!"这样解说不仅与"问以经济策,茫如堕烟雾"犯重,而且和"君非叔孙通,与我本殊伦"不协。"君非"二句由"君"及"我","时事"二句正就"我"而言,承上意谓我本是当代达于时变的叔孙通,只是时机暂且未到,穷而未达,所以归隐来到汶水之滨。言外大有切莫小觑于"我"之意。

古　风①（第十）

　　齐有倜傥生，鲁连特高妙②。明月出海底，一朝开光耀③。却秦振英声，后世仰末照。意轻千金赠，顾向平原笑④。吾亦淡荡人，拂衣可同调⑤。

① 本诗安旗教授系于开元二十九年(741)，李白四十一岁时。可从，参讲评。古风：参前《古风》第二十四注①，本诗咏鲁仲连以言志。

② 鲁连：鲁仲连。《史记·鲁仲连列传》："鲁仲连者，齐人也，好奇伟俶傥之画策，而不肯仕宦任职。"

③ 明月二句：赞鲁仲连气格。明月，即明月珠，《淮南子·说山训》："珠有夜光、明月，生于蚌中。"此化用之。

④ 却秦四句：言鲁仲连义不帝秦事。战国赵孝成王时，秦围赵都邯郸，魏使客将军辛垣衍劝赵尊秦为帝。鲁仲连往见赵相平原君，与辛垣衍辩论，讽平原君义不帝秦。平原君听之，辛亦折服。秦军闻之，退兵五十里。适逢魏信陵君

率兵救赵,秦军遂还。邯郸围解。平原君以千金酬鲁仲
连,仲连笑曰:"所谓贵于天下之士者,为人排患、释难、解
纷乱而无取也。即有取者,是商贾之事也。"遂辞去,终身
不复见平原君。仰末照,仰其余辉。顾,回看。

⑤ 吾亦二句:言志。淡荡,淡泊坦荡。拂衣,《后汉书·杨震
传》:"孔融,鲁国男子,明日便当拂衣而去,不复朝也。"后
世因以拂衣为决绝而归意。同调,犹言同志;调,曲调。谢
灵运《七里濑》:"谁谓古今殊,异代可同调。"

　　诗分三层,前四句总写鲁仲连气格,"倜傥"、"高
妙"为全诗领脉。明珠出海,光耀顿开,言其久默韬晦,
应时而出。而"一朝"字引起第二层"却秦"以下四句,
概括鲁仲连义不帝秦事。"意轻"千金,"顾笑"平原,关
合上四句"倜傥"、"高妙";"振英声","仰末照",则为
末二句伏脉。最后两句为第三层,自写壮怀,言当以鲁
仲连为法,仰其"末照",一旦功成,拂衣归隐。全诗气
局开阔而词气俊爽,脉理分明却跌宕波峭。"却秦"四
句尤可玩味。俗手作来,或于"后世仰末照"后径接"吾

亦"二句言志;或极写鲁仲连义不帝秦后,再言"后世仰末照",以接"吾亦"二句。这两种方法都平淡无奇。李白将鲁仲连义不帝秦事分作二节写,先写"却秦",再垫以"后世"句表敬,然后回到鲁仲连拒金拂衣之意态。这样既使鲁仲连的豪俊意态,因着"后世"句的铺垫作用而更令人印象深刻,也使"后世"与"我"似断而续,形成词气的跌宕。太白诗的结构,平稳中有波澜,错综中有脉理,二体异曲同工。这是读通读好其诗的法门。

本诗当与前录《嘲鲁叟》对看。李白初入长安无成,学剑向鲁,致笑于齐鲁间陋儒,故作《嘲鲁叟》;本诗中齐鲁间的"倜傥生"鲁仲连正可作为陋儒的对立面。二诗相反相成。同时期又有《别鲁颂》诗,以友人鲁颂为鲁仲连之后裔,歌鲁连以勉之。由此可见定本诗为开元二十八、九年作是合理的。

在李白诗中,鲁仲连和孔明、姜尚、谢安是出现频率最高的与军政大事有关的历史人物。因此了解鲁仲连,特别是李白心目中的鲁仲连,对于理解李白的人生态度十分重要。一般以为鲁仲连有纵横家之风,有侠气,从而以之作为李白尤重纵横家、任侠的证据。这是有待讨论的。司马迁不以鲁仲连入《游侠列传》，也不与同时代的苏秦、张仪合传或并列，这说明在太史公的心目中，鲁仲连既不同于以一死报私恩的游侠，也不同于以口辩权谋邀求荣宠于乱世的纵横家。所谓鲁仲连"义不帝秦"，着重在一个"义"字，故《史记》本传称之为"好奇伟俶傥之画策，而不肯仕宦任职，好持高节"。节义方是鲁仲连品格的核心。尤当注意者，是《汉书·艺文志》有《鲁仲连子》十四篇，归入"儒五十三家，八百三十六篇"之中。战国之世，儒者如孟子就以善辩而游说诸侯，是风气所致；而鲁仲连是其中尤为"俶傥"不群者。李白学纵横术，学剑任侠，但骨子里是"庄"逸"孟"英的结合，故对鲁仲连尤其心仪。所谓"齐有俶傥生"之"生"字，正有以见出，在李白心目中鲁仲连是与他所嘲之齐鲁陋儒不同的卓立特行的达儒型"儒生"，只是多了点侠气，或可称之为"侠儒"。也因此，在《别鲁颂》中，他勉励鲁颂要"攻文追前烈"，"攻文"在李白看来仍是鲁仲连清风亮节的根本。《史记》载鲁仲连《遗燕将书》，起云"吾闻之，智者不倍时而弃利，勇士不却死而灭名，忠臣不先身而后君"，所论与孟子所说大智大勇者正同，而以忠（诚信）为立身之本。这其实也是李白思想的核心。明白了鲁仲连与李白的关系，则对李白的任侠、学纵横当有更深的解会。

游　泰　山^①（六首选一）

　　日观东北倾^②，两崖夹双石。海水落眼前^③，天光遥空碧。千峰争攒聚，万壑绝凌历^④。缅彼鹤上仙，去无云中迹^⑤。长松入霄汉，远望不盈尺。山花异人间，五月雪中白^⑥。终当遇安期，于此炼玉液^⑦。

① 本题一组六首，此为其五。组诗题一作《天宝元年四月从故御道上泰山》，知作时为742年4月，时李白四十二岁，是寄居东鲁初期。泰山：五岳之首，又名岱宗，在今山东泰安。

② 日观：日观峰，泰山东南顶峰。《水经注·汶水》："日观者，鸡一鸣时，见日始欲出，长三丈许，故以为名。"东北倾：言日观极高，相对似觉东北地陷。

③ 海水句：想象之辞。海指东海。组诗之四曰："攀崖上日观，伏槛窥东溟。海色动远山，天鸡已先鸣。"可与此句与下句互参。

④ 千峰二句：形容日观之高峻险要，下视千峰如千头攒动聚在一起，其沟壑又无可度越。

⑤ 缅彼二句：按组诗的前四首多写遇仙，如其四云："吟诵有所得，众神卫我形。云行信长风，飒若羽翼生。"此则承之而言，众仙倏已远去，了不留踪迹。缅，远。

⑥ 长松四句：是承上望仙而忽见山景。霄，云霄；汉，银河。合指天穹。雪，《岁华纪丽》："泰山冬夏有雪。"

⑦ 终当句：承上谓必将再遇上仙。安期，安期生，汉代仙人。《神仙传》记，太真夫人对和贤君说，安期生当来泰山烧金液丹法，可相随而传其术。此用其事。

　　起二句写登临峰顶以总领全诗。"东北倾"极言其峰高，是关键词，其意贯穿以下各句。"海水"二句写远眺：落海水，接天光，既申言峰高，又于水色天光中见开朗胸襟。"千峰"二句写俯瞰，即孔子"登泰山而小天下"之意，而千峰、万壑又从广度展开，愈见崇高。以上四句是一层，从"宏观"落笔。以下本可直接"长松"以下四句写细部，不意诗人却宕开一笔，云"缅彼鹤上仙，去无云中迹"，这两句看似不续，实则句断脉连，乃承上四句之远眺俯瞰，谓俯仰之间，不觉已失向之所遇群仙踪迹（参注⑤），从而又勾连上一首，这是组诗的重要笔法，须细参。群仙既去，怅然望云，又将目光由俯瞰引向仰望：虽然仙踪难追，不意又忽开奇景，从而有"长松"四句之大境界。所谓"柳暗花明又一村"者近是。于是更生求仙之望，以遇安期、炼玉液结束全诗。

《游泰山》组诗六首，在李白登览诗中有极重要地位，尤可注意者有三点。

与前录《登太白峰》一样，《游泰山》六首是以游仙体写登览诗。自刘宋谢灵运山水诗起，这种写法已时有所见，而能集二体之长熔于一炉，并使之蔚为大国者，当推李白。游仙与登览，都写山水，但区别在于前者旨在虚无，其山水意象均为笼统印象以至趋于雷同，几成符号；而后者精于刻画，讲究于写形传神中见出世意趣。故刘宋以后两体大致别为二途。而太白则能取游仙超妙之神入登览写实之境，遂使笔底山水有飞动之势兼飘逸之神。这在《登太白峰》中已有初步表现，而至《登泰山》组诗，则更形成其奇之又奇的独特风格。诸如"天门一长啸，万里清风来"（其一）；"黄河从西来，窈窕入远山"（其三）；"海色动远山，天鸡已先鸣"（其四）；"独抱绿绮琴，夜行青山间。山明月露白，夜静松风歇"（其六）；均是写实而成奇逸之体的例子。而本诗中最精彩的是"长松入霄汉，远望不盈尺。山花异人间，五月雪中白"四句：参天长松，望之竟"不盈尺"，山花映雪，时令却在"五月"。均所谓反常合道，是泰山的特有景象，也是望仙之时意念所致，这是李白登览诗写景的重要特点。

从结构上看，自谢灵运起，便将以前游览诗之一线单衍，变为将景物隔作二层甚至三层来写，于移步换景中,见出心情变化,使情景递送,转转入深。本诗即是二层写景的范例(见前析),而就整组诗来看,景色又分为十数层,越出越奇。唯不同于谢灵运者,本诗景色转换是由游仙的思绪来转换的(六首大抵如此)。在想象中展开层层奇景,是李白笔下山水所以奇逸而又自然的重要原因。《唐宋诗醇》评云:"后三篇,状景奇特,而无刻削足迹,盖浩浩落落,独往独来,自然而成,不假人力,大家所以异人者在此。若其体近游仙,则其寄兴云尔。"此评是很有见地的。

然而虽说体近游仙,却又不无现实感兴。李白这类诗,常可当作感怀诗来读,这是又一特点。十分有意思的是组诗的第一首开首八句:"四月上泰山,石平御道开。六龙过万壑,涧谷随萦回。马踪绕碧峰,于今满青苔。飞流洒绝巘,水急松声哀……"意谓四月间我从当年(开元十三年)明皇帝东封泰山时的御道上山。想当时御驾如六龙驭日般行过千山万壑,涧谷也似乎追随着君王萦回。然而如今,碧峰山道上的无数马迹,已长满了青苔。飞流从绝顶上飞洒而下,隆隆轰响,和着阵阵松涛,使人闻之不觉心生悲哀……当年君王东封的威严,如今只剩下点点苍苔,哀哀松风。全组诗的游仙之想,都是由这一背景生发开来的。这是否多少有点对玄宗东封、穷极铺张不以为然之意呢?读者不妨见仁见智。

南陵别儿童入京[①]

白酒新熟山中归[②],黄鸡啄黍秋正肥[③]。呼童烹鸡酌白酒,儿女嬉笑牵人衣。高歌取醉欲自慰,起舞落日争光辉。游说万乘苦不早[④],著鞭跨马涉远道。会稽愚妇轻买臣[⑤],余亦辞家西入秦[⑥]。仰天大笑出门去,我辈岂是蓬蒿人[⑦]。

① 本诗为天宝元年(742)秋,在东鲁奉诏入京,辞家而作。题一作"古意"。南陵:据竺岳兵先生考证当为汶水阙陵之南半山陵。儿童:当为女儿平阳及儿子伯禽,按魏颢《李

翰林集序》："白始娶于许……女既嫁而卒;又合于刘,刘
诀;次合于鲁一妇人……终娶于宋。"合"会稽愚妇"句看,
当时李白原配许氏夫人已故,再娶妻子刘氏当已离异,故
题不言妻儿,单言"儿童"。

② 白酒新熟:唐时白酒为酿制而成,与后蒸馏之烧酒不同,久
贮易变质,故以新熟为佳。《清异录》记李白好饮"玉浮
梁",或谓即此酒。

③ 黍:黏性黄小米。按旧说本诗南陵为安徽南陵。黍为北方
作物,新说南陵在山东,此为一证。

④ 说(shuì):以说辞动人。万乘:周制,天子有兵车万乘,故
以万乘指代天子。一车四马为一乘。

⑤ 会稽句:《汉书·朱买臣传》记,朱买臣,会稽人,贫而勤
读,薪樵自给,好负担诵书,其妻劝而不听,羞之求去,买臣
笑曰:"我年五十当富贵,今已四十余矣,汝苦日久,待吾富
贵报汝功。"妻子怒曰:"如公等,终将饿死沟中耳,何能富
贵!"终于离去。后买臣入京为汉武帝信用,任会稽太守,
其妻愧而自缢死。郭沫若据此典以为刘氏由会稽携归,其
实用典不必拘泥,参注①。

⑥ 秦:指长安,在秦都咸阳附近。

⑦ 蓬蒿人：贫士。《庄子》记子贡访原宪，见宪居蓬蒿中。

　　本诗极写奉诏入京时狂喜而自负自得心情。自开元十三年出蜀以来，至此已十七年，其间李白访名山，善价待沽无成；入长安依托主家求进，复无成；多次投书名公，请求汲引，亦无成；挫跌连连，本已一腔牢愁，更那堪许氏夫人弃世，续配刘氏复离异。所谓亲人的轻蔑，其伤痛百倍于他人。此时忽然否极泰来，夙愿得遂，积年怨愤为之一扫，而豪情万丈，喷薄而出。过去有以李白本诗显示其“庸俗一面”，然而在明白了以上背景后便可知，此说不免苛责古人。不过从中可以悟到，李白核心的志向还是用世以活国济民，仅以仙风道骨目之，也未得其谛。

　　诗的妙处在虽说得意，而未曾忘形；虽说奔放，而仍跌宕有致。古人论诗有“直致”一语，谓直截了当而见其风致，以论此诗，十分恰当。

　　全诗十二句用三韵。前六句为一韵，不从奉诏起笔，而径写当时欢欣鼓舞情态：以酒新熟鸡正肥，呼童烹鸡酌酒,儿女嬉笑牵衣,高歌取醉,起舞映日,一气串联滚动而下,在流水行云般的节律中,传达出喜极之情。而由"我"及于"儿童",又以儿童作陪衬,归到自身"高歌"、"起舞",更于流走中见摇曳风神。以下"游说"二句又一韵,"会稽"四句再一韵,从音声看是两部分,但在内涵上却一气贯穿。"游说"二句,从君臣关系言,"会稽"二句,由家庭关系言,"仰天"二句总收。这在古诗中叫作"韵意不双转",效果是避免层次间的截然分开而得浑然一体之势,是汉魏古诗之遗意,李、杜多用之,与中晚唐歌行体之多意随韵转不同。这是读七言古诗时尤其要重视的一点。

全诗有三重波澜。前六句写极喜而不言原因,造成一种悬念。至"游说"二句方逆笔补出奉诏之意,是一层波澜;但又不直说奉诏,也不作怨怼之语,只于"游说万乘"见气概,于"苦不早"见企盼,是自留身份地位又极有分寸之语。"会稽"二句,由君及家,横生第二道波澜,上句用朱买臣典极切,盖当时李白年四十二,正与朱入京前年龄相仿,下句由古人及自身,并点"入京"题意。至此题意已尽，似难以为继，不料又三起波澜："仰天大笑出门去，我辈岂是蓬蒿人。"起六句之"喜"，经过中四句的回环曲折，至此又沛然喷涌，全诗就此戛然而止。《唐宋诗醇》评云："结句以直致见风格，所谓词意俱尽，如截奔马。""辞意俱尽"，是说积年悲喜，和盘托出；"如截奔马"，是说辞意虽俱尽，但似奔马骤勒，既收得干脆，又有一股冲涌向前的余势。是的，人们从这夸张的结语中，不是能读到一种历挫跌而百倍自信的干天豪气吗？

评家曾论杜甫《闻官军收河南河北》为老杜"生平第一快诗"，而本诗亦可称太白第一快诗。二诗虽背景不同，诗体不同，但对读仍甚有趣。杜诗曰：

> 剑外忽闻收蓟北，初闻涕泪满衣裳。却看妻子愁何在，漫卷诗书喜欲狂。白日放歌须纵酒，青春作伴好还乡。即从巴峡穿巫峡，便下襄阳向洛阳。

同是久愁而喜极，同是节奏欢快，同是用家人为陪衬，而杜诗欢快中见沉厚恳挚，太白本诗则欢快中见放浪豪俊。请仔细涵泳，可见二人性情之不同。

清平调三首①

云想衣裳花想容②,春风拂槛露华浓③。

若非群玉山头见④,会向瑶台月下逢⑤。

① 这三首诗作于天宝二年(743),李白时年四十三。清平调:
  唐世新曲,据现存资料,为合李白此组诗而始创。

② 云想句:谓杨妃面貌娇美,连云、花亦羡慕,清王琦注谓二
  句由梁元帝《采莲曲》"莲花乱脸色,荷叶杂衣香"化出。

③ 春风句:比杨妃为春风中含露鲜花。

④ 群玉:仙山名,《穆天子传》并注谓即《山海经》中玉山,西
  王母所居处。

⑤ 会向:当向。瑶台:王嘉《拾遗记》谓碧海中有昆仑山,山
  对七星之下,上有九层,第九层有芝田蕙圃,皆数百顷,旁
  有瑶台十二,各广千步,皆以五色玉为台基,群仙居于此。

一枝红艳露凝香①,云雨巫山枉断肠②。

借问汉宫谁得似,可怜飞燕倚新妆③。

① 红艳：指玄宗与杨妃所赏玩之红牡丹，同时兼比杨妃。

② 云雨句：言楚王与巫山神女梦会事属虚妄，以反衬玄宗杨
　妃之欢爱。断肠，此指羡爱。

③ 借问二句：谓杨妃美于汉成帝后赵飞燕。可怜，可叹。倚
　新妆，凭借新妆方可媲美杨妃。

　　名花倾国两相欢①，常得君王带笑看。

　　解释春风无限恨②，沉香亭北倚栏杆③。

① 名花：指牡丹。倾国：指美女，即杨妃。

② 解释：消解。春风无限恨：指玄宗春恨情肠。

③ 沉香亭：在兴庆宫龙池东。是玄宗杨妃赏花处。

　　《松窗杂录》记有这组诗的本事，大意谓：开元中，
禁中初垂木芍药，即牡丹花，得四株：红、紫、浅红、纯
白，玄宗移植于兴庆池东沉香亭前，花盛开时，趁月召杨
妃观赏。乐工欲歌，玄宗说："赏名花，对妃子，焉用旧
乐为？"便命李龟年持金花笺宣赐翰林学士李白进《清

平调》词三章,李白宿醉未解,奉诏援笔立成。玄宗命梨园子弟调抚丝竹,命李龟年歌之,自己调玉笛以倚曲,"每曲遍将换,则迟其声媚之"。李白由此而得宠信。以上所记"开元中"的时间肯定弄错了。李白为翰林待诏在天宝初。杨玉环为玄宗妃在武惠妃卒后数年,约当开元末年,怎可能提前到开元中赏花作词呢?但所记沉香亭前赏牡丹的情节与诗意正合,其确实时间当为天宝二年暮春,而所记玄宗句"赏名花,对妃子"正可为组诗纲领。

诗人在处理名花与美人的关系上是有主次的,是以花映人,花为辅,人为主。而就组诗的内在联系看,则是一、二首暗喻,第三首明挑。此外在细部上又自有针线衔接。可称结撰精巧,但读来却有风行水上之感。这是本组诗最值得称道的地方,今略为诠解。

第一首的中心句是"春风拂槛露华浓",孤立地看,这是写花,但既以"云想衣裳花想容"领起并作陪衬,读者自然可明白"花"所"想"者其实是人。黄叔灿《唐诗评笺》评曰:"此首咏太真,著二'想'字妙。次句人接不出,却映花说,是'想'字之魂。'春风拂槛',想其绰约;'露华浓',想其芳艳。脱胎烘染,化工笔也。"此说前二句甚明。三、四句以"玉山"、"瑶台"仙女作比,既进一步醒明诗主为人,更将二句所表现的风韵仪态作了进一步的发挥。既已化实为虚,又以"若非"、"应是"虚词勾带,与起首"云想"、"花想"相呼应,更使杨妃之美有空灵如云中仙子之感。

第二首起句"一枝红艳露凝香",如前人多所指出,是承第一首"花想容"而来,仍是以花暗喻人。次句"云雨巫山枉断肠","云雨"在意象上与上首"云想"又有若即若离的联系,而巫山神女,又醒明所写为人。巫山神女既只是神话梦幻,故三、四句言,必欲求其似,则唯有汉宫飞燕庶几近之,然而还必须"倚新妆"方可匹敌。这样由虚而实,连用两层衬托,把杨妃之美写到了极至。

如果说第一首专写杨妃之美,则第二首巫山神女、汉宫飞燕,已隐含楚王、汉成帝二位君王,从而为第三首当今"君王"的出场做了铺垫。李锳《诗法易简录》:"此首乃实赋其事而结归明皇也。"甚是。赞花是为了赞妃，赞妃又是为了颂圣，结到明皇方合应制诗的规范。"名花倾国两相欢"的主语，是"长得君王带笑看"的"君王"唐明皇。当时宠妃武惠妃已经去世，明皇不免春恨，而今得杨妃又对名花，其愁恨可解，故三句云"解释春风无限恨"，而结句更归到君王妃子"沉香亭北倚栏杆"，共同赏花。一笔绾君王、妃子、名花三者，结束组诗。这一首中"两相欢"、"带笑"、"释恨"、"倚栏"，环环相扣相生，笔法精细而摇曳生姿。明人陈继儒《唐诗三集合编》评云："三诗俱戛金石，此篇尤胜，字字得沉香亭真境。"确实三诗中应推此首最佳，佳在实写其事而运笔空灵跳脱，不过这种效果与前二首虚写的铺垫是分不开的。

前人每以为这组诗"美中带刺"，恐怕是"固哉，高叟之为诗也"。又有贬之为"平平宫艳体耳"，亦是心中先横亘了诗教的成见之论。宫中艳体未必无好诗，能艳而不俗，写出风神韵度，便是艳而能清。《清平调三首》便达到了这一境界。

翰林读书言怀呈集贤诸学士①

晨趋紫禁中,夕待金门诏②。观书散遗帙,探古穷至妙③。片言苟会心,掩卷忽而笑。青蝇易相点,白雪难同调④。本是疏散人,屡贻褊促诮⑤。云天属清朗,林壑忆远眺。或时清风来,闲倚栏下啸⑥。严光桐庐溪,谢客临海峤⑦。功成谢人间,从此一投钓⑧。

① 本诗为待诏翰林期间作,时当天宝二年(743)秋,李白年四十三。翰林:即翰林院,玄宗初年设置,原掌四方表奏批答,应和文章,后因中书省公务繁剧,乃选文学之士,号翰林供奉,与集贤院分掌制诰书敕,开元二十六年改翰林供奉为学士,别置学士院,专掌内廷敕命,起草将相拜免、号令征伐文书,有"内相"之称。李白为待诏,与翰林学士是有区别的,主要事务是以一技之长待皇帝诏命而献其所能。集贤:集贤院,属中书省,设学士、直学士。掌刊缉古今经典,辨明邦国大典,并供侍读,分掌敕命。天宝初,集

贤院与翰林院同在宫禁。

② 晨趋二句：二句互文见义，点明供奉翰林日常生涯。晨、晚
互文，写整日待诏。紫禁，古以紫微星座为帝座，故称宫禁
为紫禁。金门，汉金马门为才能优异者待诏之所，此借指
待诏翰林。

③ 观书二句：谓待诏之暇，得博览古籍，深研其中奥微。帙，
布制书套；散遗帙，即解开书套。穷，尽，作动词用。

④ 青蝇二句：二句因果倒装，因"白雪难同调"，故"青蝇易相
点"。青蝇语出《诗·小雅·青蝇》："营营青蝇，止于樊，
岂弟君子，无信谗言。"青蝇喻进谗小人。点，点污。白雪
即《阳春》、《白雪》之"白雪"，雅曲名，与俗曲《下里》、《巴
人》相对，曲高和寡，典出宋玉《对楚王问》。

⑤ 本是二句：谓本性疏放，不意竟遭"褊促"的讥责。褊促，
狭隘。

⑥ 云天四句：谓见云天正清朗，因忆山居远眺；此时虽不可
得，而幸有清风时来，可倚栏长啸。啸，撮口发出悠长清越
之声，是古人遣怀的一种方式。属，正当。

⑦ 严光二句：思古启下两句。严光，东汉余姚人，字子陵。少
与汉光武帝刘秀同学，光武复汉，子陵改名隐居，召为谏议

大夫,不受,隐居浙江桐庐。事见《后汉书·严光传》。今
桐庐尚有严陵濑与严子陵钓台古迹,相传为严光隐居垂钓
处。谢客,即谢灵运。儿时寄养人家,故小名"客儿",后人
称为"谢客"。谢灵运在刘宋朝不得志,于永嘉筑山庄,放
情山水,有《登临海峤初发疆中作》。临海,浙江临海。峤,
高而尖的山峰。

⑧ 功成二句:谓一旦功成,将如严、谢归隐。拂衣,决绝而去,
参前录《古风》第十注⑤。

唐宋人笔记称李白因醉草"吓蛮书",命高力士脱
靴。力士怀恨在心,因假李白作《清平调三首》之机,谗
之于杨妃,杨妃更间之于明皇,因此被"赐金放回"。小
说家言,固不足信,然而小说之虚构,又非偶然,本诗即
提供了切实可靠的背景:李白之所以被谗,原因在于
"疏散"不拘绳墨,而为朝士讥为"褊促"。褊促即狭隘,
而狭隘,在此为偏离大雅、行为奇特怪异之意。《明皇
杂录》称:"刘希夷、王昌龄、祖咏、张若虚、孟浩然、常
建、李白、杜甫,虽有文名,俱流落不偶,恃才浮诞而然

也。"恃才浮诞,正可为"褊促"作注。于此可见,盛唐才俊之士的疏散放浪,普遍为礼法之士所不容,李白恰恰为这一族群的代表。近几年,学界有一种说法,以为盛唐之世儒学没落,已不占主导地位。这是一种错觉,是以才俊之士的行为方式代替主流意识形态。终唐之世,儒学仍是主流意识形态,也因此才士放荡,均被摈斥;再深一步看,才子行为虽放荡,其骨子里,孟夫子所谓"达则兼济,穷则独善"仍是其立身要髓,这从前举李白诗的分析中已可见到。李白尚如此,何况他人,此为我们读盛唐诗时必须了解的一种文化现象。

这是李白集中又一首出色的"选体"诗,借读书探古,而抒不谐时俗之情怀,最能见出诗人被"赐金放回"的背景原因。作法上以"我"对今古的不同态度为核心,任笔纵横,似密致而实疏朗,于整饬之中见出诗人傲兀不群的意态来。较之前录各"选体",更见出李白的个性。

诗以"晨趋"、"夕待"二句领起,点题"翰林";由待诏之"待"而更叙暇余"读书",便有"观书"以下四句。

这四句"读书"是表,"言怀"是里,"探古"穷微,"会心"一笑,隐隐浮现出一种唯与古圣贤相往来而独得心解之自怡自矜气概。以下"青蝇"四句,看似另起一意,与前不续,然而"白雪"句又逆接前文"探古"、"会心"之意,断而复续,是说自己所以为"青蝇"——谗人中伤,盖因既与古人心心相印,自然曲高和寡,而遭人忌。"本是"二句更伸足前意,"疏散"申"白雪","褊促诮"应"青蝇":谓自己清中狂外,则所谓"褊促"之讥,全然是浅人皮相之论。既遭讥诮,更因云天清朗而发兴,遂有忆林壑、吟清风之想,即庄子所谓"独与天地精神相往来"之意,于是进而颂严光,慕谢客,结出功成身退、垂钓以终身之人生理想。

全诗除首尾外,对仗工切,是南朝以降五言诗的新体式,也就是所谓"选体",为初盛唐人赠答类诗最常用的体式(不能作五言排律读)。唯李白写来,虽步骤规矩,合乎体势,却不落平板,别有一种活脱跳荡的意趣气格。"青蝇"四句的另起逆补,生发回应,是结构上最成功处,使全诗于平平道来中,有一种波峭拗屈,骨相崚嶒之感。"云天"句又另起,而其意又如上所析与前文一脉相承。这种结构特点,是读太白五言长篇诗时尤其要细加玩索的。造语遣句方面,如"片言苟会心,掩卷忽而笑","或时清风来,闲倚栏下啸",均化家常语为奇警,俊逸清朗,是太白诗语言的根本特点。赠答体五言诗最易平板,人称唯杜甫能循体得势而化去笔墨畦畛,其实太白这类诗是足可与老杜并驾齐驱的。

"山雨欲来风满楼",天宝二年秋,太白待诏翰林方一年,已十分敏感地捕捉到了人生危机的征兆。这一年,他不少作品中表达了这种隐忧,如因为"揄扬九重万乘主,谑浪赤墀青琐贤"而担心"君王虽爱蛾眉好,无奈宫中妒杀人"(《玉壶吟》);又如"一惑巧言子,朱颜先成伤;行将轻团扇,戚戚愁杀人"(《惧谗》);"玉不自言如桃李,鱼目笑之卞和耻。楚国青蝇何太多,连城白璧遭谗毁"(《鞠歌行》),均可与本诗互参。李白虽放浪形骸,却并不糊涂,约半年之后,他的这些预感,便成为了事实。

月 下 独 酌①（四首选一）

花间一壶酒，独酌无相亲。举杯邀明月，对影成三人②。月既不解饮③，影徒随我身④。暂伴月将影⑤，行乐须及春⑥。我歌月徘徊，我舞影零乱。醒时同交欢，醉后各分散。永结无情游⑦，相期邈云汉⑧。

① 《月下独酌》是组诗，共四首，这是第一首。从其三之"三月咸阳城"句看，应作于天宝初二入长安期间（长安古称咸阳）。酌，斟酒、饮酒。

② 三人：指月、我（李白）、影。

③ 既：本。解：懂得。

④ 徒：空，徒然。

⑤ 将：与、和。音平声。

⑥ 及：趁着。

⑦ 无情：即《庄子·德充符》之忘情，是道家所说的泯去是非、得失、物我等区分，超然于一切之上的精神状态。

⑧ 期：期会，约会。邈：杳远。云汉：银河。水势盛称汉，银河在天而广阔，所以称云汉。这里泛指天上仙境。

李白自称"酒中仙"，酒，真可说是他不离左右的朋友。他乐时以酒助兴，愁时以酒销忧，甚至借酒装疯卖傻，侮弄权贵，平视帝王。酒更是他诗才的催化剂，所以杜甫说"李白一斗（酒）诗百篇"。本诗主题就是以饮酒为线索展开的。李白抱负极大，自比姜子牙、诸葛亮，但是没能遇到"周文王"和"刘皇叔"，二入长安都未得重用。"三月咸阳城，千花昼如锦"（《月下独酌》之三），然而三月过后，繁花又将怎样？盛年一去，人生又会如何？诗人虽说"谁能春独愁，对此径须饮"（同上），但狂饮不正是为了销愁吗？骨子里是愁，却偏要说乐观；明明孤独无知音，却偏要说得热闹非凡。这在别人是难事，但对李白来说，只要有酒，便能挥笔即来。

全诗可分四层意思：首四句点题并写在月明花好之夜饮酒。"独"饮而无人"相亲"，不免寂寞。这时，忽见月光照身，身影又投向地上，于是寂寞中忽生奇想，要邀月，对影，凑成三人。

五至八句承邀月对影而来，引出及时行乐的想法。诗人有情邀请月和影，然而月儿不见举杯，影子也只是空学着我的样子。诗人的孤独感排遣不去，于是他执拗地想，你虽无情，我偏多情，姑且与不饮不语的月和影为伴，开怀痛饮。人生为乐须及时，切不可辜负了良辰美景。从这种执拗之态中，不是仿佛可见诗人已颇有几分酒意了吗？

九至十二句承上"行乐须及春"直写下来，似乎更见其醉态。想到人生当及时行乐，诗人兴致勃然，不但自斟自酌，而且载歌载舞。这时奇景忽开，那不饮不语的月和影，竟然有情有知起来。"歌"、"舞"两字是互文。"歌"字兼含"舞"意，"舞"字兼含"歌"意。诗人酒意朦胧中感到明月在随着自己的歌舞前后移步，身影也凑趣似地翩翩起舞。他正欣喜若狂，却忽然想到"醒"时"月"、"影"与我同欢共乐，然而酩酊大"醉"后，"月"、"影"不是又将离我而去吗？于是他不觉又悲从中来。请注意"月"、"影"本无所谓与人交欢，言"醒时同交欢"，更担心"醉后各分散"，可见已由微醉而入酩酊。酩酊大醉中还想紧紧抓住虚无的"月"和"影"，诗人真是孤独得可以呵！

最后两句从低沉中振起，醉中遐想，呼应开头，结出诗旨。经过了"月"、"影"和我交欢共舞的热闹场面，诗人再也不愿忍受"醉后各分散"的冷清。那怎么办呢？他想出了一个绝妙的主意，那就是庄子所说的"无情"。"无情"，就是"忘情"，忘掉一切利害关系，忘掉自身的存在；忘掉了自身，不也就没有你我、彼此之分了吗？不也就你中有我，我中有你，万物同一了吗？不也就无所谓分离了吗？于是他对月和影说：不要紧，醉了更好，让我们把自己都忘了，长相聚，不分离。离开这繁华尘嚣的"人间世"，飞升到九天中、银河里，永作那绝对自由的"逍遥游"。

全诗以月明花好之夜为背景，以独饮为线索，层层展开我与"月"与"影"的关系，来抒发心中的孤独无知音之感。"月"照"我"而有"影"，孤独的我是三者的中心，因此题为"月下独酌"。月下是独，人群中也是独（参上诗），诗人离开长安的时间不远了。

古　风①（第四十六）

一百四十年②，国容何赫然③。隐隐五凤楼④，峨峨横三川⑤。王侯象星月，宾客如云烟⑥。斗鸡金宫里，蹴鞠瑶台边⑦。举动摇白日，指挥回青天⑧。当途何翕忽，失路长弃捐⑨。独有杨执戟，闭关草太玄⑩。

① 本诗当为天宝初李白被谗去京前后作。

② 一百四十年：旧说"四"字误，盖武德元年至天宝四载尚不足一百三十年。詹锳先生解本句云："太白《为宋中丞请都金陵表》(作于天宝十四载)云'皇朝百五十年，金革不作，逆胡窃号，剥乱中原'，谓至天宝十四载唐有天下已百五十年，则此诗当是天宝四载左右太白被谗去朝后作，或太白别有算法，'四'字不当有误。"此说可从。又按，据末二句，时李白当尚未离京，"四十"是举成数而言。

③ 国容：国指京都，国容，京都气象。赫然：威盛之意。赫，本意火焰貌。

④ 五凤楼：东都洛阳外朝门。此泛指宫殿。

⑤ 三川：长安有泾、渭、洛三水交汇。

⑥ 宾客：指王侯门下附庸者。

⑦ 斗鸡二句：主语仍是王侯、宾客。斗鸡，玄宗好斗鸡，贵戚
大臣多效之。参《古风》第二十四注⑤。蹴鞠：踢球。鞠，
古足球，以皮革制成，中充以物，与今之充气足球不同。唐
时盛行蹴球之戏，宫内、禁苑均有球场。

⑧ 举动二句：主语同上，白日、青天喻君王。二句写王侯权贵
气焰之盛，已动摇君听，危及国体。

⑨ 当途二句：此二句讽权贵们得势迅疾，一旦失宠则将长期
被弃捐。语出扬雄《解嘲》"当途者升青云，失路者委沟
壑"，当途即当路。翕忽，迅疾貌。

⑩ 独有二句：以汉代扬雄守默持志自比。扬雄《解嘲》序：
"哀帝时，丁、傅、董贤用事，诸附离之者，起家至二千石，时
雄方草《太玄》，有以自守，泊如也。"杨执戟，即扬雄。扬
雄曾除为郎官，给事黄门，须执戟以侍。曹植《与杨德祖
书》："昔扬子云，先朝执戟之臣耳。"太玄，即《太玄经》。
按扬雄草《太玄》时与董贤等同官，并未退隐。

本诗用反跌法刺时言志，其脉络大抵如次：起四句极写国祚久远，帝都辉煌；"王侯"以下六句，以王侯为主，宾客为从，继写权贵穷奢极欲，势焰迫天；"当途"二句是关锁，总束上文，启开下文，从而引出结末两句，以扬雄草《太玄》自拟，言贤者恬于势利，守默自洁。

脉络虽清晰，但对诗意的理解却众说纷纭，这除了"一百四十年"句的推算方法不同外，更重要的是对诗法的理解是否恰当。而其关键在于最后四句。

如前析，"独有"二句与前"王侯"六句状权贵势焰形成对照，则作为前后转折关锁的"当途"二句，不应阑入其他人事。有一种说法谓"失路"句是相对"当途"而泛言不得势者长期被弃用云云，这是不合诗法的。又有一种说法谓"失路"者是李白自指，并因而推论，李白天宝三载被谗出京，至十四载是十年，可称"长弃捐"，故本诗当作于天宝十四载，正合武德元年起，至此约为"一百四十年"之数，更进而引出李白"三入长安"之说。此说看似合理，但更有违诗法。因为"独有"二字已说明，所用以自拟的扬雄，是相对于上二句之"当途"与

"失路"者的独有的例外,因此"失路"者非"李白"自指甚明,而天宝十四载作说及李白"三入长安"说也就失去了依据。

"失路"者既非泛指,又非自指,则唯一的解释应是指当路者失势,如王琦注所说"太白意谓,此辈幸臣,当其得志,不过翕忽之顷;一朝失宠,长于弃捐不用,盖言不足恃之意"。而从诗法来考察,此说也是最恰当的。这里要十分注意扬雄草《太玄》的典故。据《汉书·扬雄传》,扬雄在西汉末,先为待诏,后除为郎,给事黄门。先后与王莽、董贤同官。及"莽、贤皆为三公,权倾人主",扬雄则"三世(成、哀、平三世)不徙官"。及王莽篡汉,"谈说之士用符命称王莽功德获封爵者甚众,雄复不侯,以耆老久次转为大夫"。因此班固称他"恬于势利乃如是,实好古而乐道,其意欲求文章成名于后世。以为经莫大于《易》,故作《太玄》,传莫大于《论语》,作《法言》……用心于内,不求于外,于时,人皆訾(忽)之,唯刘歆及范逡敬焉,而桓谭以为绝伦"。由《汉书》所记可知:(一)扬雄草《太玄》在汉末三帝时,虽不升官,不封侯，但仍是在官之身；（二）《太玄》是一部发挥《易》理、专谈天人哲理的哲学著作，而《太玄》之作是"用心于内，不求于外"，以自明与王莽、董贤等封侯为公、荣名在身者不同；（三）扬雄因此被世人忽视，但为有识者所敬，以至被推为"绝伦"——出类拔俗。弄懂了扬雄草《太玄》的情境及影响，则可明白：首先，"当途"、"失路"两句，王琦的解说是合理的。这两句收束前六句"王侯"的势焰，而结出一种哲理性的人生现象，身外荣名虽盛极一时，但其实不可久恃。故顺理成章地以扬雄草《太玄》结束全篇，言外之意是：此理唯能通玄理、知天命者得知，我今天虽不遇，但当如扬雄般"用心于内，不求于外"，则自可出类拔俗，久传后世，而足以傲视"王侯"权要辈之昙花一现。由此，也可以进而明白，詹锳先生定本诗为天宝四载被放归去京后作虽大体合理，但仍有微疵。就扬雄之典来看，定为放归前不久，约当天宝二年下半年更为合理；也因此本诗虽有牢愁，但与去京后诗之激愤异常者不同。

天宝初作说与"一百四十年"句的矛盾，詹锳先生已作了较合理的论证,唯"李白另有算法",到底如何算尚不得其详。这里提供一种推测:《旧唐书·高祖本纪》记,隋文帝开皇末年,善相人者史世良对李渊(后为唐高祖)说:"公骨法非常,必为人主,愿自爱,勿忘鄙言。"因此"高祖颇以自负"。这可以看作李渊代隋的种子。由隋开皇末至唐天宝初约"一百四十年"。李白自小好六甲奇书,也许他正是从天命归李渊亦即天命归唐开始算起,故在本诗中称一百四十年,而在天宝十四载《为宋中丞请都金陵表》中称"皇朝百五十年"吧。

最后四句的关系及涵意已明,则全诗的佳处也就便于体味了。反跌法的关键在于前后对比强烈,转折出人意外。本诗起句"一百四十年,国容何赫然",看似平平,但略通古诗文者都明白,这是大篇章的开局方式,于平顺中见庄严宏大。"隐隐五凤楼,峨峨横三川"伸足前意,以"五凤楼"、"三川"两个标志性的意象,缀以"隐隐"、"峨峨"二词,写出了帝都横空出世、似与天邻的气象氤氲。在这种氛围里,被讽的对象出场了。"星月"、"云烟","金宫"、"瑶台","白日"、"青天",都上应帝都似与天邻的氤氲,而活动其中的王侯及其宾客,斗鸡,蹴鞠,荣光快乐似乎一同于遨游仙境,声势气焰更至于可转天回日。然而乐极生悲,物极必反,在这烈火烹油般的景象中,人们似乎可以嗅到一息隐隐的祸乱气息:金宫、瑶台,为帝王之所,他人岂可随意玩耍;白日、青天,则天行有常,又岂能"摇"而"回"之。于是"当途"、"失路"二句急转直下,跌出扬雄草"玄",守默自洁。冷然一笔,戛然而止,却与前文的极度繁华适成对照,诗歌的主旨也就尽在不言之中。

如果说前十句是以相近意象的叠加,突出繁华势焰,则这一意象群又与结末的守默自洁构成相反意象的对照。现代语言学文学批评以相同意象的叠加与相反意象的对照,作为诗歌肌质联系的主要手段。李白本诗看来可以为之作教科书。

蜀 道 难①

噫吁嚱②,危乎高哉,蜀道之难难于上青

天。蚕丛及鱼凫，开国何茫然③。尔来四万八千岁④，不与秦塞通人烟⑤。西当太白有鸟道，可以横绝峨嵋巅。地崩山摧壮士死，然后天梯石栈方钩连⑥。上有六龙回日之高标⑦，下有冲波逆折之回川。黄鹤之飞尚不得过⑧，猿猱欲度愁攀援⑨。青泥何盘盘⑩，百步九折萦岩峦。扪参历井仰胁息⑪，以手抚膺坐长叹⑫。问君西游何时还⑬，畏途巉岩不可攀⑭。但见悲鸟号古木，雄飞雌从绕林间。又闻子规啼夜月⑮，愁空山。蜀道之难难于上青天，使人听此凋朱颜⑯。连峰去天不盈尺，枯松倒挂倚绝壁。飞湍瀑流争喧豗⑰，砯崖转石万壑雷⑱。其险也若此，嗟尔远道之人胡为乎来哉！剑阁峥嵘而崔嵬⑲，一夫当关，万夫莫开。所守或匪亲，化为狼与豺⑳。朝避猛虎，夕避长蛇㉑。磨牙吮血㉒，杀人如麻。锦城虽云乐㉓，不如早还家。蜀道之难难于上青天，侧身西望长咨嗟。

① 蜀道难：乐府《相和歌·瑟调曲》旧题。《乐府古题要解》
云："《蜀道难》备言铜梁、玉垒（均蜀中山名）之阻。"（见
《乐府诗集》卷四十引）

② 噫吁嚱：惊叹声，蜀地方言。

③ 蚕丛二句：蚕丛，鱼凫，传说中古蜀国的两个国王。茫然，
缈远貌。扬雄《蜀王本纪》："蜀王之先，名蚕丛、柏灌、鱼
凫、蒲泽、开明……从开明上至蚕丛，积三万四千岁。"
（《文选》左思《蜀都赋》李善注引）

④ 尔来：自从蚕丛、鱼凫开国以来。四万八千岁：极言时间
之长。

⑤ 不与句：言蜀地自古与关中阻绝。秦塞，犹言秦地。塞，山
川险阻之处。秦中自古称四塞之国。

⑥ 西当四句：古代蜀地本和中原隔绝，公元前 306 年秦惠王
灭蜀，使张仪筑都城，置蜀郡。据说，当秦国开发蜀地时，
秦惠王许嫁五位美女为蜀王妃，蜀王派五丁力士去迎接。
回到梓潼，见一大蛇钻入山穴中。五力士共掣蛇尾，把山
拉倒，力士和美女都被压死，山也分成五岭（见《华阳国
志·蜀志》）。太白，山名，在今陕西眉县南，当秦都咸阳之
西，故云"西当太白"。鸟道，高险仄迫的小径。横绝，横

度。峨嵋,山名,在今四川峨眉山市。巅,顶峰。天梯,高峻的山路。石栈,在山崖上凿石架木而建成的栈道。

⑦ 六龙回日之高标:古代神话,羲和驾着六龙拉的车子载太阳在空中运行。六龙回日,是说山的高峻险阻。左思《蜀都赋》:"阳乌回翼乎高标。"此化用其语。立木为表记,其最高部分叫标。高标,指山的最高峰,成为这一带高山的标志。《文选》孙绰《天台山赋》:"赤城霞起而建标。"李善注:"建标,立物以为之表识也。"

⑧ 黄鹤:即黄鹄,善飞的大鸟。古"鹤""鹄"字通。

⑨ 猱:蜀中所产的猿类动物,又名金线狨。愁攀援:以攀援为愁。

⑩ 青泥:岭名,在今陕西略阳西北。是由秦入蜀必由之路。《元和郡县志》卷二十五:青泥岭"悬崖万仞,山多云雨,行者屡逢泥淖,故号为青泥岭"。盘盘,屈曲貌。

⑪ 扪参历井:意谓山高入云,伸手便可摸到一路上所见的星辰。参宿三星,属现在所称的猎户座。井宿八星,属双子座。据古代天文学家所说,秦属井宿的分野,蜀属参宿的分野。由井到参,是由秦入蜀的星空。仰胁息:抬头似感到呼吸亦被抑迫。

⑫ 膺：胸口。

⑬ 君：泛指入蜀的人。下同。

⑭ 畏途：使人望而生畏的道路。

⑮ 子规：即杜鹃，又名杜宇。蜀中所产的鸟，相传为蜀古望帝魂魄所化。子规春末出现，啼声哀怨动人，听去好像在说"不如归去"。

⑯ 凋朱颜：青春的容颜为之黯淡。

⑰ 飞湍句：意谓山上的瀑布和山下的急流都发出巨大的声响。喧豗，哄闹声，音宣灰。

⑱ 砯：撞击声。这里是撞击的意思。

⑲ 剑阁：在今四川省剑阁县北，即大剑山和小剑山之间的一条栈道，又名剑门关。

⑳ 一夫当关四句：西晋张载《剑阁铭》："一夫荷戟，万夫趑趄。形胜之地，匪亲勿居。"语本此。当关，把住关口。莫开，不能打开。或匪亲，假若不是可靠的人。狼与豺，指残害人民的叛乱者。

㉑ 猛虎、长蛇：与上文的"狼与豺"意同。

㉒ 吮：吸。

㉓ 锦城：即锦官城，成都的别称。成都以产锦著名，古代曾设

官于此，专理其事，故称。

　　本诗的作意历来聚讼纷纭，计有讽明皇入蜀，讽章仇兼琼（玄宗开元间剑南节度使）、罪严武（肃宗、代宗时剑南节度使）、送友人入蜀、即事成篇等说法。诗收入殷璠《河岳英灵集》，此集编成于天宝十二载；《唐摭言》《本事诗》（均晚唐五代人作）又都记李白初至长安，贺知章见访，见《蜀道难》，叹为谪仙人。李白至京在天宝初，所以讽明皇、罪严武之说可不攻自破。宋人多主张讽章仇兼琼说，但也难有确证。清顾炎武《日知录》卷二十六说，"李白《蜀道难》之作，当在开元、天宝间。时人共言锦城之乐，而不知畏途之险，异地之虞，即事名篇，别无寓意"。在难有定说的情况下，此说还是较通达的。送友人入蜀说与此相类，可并存。

　　虽然本诗难确指一人一事，但作诗时总有一定的心态，全诗极言蜀道之难之险，同时激荡着一种奇伟之气，险难与奇伟的交织交融，形成了全诗卓荦不群、横空杰出的气势。这基调与李白出蜀时所写诗篇不同，却极近于开元末、天宝初被谗出京后《行路难》之作，对前途希望与失望交织的心态（参见《行路难》赏析），应当是全诗的心理基础，故可以推想这应当是李白二次入长安前后的作品。

《蜀道难》是乐府旧题，今存陈代阴铿本题五言体诗，篇制窄小，推演汉人王尊故事，无甚新意；而李白以其不世才力将往古的传说与现实、与山川奇观融合为一体，如天风海涛，奇观凸出，充分地以蜀中山川之奇，体现了诗人心中的奇气。其作法上承《楚辞》，故《河岳英灵集》评云："至如《蜀道难》等篇，可谓奇之又奇，然自骚人以还，鲜有此体调也！"

虽然"奇"，我们还是可以扪摸到在雄健奔放的气调、惊心怵目的夸张中，有着一定的章法。西当太白——青泥何盘盘——剑阁——锦城，标示了全诗实以由秦入蜀行程来组织奇观的。而"西当太白有鸟道，可以横绝峨嵋巅"，从行程之始，其笔势已直透蜀中。同时起首、中间、篇末"蜀道之难，难于上青天"的三次唱叹，呼应回环，如歌曲的主旋律，将层出的险象组结成一体,并形成高扬——低回——高扬——低回的感情节奏,从而起伏有致地将诗歌推向高潮。其中整与散、张与弛、奇险与平大的结合,达到了完美的地步,确实得楚骚精髓,又体现了诗人丰富的想象力与巨大的组织天才。

读李白诗,人们都会感到天马行空般的自由挥洒,但细细品味,会进一步感到,这天马仍是步武有序,并非临空乱踔。读到这一层,才能真正理解李白诗。

灞 陵 行 送 别①

送君灞陵亭,灞水流浩浩②。上有无花之古树,下有伤心之春草。我向秦人问路歧③,云是王粲南登之古道④。古道连绵走西京⑤,紫阙落日浮云生⑥。正当今夕断肠处⑦,骊歌愁绝不忍听⑧。

① 本诗当为天宝三载(744)春赐金放归时送别之作,时李白

年四十四。题意为以灞陵为题作歌行以送别。灞陵：即
白鹿原，又称霸上。因汉武帝陵寝在此，又称灞陵，在今陕
西西安市东。

② 送君二句：灞水为渭河支流，流经长安东南，上有灞桥，为
唐由京城向东南之交通要道，因而有驿亭，称灞陵亭，唐人
常于此送别。

③ 秦人：指当地人。

④ 云是句：秦人答词。王粲，字仲宣，建安七子之一。其《七
哀诗》写汉末兵乱时离长安往东南依刘表，有句云："南登
灞陵岸，回首望长安。"古道，秦汉时所筑驰道。

⑤ 走：奔向。西京：唐以长安为西京，洛阳为东京。

⑥ 紫阙：古以天子应紫微星座，故称宫禁为紫禁、紫阙。阙为
宫城前二门楼，互相对峙，中有阙口为通道，故称阙楼。常
以指代宫城。浮云：喻奸佞。

⑦ 断肠：极言伤心。《艺文类聚》引《搜神记》：一母猿失子，
长号而绝，剖腹察之，肠竟寸断。又灞桥有"销魂桥"之称，
此暗摄其意。

⑧ 骊歌：别离之歌。逸诗有《骊驹》之篇，有云："骊驹在门，
仆夫具存；骊驹在路，仆夫整驾。"后世因以"骊歌"指别离

之歌、诗。骊,黑色泛黄的马。

　　一般认为本诗是天宝二年或三载春,李白在朝中送人而作。其实细玩诗意及寻绎李白天宝三载出京行程,当为三载春被赐金放归时,行至灞陵送人以抒怀之作,可以说是送人并以自送之歌。

　　灞陵是送别之地,灞水浩浩又似乎诉说着不尽去思。此时诗人俯仰上下,但见古树无花,似乎看惯了百千年人间的离别;春草绵延,那渐远渐杳的碧色,更引动离别人的伤心。前四句点题灞陵,以即地春景暗示去思。

　　诗至此处,按常规作法,可以接写被送人的德行,或其前行去向,然后直接结末两句挑明不忍分别之意;李白却出人意表地舍客言主,突然以“我”字另提,写自己向秦人问路,引出“王粲南登之古道”,更由古道展开视野,却不是展望前路,而是回望京城长安,并落到“紫阙落日浮云生”。然后再以末二句结出断肠分别、不忍离去之意。这中间四句一反单纯送别诗写法,在没有任何铺垫的情况(如写友人之不遇)下,忽然掉转来写"我",这其实是自述怀抱;而其中尤当注意的是"路歧"、"王粲"、"走西京"、"落日浮云"几个意象。

路歧暗用杨朱逢歧路而痛哭之典,通常喻指对人生家国前程之迷茫。王粲"南登灞陵岸",是因为"西京乱无象,豺虎方遘患",长安因奸佞当道而引发兵乱。古道"走西京"的回望,既隐含王粲"西京"句,更以回望表示对京城忍而不能去也之情。"落日浮云",即李白《游金陵凤凰台》诗之"总为浮云能蔽日,长安不见使人愁"之意,指奸佞蔽君,志士失路,长安政局堪忧。如果我们把王粲出长安时的《七哀诗》与这四句对读,可以看出其思理是完全一致的,是自身离京时的写法。按天宝三载春,李白遭谗去京后,道出商州,到洛阳,游梁宋,而灞陵正是唐人出长安后向商洛的始发之地。因此,从诗的作法、寓意与诗人行程两方面考察,断本诗为遭谗去京、途出灞陵时邂逅友人又送别之作,可以无疑。

这诗不仅作时有歧见,连诗的艺术成就也有不同意见。明人李于鳞批评道:"(李白)间作长语,是欺人也,

然何处尔？如此诗但云'上有无花树'，'下有伤心草'，
'云是王粲南登道'，岂不雅驯？"这种看法是不值一
哂的。

诗是有音乐性的，这种音乐性，最主要的是所谓
"诗为心声"，诗的节律能传达出作诗者的感情节奏。
"上有"四句，以两个不规则的七言句与一个九言句，置
于一个规则的七言句前后，这有两个作用。其一，上承
灞陵送别，灞水浩浩的茫茫去思，先以两个不规则的句
式传达出此际阑珊悲恨的心声，其意直透"路歧"，引出
"王粲南登"；其二，"我向"句由不规则转为规则，并以
"云是"的九言不规则句作答，通过设问与"云是"的强
调，有效地为前文所述本诗的寄意作了铺垫。然后继写
回望长安"古道"、"紫阙"两句，又以规则的七言句，描
画出一幅宏阔而悲慨的景象，正与前面"上有"、"下有"
两句从节奏与意象上形成鲜明对照，从而见出诗人由友
朋别离之悲到家国之恨的感情升华。全诗长短错落，句
式与感情融为一体，正所谓是一片宫商。读者不妨以李
于鳞的改句来置换李白原句，再读一遍，必会感到索莫

乏气,幼稚同小儿语。

应当指出,中间四句中三句的不规则句式,其实是汉魏歌行体中常见的句式。李白即时即地,以自己的感情起伏,融古体而出以己意,化为己语,这正是李白诗的高明处。

五、南北漫游与变乱前夕(744—755)

"一朝去金马,飘落成飞蓬。"(《还山留别金门知己》)从天宝三载(744)春出西京起,至安史之乱前夕,李白以东鲁旧居为依托,南北漫游,长达十一二年,而大抵以天宝十载(751)秋冬间为界,可分为两个阶段。兹先勾勒其大体行踪如次:

前阶段约七年余。三载春出京后访商山,经洛阳,游梁宋,至济南,约于是年冬还至旧居。直至五载冬,除小游于齐鲁境内外,大抵在旧居度过;而先此,在五载秋,这位闲不住的诗人已萌动三下东南之想,因作《梦游天姥吟留别》,并于岁暮经宋城(今河南商丘)至扬州。此后在长达四年的时间里,以金陵为中心,南下越中,西游庐山,直至九载秋冬,始返东鲁。大抵在六载经宋城后至本年末这段时间内,已再娶武后朝宰相宗楚客之孙女,是为宗氏夫人。李白一生四娶而二得相门之女,亦可见虽穷窘不遇,而精神气度,仍有过人处。宗氏常居宋城,其娘家当在此地;而所纳第三位夫人"鲁一妇人"(约娶于赐金归山之初)当非正娶,而为妾。

后阶段约四年。十载(751)秋往河南,游汝州,经开封北上,复经魏、洺诸州,于十一载十月来至安禄山腹地幽州。盘桓三月,于十二载岁初南返,经宋城会宗氏夫人后,便归东鲁会二子(伯禽,颇黎)。不久即再经宋城而南游宣城(今属安徽),直至天宝十四载(755)安史之乱爆发时,约三年时间,均以宣城为中心,往复于吴越、皖南之间。有的研究者还认为天宝十二载春,由幽州南返时曾一度三入长安,但所举证据似都难以确立,故不从。

之所以将李白南北漫游划分为上述两个阶段,并不仅因其行踪,更重要的是,这一时期李白的心境与作品也大抵于天宝十载下半年为界有重大的变化,而这种变化,又与当时的政局相关。

人们常常会有这样的错觉,以为李白既被"赐金放回",则天宝初唐朝的政局已经不堪。其实天宝前期,尽管从开元十五年前后呈现的弊政苗头在日益滋长,但帝国的社会经济却因着有效的行政管理而仍然保持着上升的势头。军事方面,则在天宝十载前,对周边的战争,也较开元中更为顺利。深层的社会矛盾,对于表层的军政态势的影响一般都要滞后一段时间;而士族与庶族的争端及势力消长,也不能简单地与政局的安定繁荣还是动乱衰竭画等号。这是考察唐史与唐诗史时要尤其注意的一点。也因此,尽管从开元二十四年张九龄罢相起,才俊之士已失去了他们在中枢的最后一位代表;又随着中央借重节镇边将以内控政要、外制四夷的态势在天宝初愈益发展,才俊之士事实上受到士族与以军功超迁者两方面的挤压,但是为当时较开元时期更为繁荣的表象所鼓舞,天宝初他们虽对"循资格"不无牢骚,然而却更为执着地继续着对自己天真理想的追逐。或执拗地应试,落第,再应试;或远赴边陲,企望从另一途径谋取出身,同时更继续高唱着升平曲与从军行。其中甚至包括高适、岑参与后来被称作"诗圣"的杜甫。

　　帝国真正的重大危机,出现在天宝五载前后。应当说在行政能力上明显高出一筹的权相李林甫及其集团,在击垮了张九龄之后,开始对付他两个方面的新政敌。经过数年准备,于天宝五载至六载,他贬的贬,杀的杀,一举血腥镇压了以李适之、韦坚与韦陟堂兄弟、皇甫惟明、李邕、裴敦复为核心的另一士族集团;而几乎同时,随着杨玉环在天宝四载由太真妃晋封为贵妃,杨氏兄妹势焰日上,李林甫与杨氏的矛盾也开始激化。而更为严重的是,这一矛盾又与边事相联系。老谋深算的李林甫对安禄山开始扩张的势力有所戒心,而新贵杨氏兄妹则利用了李、安矛盾,勾结安禄山,与以李林甫为代表的旧士族对抗。不数年间,使安禄山由平卢一镇节度使,升为平卢、范阳、河东三镇节度使。至天宝十载后,其反相已经彰显。这时,只是在这一时期,才俊之士们才由朦胧的不安开始感到了问题的严重性,从而也引起了盛唐诗内涵的一些深刻变化。李白的南北漫游,正处于上述重大的历史转变期中。

　　漫游前期的七年多时间,李白的心态交织着极度失望与希望东山再起的深刻矛盾,而大致经历了愤激——消沉——再愤激的曲线变化。三载春出京后,他在商山凭吊助太子刘盈登基以安汉家的商山四皓,用意不言而喻;更高唱"长风破浪会有时,直挂云帆济沧海",执拗地坚持着一贯的志向。然而经过几个月狂飙式的发泄后,他几乎感到彻底失望了,遂于当年初在齐州(今山东济南)紫极宫由北海高天师授予道箓,当了在籍的道士,还躬自实践,炼丹烧药。然而神仙也对他的前途莫可如何。回东鲁旧居后不久,他大病了一场,沉绵既久,当是身心交瘁所致。病后他又作东南之游,从存诗来看已与初游东南时以赏览山水人文为旨趣不同,而多为寻山访道、与道流唱答之作,从中还可以窥见他时身着道服的身影;他甚至一度怀疑过自己的初志,以至对素所崇敬的鲁仲连也贬之为"沽名矫节以耀世"(《鸣皋歌赠岑征君》)。然而尽管如此,对于待诏翰林的那段辉煌与总算有恩于己的玄宗,他仍有着深切的怀恋。从天宝四载的"狂风吹我心，西挂咸阳树"（《金乡送韦八之西京》），到六载的"总为浮云能蔽日，长安不见使人愁"（《登金陵凤凰台》），我们能看到，虽说"十五游神仙，仙游未曾歇"（《感兴六首》其四），然而道教对他而言，更多的是失意之中的逋逃薮。在他的羽氅鹤衣之下，依然跳动着一颗俗世之心。由于早历世事，相对于岑参、杜甫等后起之秀，他似乎是当时意气风发的求仕热潮中的一位茕茕向隅者；然而骨子里，至少在天宝五、六载前，他对致成这一族群坎坷人生的深层原因，仍无清晰的认识。激愤也罢，颓唐也罢，这时还主要出于一己遭遇的本能反应。

耐人寻味的是，当时的才俊之士们对天宝五、六载李林甫策划的那场血腥镇压的态度。李适之、李邕、皇甫惟明、韦坚堂兄弟等都以好士称。就在天宝四载，李白、杜甫、高适还同往齐州谒见李邕。这一集团，其实是才士们在中枢的最后一重依凭；然而今天，我们几乎见不到事发当时才士们的反应。也许这是因为高压之下，人皆噤声；但从"诗史"兼"诗圣"的杜甫就在此际入长安,开始了他历时数年的忙碌的求仕活动来看,总体而言,他们甚至未曾意识到这一事件,即使对他们自身而言也是一个近于毁灭性的打击。爬梳现存的吉光片羽般的史料,当时仅有的例外,倒恰恰是被称为"诗佛"的王维,数年之后,则有我们这位有"诗仙"之誉的李白。

王维尽管无奈地周旋于李林甫他们周围,却在事发当时即诗赠在贬的韦陟,含蓄却又深情地表示了不平与同情,并从此开始了他"以忍为教首"的身心分离的"朝隐"生活,显示了他对朝政与仕途的彻底绝望。

李白的明确反应则要迟至三四年后,但来得激烈与血性得多。天宝八载或稍后一二年冬的《答王十二寒夜独酌有怀》篇末,他几近呐喊般地写道:"君不见李北海,英风豪气今何在;又不见裴尚书(敦复),土坟三尺蒿棘居。少年早欲五湖去,见此弥将钟鼎疏。"结合诗中对哥舒翰取代王忠嗣"西屠石堡取紫袍"的蔑视、海涛天风般的节律,以及先后所作《梁甫吟》"二桃杀三士"的隐喻,我们有理由推测天宝五载秋李白作《梦游天姥吟留别》诗,高唱"安能摧眉折腰事权贵,使我不得开心颜"而决意东游访道，当是对这一变故的隐晦反应。至此他开始因有所清醒而极度绝望，而极度绝望往往包含着新一轮的反弹。因此天宝九载前后，应是李白南北漫游心境转换的交接点。而至天宝十载四月，唐军对南诏之战大败，八月，安禄山又大败于奚、契丹，二事都与杨国忠有关，以致朝野震动。这时，仅仅在这时，李白的《古风》三十四（羽檄如流星）与杜甫的《兵车行》先后相承唱出了他们对帝国大厦将倾之颓势及自身摆脱不去之恶运的深切忧虑，开始了较理性的审视与思考，而可以视为他们这一集群开始从迷惘中有所清醒的标志。

正是在这一背景中，可能受到友人从军的启发，也可能是得到幽州方面的延请，李白以天宝十载秋首途的幽州之行为起点，开始了他南北漫游时期的第二阶段。谪仙人，这时才真正由谪到酒乡而谪到人间。尽管有迹象表明，李白初往幽州时对安禄山仍有幻想，但经实地观察后，他在幽州所作《北风行》，以及同时或稍后的《远别离》、《书情赠蔡舍人雄》、《书怀赠南陵常赞府》

等大篇诗作中，就已再三再四地表达了对杨国忠—安禄山新贵轴心终将断送帝国的深重忧虑；即使在那些仍以浮海出世为主题的篇章，如《登宣州谢朓楼》中，也表现了与前一阶段不同的明亮与郁愤剧烈对冲的拗怒意态。诗人已从基于一己的朦胧的焦躁不平而开始进入了家国之忧的更开阔也较为沉厚的思索，这一切预示了他已在作着东山再起、致君报国的准备。

至此我们可以对盛唐诗史中"诗仙"、"诗佛"、"诗圣"三大家并峙的历史现象作一简单评析了。

人们都将天宝三载李杜初会于梁宋，四载复二会于东鲁作为重要事件来叹美；然而就诗史的意义来看，李杜之会并无特别的意义。可注意的倒是当李杜"放荡齐赵间，裘马颇清狂"，"醉舞梁园夜，行歌泗水春"（均杜诗）之际，王维已开始了他"平生几件伤心事，不向空门何处销"的"朝隐"生涯；而当李白从幽州归来，为国运呼天抢地之际，杜甫正开始重复李白二次入长安的故事而奔走权门。我们不必苛责晚了一辈自然也更少阅历的杜甫，但唐诗史的事实是，就"诗史"的意义而言，恰恰是似乎离现实最远的诗佛,率先见微知著,感知了盛世之中潜在的危机。在盛唐诗人中,王维可说是唯一一位兼有"子"的气度的诗人,他那完成了由主玄趣向主禅趣转变的后期山水诗,其实是大厦将倾前最早征象的心灵折光,也是一代才士理想主义精神行将幻灭的最早信号。盛唐史具有"诗史"品格的序幕,应当说是由"诗仙"李白揭开的。从天宝八九载起,尤其是天宝十载后,他的主要作品,称得上是别一种"诗史",只是由于错投了永王李璘,报国蒙冤,一蹶不振,加以作品多数寓意深微,不易索解,故"诗仙"的诗史不仅不易引起人们注意,而且刚写了个头就结束了。而晚至天宝十载方以《兵车行》开始诗史创作的杜甫,则因乱中"麻鞋见天子,衣袖露两肘",终于在李白获罪下狱之年,得以进入肃宗集团的中枢,更由于其"葵藿倾太阳"的正统儒家教养,方将与他的忘年交李白同时相先后开始的"诗史",一年一年地写了下去。

因此,诗佛、诗仙、诗圣虽风格迥异,却先后相承,共同体现了盛唐才士群在天宝中后期心路行迹的重大转化;也从不同角度,以自己的方式宣告了开元十五年前后以来理想主义歌唱的幻灭,从而成为盛唐诗史的重要分界。也许我们还是应当为他们各自不同的不幸而庆幸。如果三大家共同来写杜甫式的诗史,诗坛也太单调了,而嗣后中晚唐诗国繁花纷呈的流变,也就因失去了多种源头而不可能出现。

行　路　难①(三首选一)

　　金樽清酒斗十千,玉盘珍羞值万钱②。停杯投箸不能食,拔剑四顾心茫然③。欲渡黄河冰塞川,将登太行雪满山④。闲来垂钓坐溪上,忽复乘舟梦日边⑤。行路难,行路难。多岐路⑥,今安在。长风破浪会有时⑦,直挂云帆济沧海⑧。

① 这诗是天宝三载(744)李白离开长安后所作。原作三首,这是第一首。行路难:乐府《杂曲歌辞》旧题。

② 珍羞：珍贵的菜肴；羞，同"馐"。直：同"值"。

③ 停杯二句：鲍照《拟行路难》："对案不能食，拔剑击柱长叹息。丈夫生世会几时，安能蹀躞垂羽翼？"此化用其意。箸，筷子。茫然，纱茫而无着落貌。

④ 欲渡二句：比喻人生道路中的事与愿违。鲍照《舞鹤赋》："冰塞长川，雪满群山。"

⑤ 闲来二句：古代传说：姜尚未遇周文王时，曾在蟠溪（今陕西宝鸡东南）钓鱼；伊尹见汤之前，梦舟过日月之边。这里把两个典故合用，表示人生遭遇的变幻莫测。

⑥ 岐路：岔路。岐，字通"歧"。

⑦ 长风破浪：比喻宏大的抱负得以抒展。刘宋宗悫少时，叔父宗炳问其志，答曰："愿乘长风破万里浪。"（见《南史·宗悫传》）会：当。

⑧ 云帆：指航行在大海里的船只。因天水相连，船帆好像出没在云雾之中。《论语·公冶长》第五："道不行，乘桴浮于海。"又《史记·鲁仲连列传》记，鲁仲连在齐将田单收复聊城后逃隐海上，曰："吾与富贵而诎于人，宁贫贱而轻世肆志焉。"此化用二事。

本诗素多歧说，关键在于最后两句如何理解。历代注家多付阙如，唯明人朱谏《李诗选注》卷二云："世路难行如此，惟当乘长风挂云帆以济沧海，将悠然远去，永与世违。"今人注解则多因"长风破浪"语，而谓末二句是说总有一天，长风破浪远渡沧海，冲破艰难以实现理想。但浮海分明是用《论语·公冶长》篇夫子语，不免扞格难通。其实李白的另一首诗《玉真公主别馆苦雨赠卫尉张卿》中的二句可为此作注，诗云："功成拂衣去，摇曳沧洲旁。"功成拂衣是用战国鲁仲连典，《古风》之十便专咏其事云："齐有倜傥生，鲁连特高妙……吾亦澹荡人，拂衣可同调。"因此本诗末二句之意是说一旦能如宗悫那样建功立业，便当功成身退，似夫子、鲁仲连一样，乘舟浮海而去。明此，则于全诗当有深一层的理解。

起笔化用鲍照《拟行路难》"对案不能食，拔剑击柱长叹息"句意，却极言酒食之美，以反跌第四句"拔剑四顾心茫然"。这是一诗主骨。天宝初，李白奉诏入京，对前途充满自信："仰天大笑出门去，我辈岂是蓬蒿人。"(《南陵别儿童入京》)但不足三年遭谗去职,"五噫出西京",虽然悲愤,以至求仙访道,但壮心并不因此死去,其《答高山人兼呈权顾二侯》诗云:"谗惑英主心,恩疏佞臣计。彷徨庭阙下,叹息光阴逝。未作仲宣诗,先流贾生涕。挂帆秋江上,不为云罗制。"十分真切地表现了他一方面心存玄宗能终于分清忠奸贤愚而再次召征他的幻想,以致"彷徨庭阙下",忍而不能即去;另一方面又感到无望,因此而生挂帆秋江,不为罗网所制之念。这就是他"拔剑四顾心茫然"的底因。这是一种极复杂的心态,"茫然"是彷徨,"拔剑四顾"则是悲愤乃至慷慨。悲愤使他想冲决罗网,于是欲渡河,欲登山,但所遇无非冰塞雪封,又使他跌落到茫然之中,只得垂钓闲居;但闲居中他想着的仍是建功立业的壮志未酬,以至积想成梦,效吕尚而梦伊尹,他总是以"帝王师"自居。然而梦醒之后依然是"行路难,行路难"的现实,他不知如何去实现抱负,因为"多岐路,今安在",于是只能在想象中圆足了自己的心志。最后两句中"会有时"与"直"两词

(词组)最可玩味,"会有时"是一种未果的假设,虽可说是信心,却同时也是虚幻,是一种极度失望而后的希望;"会有时"下接"直"字,是说一旦功成,立即身退,言下之意是向世人,特别是向那些妒贤嫉能的权贵表明,我其实无意于人世的尊荣,更无意于与你们一样固位争宠,我只是想做一点报国答君之事呵!注家曾评李白诗常"悲感至极而以豪语出之",这正是一个显例。十来年后安史之乱起,李白一度从军讨贼,有了"长风破浪"的机会,但他最终不仅未能功成身退,却因帝室的内哄受牵连而锒铛入狱,西流夜郎。返观此诗,能不使人感慨唏嘘?

沙丘城下寄杜甫①

我来竟何事,高卧沙丘城②。

城边有古树,日夕连秋声。

鲁酒不可醉③,齐歌空复情④。

思君若汶水⑤,浩荡寄南征⑥。

① 本诗作于天宝四载(745)秋,时年四十五。沙丘城:东鲁地名,具体在何处说法不一,以耿元瑞、竺岳兵先生所主在曲阜(鲁城)旁为较合理。杜甫:字子美,原籍襄阳,寄居巩县,少李白十一岁,后与李白齐名称李杜。

② 我来二句:从上句看,李白在沙丘是暂来。高卧,闲散无事状。《晋书·陶潜传》:"尝言夏月虚闲,高卧北窗之下,清风飒至,自谓羲皇上人。"

③ 鲁酒句:《庄子·胠箧》:"鲁酒薄而邯郸围。"此化用之。

④ 齐歌句:齐地人善歌,《孟子》有"齐右善歌"语,《孔子家语》有齐人女乐于鲁的记载。空复情,古诗:"婵娟空复情,浩荡而伤怀。"此用上句而以下句之意直透本诗末句。

⑤ 汶水:今名大汶河。由此句看,沙丘当近汶水。

⑥ 征:行。

　　天宝三载秋,遭谗出京的李白与青年杜甫初遇于梁宋(今河南开封一带),共游甚欢;分手后于次年春再聚于鲁郡(今山东兖州),游齐州(今山东济南),谒李邕,复相别;至秋月又三逢于鲁郡,旋又暌离,其《鲁郡东石门送杜二甫》有云:"秋波落泗水,海色明徂徕(山名）；飞蓬各自远，且尽手中杯。"则知当时李、杜离鲁郡后"各自"东西。本诗当在此后不久于沙丘忆杜甫而作。

起笔设问"我来竟何事"，复自答"高卧沙丘旁"，知李白此行又一事无成，只得以"高卧"却在"沙丘"自嘲，其意兴阑珊莫可如何之态浮现笔触。因此，望中"城边有古树，日夕连秋声"，古树依城已觉孤单，而又为秋风所摇，瑟瑟秋声，自昼至夕，所见所闻，无非是催人伤心的景象。愁苦难堪，故酒以消愁，歌以解忧，焉知鲁酒太薄，买醉亦难；齐歌虽佳，此时听来却如空作多情。至此愁闷已极，忆杜之情骤然迸发，而以"思君若汶水，浩荡寄南征"为结。

全诗看似平易浅切而实深厚，由阑珊而入愁，因愁而欲销愁，却"举杯销愁愁更愁"。这样，前六句分三个层次，一抑再抑三抑，抑至无可抑处，思绪骤然迸发高扬似水势浩荡，却又于"寄南征"中渐远渐杳，有无尽抑郁之余意。这是结构上的浅而深。

全诗语言全不费解，但细味之，起二句"竟"字、"高卧"字耐人咀嚼如前析。三、四句白描写景,而愁绪尽在不言中。五、六句,七、八句看似白话,但典中套典,用《庄子》《孟子》之典均切合当时自身所在地。而"空复情"、"浩荡"用古诗"婵娟空复情,浩荡而伤怀"二句化入四句中,一气呵成,不啻己出。最值得细味的是"鲁酒"之典,所谓"鲁酒薄而邯郸围",是说鲁恭公一次献霸主楚王酒薄而引发兵争,并非鲁酒一概皆薄。诗人则径以鲁酒为薄而不可醉,其实写出了不知酒薄还是愁深的意态。此前庾信《哀江南赋》曾这样用过此典,谓"鲁酒无忘忧之用",李白更翻用之而更浑成有含,有出蓝之妙。这些都是语言与文学意象上的似浅而深。

本诗中有一处可供深入研讨的疑问,不少学者认为当时杜甫已至长安,但从"思君若汶水,浩荡寄南征"来看,杜甫应在沙丘城以南。若在西北方的长安,"南征"全无着落。因此颇疑李杜鲁郡分手后,李白至鲁郡以北之沙丘城,而杜甫也许还在鲁郡一带滞留了一段时间,或者曾作南游,然后再往长安。

"思君若汶水,浩荡寄南征",还当与杜甫的"故凭锦水将双泪,好过瞿塘滟滪堆"(《所思》)较读,一俊快,一沉挚,性气不同,晰然可见。

梦游天姥吟留别①

海客谈瀛洲②,烟涛微茫信难求③。越人语天姥,云霓明灭或可睹④。天姥连天向天横,势拔五岳掩赤城⑤。天台四万八千丈,对此欲倒东南倾⑥。我欲因之梦吴越⑦,一夜飞度镜湖月⑧。湖月照我影,送我至剡溪⑨。谢公宿处今尚在⑩,渌水荡漾清猿啼。脚著谢公屐⑪,身登青云梯⑫。半壁见海日⑬,空中闻天鸡⑭。千岩万壑路不定,迷花倚石忽已暝⑮。熊咆龙吟殷岩泉⑯,栗深林兮惊层巅⑰。云青青兮欲雨⑱,水澹澹兮生烟⑲。列缺霹雳⑳,丘峦崩摧㉑。洞天石扉㉒,訇然中开㉓。青冥浩荡不见底㉔,日月照耀金银台㉕。霓为衣兮风为马㉖,

云之君兮纷纷而来下㉗。虎鼓瑟兮鸾回车㉘，仙之人兮列如麻㉙。忽魂悸以魄动㉚，恍惊起而长嗟㉛。惟觉时之枕席，失向来之烟霞㉜。世间行乐亦如此，古来万事东流水㉝。别君去兮何时还㉞？且放白鹿青崖间㉟，须行即骑访名山㊱。安能摧眉折腰事权贵㊲，使我不得开心颜。

① 诗题一本作"留别东鲁诸公"，一本"吟留别"下有"东鲁诸公"。天宝五载(746)冬李白由东鲁再次南游越中，行前作此诗，向东鲁的朋友作别。天姥：山名，在今浙江嵊州与新昌间。吟：歌行体的一种。留别：别而留念之意。梦游天姥吟与留别是诗题的两个组成部分。这种前半部分歌赋某物，后半部分说明为何而作的格式，是唐诗中常见的题式，不能将"吟"字连后二字读。

② 海客：海上、海边之人。瀛洲：传说海上有三神山：蓬莱、方丈、瀛洲。

③ 烟涛：浪涛翻腾望之如烟。信难求：确实难以寻求。传说

海上三山远望可见,近之则消失(见《史记·武帝纪》),其实是海市蜃楼。

④ 云霓:云霞彩虹。古人说虹为雄,霓为雌。

⑤ 拔五岳:超出五岳。五岳为东岳泰山、西岳华山、南岳衡山、北岳恒山、中岳嵩山。掩赤城:掩蔽了赤城山,赤城山为仙霞岭支脉,在今浙江省境内。

⑥ 天台二句:说东南名山天台虽高,面对天姥,相形之下似塌陷了下去。天台,在今浙江天台县北。此,指天姥山。

⑦ 因之:据此。因以上越人的谈论。吴越:偏义复词,指越。

⑧ 镜湖:在今浙江绍兴,因波平如镜,故名。

⑨ 剡溪:即曹娥江的上游,在剡县(今浙江嵊州),由曹娥江入剡溪,便近天姥所在嵊县。

⑩ 谢公宿处:晋谢灵运,曾由家乡上虞,山行七百余里,遍游浙中山水。其《登临海峤》诗:"暝投剡中宿,明登天姥岑。"

⑪ 谢公屐:谢灵运创制的登山木屐,屐底装有可活动的齿,上山则去掉前齿,下山则去掉后齿,以利山行,见《宋书·谢灵运传》。屐,木拖鞋。

⑫ 青云梯:指伸入云端的石级山路。谢灵运《登石门最高顶》:"惜无同怀客,共登青云梯。"

⑬ 半壁:即半山腰。海日:海上日出。

⑭ 天鸡:《述异记》:"东南有桃都山,山有大树,名曰桃都,枝相去三千里,上有天鸡,日初出照此木,天鸡则鸣,天下之鸡皆随之而鸣。"

⑮ 迷花倚石:使人眼迷的山花与欹斜坎坷的山石。倚通欹。忽已暝:言行于迷花欹石间,不知不觉天已黄昏。

⑯ 熊咆龙吟:可理解为山岩泉流声空谷传响似熊咆龙吟,也可理解为实指熊龙声。题为梦游,则以后说为长。殷:盛大,此作动词,兼有充满义。

⑰ 这句承上句说龙吟熊咆声使深林颤抖,使层巅惊恐。栗、惊都是使动用法。层巅,层叠的山峰。巅,山顶。

⑱ 兮:南歌中的语气助词。本诗游东南,故用此句式。

⑲ 澹澹:水波淡荡状。澹是淡的异体字。

⑳ 列缺:闪电。霹雳:雷声。

㉑ 崩摧:崩裂倒塌。

㉒ 洞天:道教所称神仙居处之一种。石扉:石门。

㉓ 訇然:大声貌。

㉔ 青冥:青天。天色青而深远不可测,故称青冥。

㉕ 金银台:神仙所居宫阙。郭璞《游仙》:"神仙排云出,但见

金银台。"

㉖ 为:动词,作。

㉗ 云之君:《楚辞》有《云中君》,指云神,此泛指神仙。

㉘ 虎鼓瑟句:张衡《西京赋》:"白虎鼓瑟。"《太平御览》引
《白羽经》:"太真常人,登白鸾之车。"鼓瑟,奏瑟。鼓作动
词用。瑟是一种与琴相似的弦乐器,唯弦索甚多,有五十
弦、二十五弦等。鸾,凤鸟的一种。

㉙ 列如麻:言其众多。《云笈七签》卷九六引《上元夫人步虚
曲》:"忽过紫微垣,真人列如麻。"

㉚ 悸:心惊。

㉛ 恍:觉醒貌。嗟:叹。

㉜ 向来:以往,这里指梦中时。烟霞:泛指梦游所见一切。

㉝ 东流水:喻一去不复返。

㉞ 君:指留别的朋友。去:离开。

㉟ 放:这里是松缰索任鹿而行之意。白鹿:亦仙之坐骑。梁
庾肩吾《道馆诗》:"仙人白鹿上,隐士潜溪边。"

㊱ 须行:缓缓地从容地行走。须,从容。即骑:就在鹿背上。

㊲ 摧眉折腰:意谓奴颜婢膝,点头哈腰。萧统《陶渊明传》:
"我岂能为五斗米,折腰向乡里小儿。"

本诗留别述情，借述梦于别友之际，写遭谗去京、意欲访道求仙的愤懑。

诗分三层：起八句借越人谈天姥之高峻，为梦游张本；"我欲因之梦吴越"至"失向来之烟霞"为第二层次，正写"梦游天姥"；"世间行乐亦如此"至末句因梦述情，表达远游求仙之意向。

陪衬与反跌，是其章法上的明显特征，先以瀛洲、天台陪衬天姥，再以现实之天姥陪衬梦中之天姥，渐入佳境，终成高潮后，忽焉梦觉，反跌入现实之可悲。这样就在入梦出梦，往复驰骋，大起大落中展开丰富的想象，叠出惊人之笔、瑰奇之景，形成天风海涛般壮伟奇丽的气势，于汹涌奔踔中逼出诗旨，尤能见出屈原《离骚》、《远游》等作的影响。唐殷璠《河岳英灵集》评李白诗曰："奇之又奇，自骚人以还，鲜有此体调也。"相当确切。

梦境是潜意识的幻化，解析一下本诗的梦境，颇能见出李白当时的心态。天姥高峻出世（虽然实际上只是丘陵），镜湖澄明可鉴，青云海日，开人心胸。这种高而清的山水之景，逗露出在遭谗去京后，李白皈依自然的渴望,这终于导致了仙境忽开、群仙降临的奇观。李白出京后,在济南受道箓,因此,这一高潮,来得合情合理。然而细读本诗,可见梦境从一开始,便于对光明的追求中,伴随着一种焦躁与不安:那如幻的月色,那悲猿的清啼,那百折千回的山路,那迷眼的花、欹侧的石,甚至那云意水气、电光石火,都是诗人在访仙求道中被暂时压抑下的悲愤在梦中的反弹。意识与潜意识在梦中的交战靡合,构成了梦境也是诗境的丰富层次。它是奇伟壮观的,却因着潜在的摆脱不去的幻灭感而显得更为悲慨动人。无怪乎梦醒之后,他虽一心要"须行即骑访名山",却仍高唱"安能摧眉折腰事权贵,使我不得开心颜"。这不是真正悟道者的话,真正悟道,还会对权贵耿耿于怀吗!

横 江 词 六 首①

人言横江好,侬道横江恶②。
一风三日吹倒山,白浪高于瓦官阁③。

① 横江词：此为李白自拟新乐府辞。六首辞断意连，有总有分，约作于天宝六载（747），李白年四十七。横江，即横江浦，与采石矶相夹一段江面。横江浦在安徽和县东南二十六里，为江北；采石矶在安徽当涂县北三十里，在江南。词，歌体的一种。第一首为组诗总领。

② 侬：吴语"我"。

③ 瓦官阁：在金陵，后改名昇元阁。传称晋哀帝时移陶官（瓦官）于淮水北，遂以南岸窑地施与僧慧力造寺，因名瓦官寺。又一作"瓦棺阁"，传说民间于此掘地得瓦棺，因称之。

　　海潮南去过寻阳①，牛渚由来险马当②。
　　横江欲渡风波恶，一水牵愁万里长。

① 海潮句：传说海潮回涌长江，至寻阳而回。唐诗多用之。寻阳即浔阳，今江西九江。在横江西南方向。

② 牛渚句：牛渚即采石矶，以矶形似牛得名。牛渚潮急，历来有"牛渚春潮"景观。马当，山名，在今江西彭泽西北，山形似马，横枕大江。

横江西望阻西秦^①，汉水东流扬子津^②。

白浪如山那可渡，狂风愁杀峭帆人^③。

① 西秦：指长安。

② 汉水句：汉水源出陕西宁强。长安南渭水即汉水支流。扬
子津，在今江苏仪征。津，渡口。自扬州至扬子津一段江
面称扬子江。唐时从长安到东南，水路由渭入汉再入
长江。

③ 峭帆人：一说"峭"或作"艄"，一说峭帆即高峭之帆。峭帆
人指船工。

海神来过恶风回^①，浪打天门石壁开^②。

浙江八月何如此^③，涛似连山喷雪来^④。

① 海神句：《博物志》记，周武王闻妇人夜哭，询之，答曰：吾
是东海神女，嫁于西海神童，西归，行必有大风雨。

② 天门：天门山，在当涂县西南三十里，是由皖向江浙水道必
经处。参前录《望天门山》注。

③ 浙江句:浙江即钱塘江,钱塘江以潮水闻名,而以八月十五
为最。《钱塘候潮图》称,常潮远观数百里,若素练横江;稍
近,见潮头高数丈,卷云堆雪,声如雷鼓急槌。又传云楚伍
子胥死后为江神,挟怒而鼓动钱江之潮。何如此,比此又
如何? 按由此句观,作诗时令当在八月前,而逗露八月十
五观浙江潮之想。

④ 连山喷雪:言连山的潮头如雪崩一样喷射迸发,气势雄壮。

  横江馆前津吏迎①,向余东指海云生②。

  郎今欲渡缘何事,如此风波不可行③。

① 横江馆:横江馆驿,在采石矶。津吏:管理渡口的小吏。
按由本句可知,李白已由横江浦渡江至采石。

② 海云生:预示风涛将至。

③ 郎今二句:津吏语。郎,男子尊称。欲渡,连上句当指
渡海。

  月晕天风雾不开①,海鲸东蹙百川回②。

  惊波一起三山动③,公无渡河归去来④。

① 月晕句：古人以月生晕为起风征候。

② 海鲸句：用木华《海赋》句意："鱼则横海之鲸……噏波则洪涟踧踖，吹波则百川倒流。"蹙，迫促，言鲸因迫促搅动海浪，以致使百川东回。

③ 三山：指海上三神山：蓬莱、瀛洲、方丈。

④ 公无渡河：古乐府相和歌辞有《公无渡河》，传为津卒霍里子高妻丽玉所作，写一白首狂夫披发欲渡，妻止之不听，遂溺死，妻援箜篌歌曰："公无渡河，公竟渡河，渡河而死，将奈公何！"此用其意。

　　本诗作年，众说纷纭。或谓津吏称诗人为"郎"，当为李白早年初游吴越时作，但"郎"未必指少年，而末首又云"公无渡河"，故知"郎"、"公"均未可为作年依据。或谓天宝初二入长安赐金放回由东鲁再游吴越作，则就诗言风波险恶，更有"横江西望阻西秦"之句而为言。此外尚有因诗言风波之恶若地动山摇，而以之作为李白天宝十二载三入长安之佐证。究竟如何，应由组诗之体制、作法寻绎。

六诗一时所作，而用乐府体，是连章乐府组诗，在章法上显著的特点有二。首先，第一首总领引起，第六首归结全组主旨，中间四首分言之。其次，各诗末二句大抵极言风涛险恶，而前二句（或二、三句相连）都含指示方向的地名，这首先使人想到东汉张衡的《四愁诗》。《四愁诗》分四章，各章以"我所思兮"起，而各各变换地名，分别为"我所思兮在太山，欲往从之梁父艰"；"我所思兮在桂林，欲往从之湘水深"；"我所思兮在汉阳，欲往从之陇坂长"；"我所思兮在雁门，欲往从之雪纷纷"。正是在东南西北四方欲行受阻的慨叹中，张衡寄托了伤时之感。《横江词》六章的章法显然受到《四愁诗》影响，这首先启发了我们，这六首组诗也可能有所寄托。又可与之互参的是，六章所举各地名，大都与长江相关，这是与横江合理联想；唯第三首"西秦"用指长安，在通常情况下与横江难以产生联想，而诗人刻意强调"阻西秦"、"那可渡"，则必为长安求仕受挫出京后下吴越时所作。至于究竟是哪一次出京之后，应当从诗中各地名及六诗之间的关系与李白数次出京后的具体行程来探索,故先将六诗关系疏通如下：

第一首总写横江风波之恶,"一风三日吹倒山,白浪高于瓦官阁",诗人目光所向是瓦官阁所在的金陵,是下吴越的重镇。

第二首起云"海潮南去过寻阳,牛渚由来险马当",横江浦对岸的牛渚,即采石矶,是本首的主要着眼点,而潮回"寻阳"、"马当"之险,均是就水势的关系由西南而收转到横江浦对岸牛渚风波之险。盖从横江由水路东向吴地,牛渚是必经之地,牛渚难渡,则吴地难达。

东向难渡,又侧身西北望。遂有第三首"横江西望阻西秦,汉水东流扬子津",首句西望长安而叹阻碍重深,次句以汉水与长江关系,由水系的源流,表述对回不去的长安的依恋。

东向难渡,西北难归,又转向东南望。第四首"海神来过恶风回,浪打天门石壁开。浙江八月何如此,涛似连山喷雪来"。在横江之南的天门是本首主要着眼点。它连上句海神恶风,下句"浙江八月"潮,可见诗人的视线已由天门远向东南的浙江乃至东海,而下贯五、六两首。

第五首"横江馆前津吏迎,向余东指海云生";第六首承"海云生"而道"月晕天风雾不开,海鲸东蹙百川回",均由第四首展开,其中第六首的"三山"上连"海鲸东蹙",则不当如有些注本谓金陵三山,而为海上三神山无疑,则末句"公无渡河归去来"当指泛海亦难而结束全篇。

从以上六诗的疏通可见,其一,各诗首二句放眼四方,虽有因于张衡《四愁诗》,但所指地理,又不同于张衡是完全虚拟以为比兴,而是以横江浦为中心的实际可能的去向。其二,所有这些去向,除第三首西望西秦外,都主要是指向东南,而终归于由越中向海。因此可以判定,李白处于这样一种心境中,他长安之行失败,游于东南,至横江,而有游越泛海之想,但心里又充满迷茫。与这种心态最为吻合的是在二入长安赐金放回之后。天宝三载李白出京游梁宋,回到东鲁居所,天宝五载秋即有游越之想,作《梦游天姥吟留别》,起首云"海客谈瀛洲,烟涛微茫信难求。越人语天姥,云霓明灭或可睹",

志趣在越而对海外三山持神往态度。天宝五载末即经宋城向吴，至六载春夏，游于淮海（苏皖一带），大致在秋季到越中。又同时期所作《同友人舟行》、《越中秋怀》、《登高丘望远海》诸诗中，李白反复慨叹"蓬壶望超忽"、"望海令人愁"、"三山流安在"，正与《横江词》表现的心理状态一致，可以互参。因此可以判定这组诗六首，当为天宝六载往来淮海而即将向越之际所作。其时令则由"浙江八月何如此"观之，以八月略前为最可能。至于作于天宝十二载三入长安后之说，则不仅三入长安说并无确凿证据，而且天宝十一载李白游幽州，目睹安禄山逆志，其忧心当着重于北方，而六诗仅言西望而丝毫未及北望；参以李白同期其他诗中绝无泛海之想，其不合明甚。

　　本诗在艺术上的主要成就是体现了李白参融古今、熔铸雅俗以自成一格的艺术个性。如前所言，其基本格局受张衡《四愁诗》影响，但是词气语调及连章组诗的形式一似吴越民歌，而想象之恢远、夸饰之奇警又分明有李白个性。其中尤为奇妙者在遣词造句，多化用古典而不着痕迹。如"郎今欲渡缘何事，如此风波不可行"，实以梁简文帝《乌栖曲》"郎今欲渡畏风波"一句化为两句；"海鲸东蹙百川回"，用木华《海赋》；"海神来过恶风回"，用《博物志》周武王事等等，均用典如盐着水。要之取古诗高远之调、民歌平易之体，写一己恢远之思，使这组新体歌辞达到"平易中道得快响"（明人评）、"矢口成吟，皆入化境"（《李诗纬》）的超妙境界。

登金陵凤凰台①

凤凰台上凤凰游，凤去台空江自流②。

吴宫花草埋幽径③，晋代衣冠成古丘④。

三山半落青天外⑤，二水中分白鹭洲⑥。

总为浮云能蔽日，长安不见使人愁⑦。

① 本诗作年说法不一。郁贤皓教授系本诗于天宝六载（747），近是。当时李白四十七岁。金陵：今江苏南京。凤凰台：据传，刘宋元嘉十六年，有三鸟止金陵山间，五色

斑斓,形似孔雀,一鸣而群鸟相和,时人谓之凤凰。遂名此
山为凤凰山,起台于此,称凤凰台。

② 江:长江。

③ 吴宫:三国孙吴都于金陵。

④ 晋代衣冠:本句与上句互文见义。东晋亦都于金陵。衣
冠,此指士族缙绅。冠为礼帽,士大夫衣冠有礼制规定,故
以代指。汉刘歆《西京杂记》卷二:"故新丰多无赖,无衣
冠子弟故也。"以衣冠与无赖对举,最见其义。

⑤ 三山:在金陵西南长江东岸,为金陵屏障,故又称护国山。
宋陆游《入蜀记》:"三山,自石头(城)及凤凰台望之,杳杳
有无中耳,及过其下,则距金陵才五十余里。"

⑥ 二水句:白鹭洲为长江中小洲,在金陵水西门外,因常有白
鹭聚居得名。秦淮河经金陵,西入长江,因白鹭洲在江心
而中分为二。

⑦ 总为二句:李白因权臣谗害,于天宝三载出京,游梁宋,下
吴越,而心怀长安,故云。陆贾《新语·慎微》:"邪臣之蔽
贤,犹浮云之障日月也。"又《晋书·明帝纪》记明帝幼时,
长安有使来,元帝问之曰:"汝谓日与长安孰远?"对曰:
"长安近。不闻人从日边来,居然可知也。"明日宴群臣,又

问之,对曰"日近"。元帝失色,曰:"何乃异向者之言乎?"对曰:"举目则见日,不见长安。"二句化用二典。

《归田诗话》记曰:"崔颢题诗黄鹤楼,太白过之不更作。时人有'眼前有景道不得,崔颢题诗在上头'之讥。及登凤凰台作诗,可谓十倍曹丕矣。"这是传说,未必可信,但李白本诗有仿崔颢而角胜之的用意,从起联句式相同,末句同样以"使人愁"收,不难看出。历代以崔、李二诗相比较,高下左右之论甚多,倒是清代《唐宋诗醇》的说法较通达:"崔诗直举胸情,气体高浑;白诗寓目山河,别有怀抱,其言皆从心而发,即景而成,意象偶同,胜境各擅。"确实,从有所仿效而言,始创者总是更引人注目;但就诗论诗,李白诗也自有胜处。

诗的前半部分很容易理解,诗人登台而思刘宋时凤凰来至故事,深悲凤去台空似乎象征着江南六朝繁华烟消云散,故有"吴宫花草埋幽径,晋代衣冠成古丘"之叹;但后半首如何与前半首相续,却颇费思猜。依通常诠解,谓李白登台又西望长安,深慨谗臣当道如浮云蔽日,使自己"五噫出西京",故云云。但这样说无论如何难以与上半首的兴亡之感贯通。

王夫之《唐诗评选》似乎看到了这一点,有云:"浮云蔽日"、"长安不见",借晋明帝语影出,"浮云"以悲江左无人,中原沦陷;"使人愁"三字总结"幽径"、"古丘"之感,与崔颢《黄鹤楼》落句语同意别。按晋明帝语见注⑦。此说指出"长安不见"一语所本,别具只眼,其意谓诗人借"长安不见"语,就六朝偏安江南一隅,空望中原而无志北进立论,指出六朝繁华消歇,是因浮云蔽日。这样解说就使尾联与二联的"幽径"、"古丘"之感,一脉相通了。但王说仍有缺陷。晋明帝语中并无"浮云蔽日",此语出陆贾《新语·慎微》,而且就这两句的关系看,"浮云蔽日"是主旨。这是不能回避的,而王说恰恰未及这一点,因而尾联仍与颈联难以贯通。

现在我们从诗人作诗的情境来分析一下:三山在金陵西南,白鹭洲在金陵西,李白登台远眺是立东向西,可见确有西望长安之意,他似乎想度越近景的山、水、洲,而远望那不可见的长安——君王所在处。诗歌的佳处正是在既影借晋明帝语，又参用陆贾语；既为六朝兴衰作结，同时又融入了自身的坎坷之感、不平之意。至此再返观"三山半落青天外，两水中分白鹭洲"二语，便会感到这似天外飞来的奇句，其实不仅为西望长安引脉，而且以其缥缈之感为全诗的情调作了出色的渲染。

闻王昌龄左迁龙标遥有此寄①

杨花落尽子规啼②，闻道龙标过五溪③。

我寄愁心与明月，随风直到夜郎西④。

---

① 据今人李云逸先生考证，王昌龄于天宝六载（747）秋由江宁丞贬龙标尉，本诗言春景，则当作于天宝七载（748）春，时李白在吴中，年四十八岁。王昌龄（694？—756？）：字少伯，京兆万年人，盛唐著名诗人，因曾任江宁丞、龙标尉，世称王江宁、王龙标。尤以七绝名世，且作有诗学论著《诗格》，时称"诗家夫子王江宁"。左迁：贬官。汉时右尊左

卑,故以左迁为降职的委婉说法,后世承之。龙标:即今湖南黔阳,当时为黔中道下属巫州治所。

② 子规:杜鹃鸟,暮春三月而啼,声似"不如归去"。

③ 五溪:辰溪、酉溪、巫溪、武溪、陵溪(一作沅溪)之总称。

④ 夜郎西:唐有二夜郎,一在今贵州境内,后李白所贬即此夜郎;一在今湖南境内,在龙标东北方而相邻近。此言夜郎西,泛言极远而隐含"夜郎自大"典故,不必细究,详参讲评。

本诗脉络、大意,融用前人语,历代解之甚明。

日人近藤元粹《李太白诗醇》云:"首句托兴,次句赋事,末二句写情。"论其脉络甚明。

沈寅《李诗直解》云:"此闻王昌龄之贬谪而远有所怀也。言杨花落尽之时而子规啼,春将阑矣。此时闻昌龄左迁龙标而过五溪荒远之地,不得晤言,而怀想弥切。我将愁心寄与皎月,则心也,月也,随风以入君怀,而直到夜郎之西,君可挹皎月而知故人之怀矣。"疏讲大意甚切。

敖英《唐诗绝句类选》云：“曹植《怨诗》‘愿作东南风，吹我入君怀’，又齐澣《长门怨》‘将心寄明月，流影入君怀’，而（李）白兼裁其意，撰成奇语。”析其融用前人语尤精。

这里补充两点。

连用三地名尤有深意：诗人要突出的是王昌龄贬所龙标之遥远蛮荒。这在五七言长篇或律诗中可以作直接描写，但是绝句短小，不宜铺陈，故以“五溪”、“夜郎”两个地名影借之。五溪历来作为蛮荒之地的代称。《后汉书·南蛮传》：“武陵五溪蛮，好五彩衣服。”唐人用为熟典，杜甫《咏怀古迹五首》之一即以“五溪衣服共云山”句，形容自己“漂泊西南天地间”的萧瑟景况。夜郎亦是熟典，《史记·西南夷传》记其为西南小国，竟不知汉与夜郎孰大，遂有“夜郎自大”之典故。龙标非人们熟知之地，今言“闻道龙标过五溪”，五溪已属蛮荒，龙标更过五溪，则其荒蛮真不可想象，而“闻道”两字，更点出了诗人对昌龄远贬的惊诧。接着更以“夜郎西”接五溪，则以“夜郎自大”典故，进一步暗示了龙标之所在,竟与中原杳远而不通消息。因此三地名,在层层递进地极言龙标之蛮荒的同时,也凸现了李白对昌龄之贬的不平与对这位前辈的关心担忧。当然这与李白当时的不遇处境相关,极见惺惺相惜之意。

又当仔细玩味者是三、四句的意象构成。风、月、心在李白诗中经常相互搭配使用,既表示不同心境,又显示富有动感的个性风格。如"狂风吹我心,西挂咸阳树"(《金乡送韦八之西京》),见其长安无成时之激愤;"罗帷卷舒,似有人开;明月直入,无心可猜"(《独漉篇》),暗寓虽遭冤狱而我心可鉴;"南风吹归心,飞堕酒楼前"(《寄东鲁二稚子》),发抒怀想儿女之情。而本诗尤其出色。心寄明月,既含千里共月之意,又有心如明月之义,更以长"风"吹送之,则月之明朗、风之俊快相融一体,在龙标、五溪、夜郎所构成的愁绪中露出了一脉富于动感的亮色调。这是李白写愁与众不同处。可叹的是,不到十年后,李白竟然真的流放夜郎(虽然是另一个夜郎)。这两句诗可以说是"诗谶"了。

寄东鲁二稚子①

吴地桑叶绿,吴蚕已三眠②。我家寄东鲁,谁种龟阴田③? 春事已不及④,江行复茫然⑤。南风吹归心,飞堕酒楼前⑥。楼东一株桃,枝叶拂青烟⑦。此树我所种,别来向三年⑧。桃今与楼齐,我行尚未旋⑨。娇女字平阳⑩,折花倚桃边。折花不见我,泪下如流泉。小儿名伯禽⑪,与姊亦齐肩⑫。双行桃树下,抚背复谁怜⑬。念此失次第⑭,肝肠日忧煎。裂素写远意⑮,因之汶阳川⑯。

① 本诗约天宝八、九载(749、750)春,在吴中作。时李白年四十九或五十岁。东鲁:李白寄居东鲁地点,请参"寄家东鲁与二入长安"概说。二稚子:指女儿平阳与儿子伯禽。

② 吴地二句:言在吴地见春已深。按桑叶嫩时淡绿嫩黄,言绿则已老,春蚕三眠三起,二十七日而老(见《本草》)。

③ 龟阴田:龟山之阴的田地。山北为阴,山南为阳;又水南为

阴,水北为阳。联系末句"汶阳川",则李白之田地应在龟山之北,汶水之南。据今人竺岳兵先生考证,当在今大汶口附近的阙陵之南陵。此用其说。

④ 春事:指春耕等农事。

⑤ 江行:指漂泊东吴。

⑥ 酒楼:旧注据《太平广记》引《本事诗》称李白"曾于任城构酒楼,日与同志荒宴其上",而谓指任城酒楼。但据诗意当别是一处酒楼,即在其居所附近。

⑦ 青烟:指青色的似烟似雾的云气。

⑧ 向三年:将近三年,指离开东鲁的时间。

⑨ 旋:归。

⑩ 平阳:与以下伯禽,均李白原配许氏夫人所生。

⑪ 伯禽:见上注,小名明月奴。

⑫ 齐肩:言身高相近。

⑬ 抚背句:这一句回到自身,谓有谁来抚姐弟之背而怜之呢!怜,爱怜。

⑭ 失次第:犹言乱了方寸。次第,顺序。

⑮ 裂素句:谓撕下素绢作此家书。

⑯ 之:往,寄往。汶阳川:即汶水在汶阳境内一段。

此诗妙在平平易易道来，而平易中有奇想，有波澜；琐琐碎碎写去，而琐碎中见思理，见曲致。因此，读通极易，读懂却要仔细玩味。

初读，会感到诗人的思绪纯然是一线衍展，无所曲折。然而就是这样似说家常的诗章，我们读来会有一种令人心悸的感动，这与作诗的情境及诗篇的章法以及由此而营造的诗性氛围密切相关。

本诗其实是别家近三载，舟行江上时所作。但诗人并非真正平直地起笔先写这一特定情境——这是逻辑性的写法——而是在触景生情、抒发思绪的过程中，分三处逆笔补出这一作诗情境。而这三处恰恰是思绪递次开展的关锁处。第一处是"江行复茫然"，这一句收束前五句，将即景发兴、遥忆家乡的思绪作一归总。春事不及已可叹，更那堪江水淼淼，漂流不知所之，于是诗人的情绪跌落到极低点，"茫然"之感似乎弥漫于江天。这时江上南风拂面吹来，诗人因而忽发奇想，欲倩南风吹送我心归去。"吹"字，"飞堕"字，入神地传达出诗人亟欲从苦闷中振起，在想象中归返家乡的特定心情；而

"酒楼",既是好酒的李白最自然的联想,他企望回到往昔日日买醉的处所来一纾离思,而同时与"茫然"字相应,营造出一种似醉似梦的氛围。正是在这种氛围中,他忽然"看"到了楼东桃树,于是又突然舍酒言桃,而这桃枝似乎在梦思中拂动着"青烟",拂动着他的记忆,这时他恍然有所悟,"此树我所种",然而"别来向三年"!这是第二处逆补。这一逆补又收总了上面的似梦思绪,其中"向三年"三字,传达了诗人当时恍惚之中屈指算来时锥心一般的酸楚。不仅如此,因三年更想到桃树现在应当与楼齐高了吧,然而行行不已的自身,却"我行尚未旋",这是第三笔逆补。它紧接着上一处,由三年不归说到归期遥遥,可谓痛上加痛。于是思亲之情不可遏抑地展开,遂连写八句,忆平阳,而及伯禽,分写不足,又以"双行"二句合写;不仅如此,更愈写愈细:折花垂泪,姐弟齐肩,双行桃树。然而这一切都只是想象虚拟,虚拟愈细,则见出思念愈深。然而虚拟总是虚幻,一想到现在再也无人对姐弟二人抚背相怜,诗人顿然从想象中回到现实,不觉方寸大乱,肝肠如煎,无奈,只得托书函寄送这无尽思念远至汶阳家居。篇末"汶阳川"又上应"江行复茫然"，有浩荡不尽的余意。

这首诗应当与杜甫《北征》对看。写儿女情态，晋朝左思《娇女诗》为最早的名篇，以后代有所作，至盛唐当以李白本诗与杜甫《北征》中有关描写为最（更后，至晚唐则有李商隐《娇儿诗》）。杜诗以沉挚有顿挫称，用实写，遣字着色，拗劲含蕴（参见本丛书《杜甫诗选评》）；李诗向来以风行水上称，本诗亦然，这是李杜之异。但是李白又并非没有顿挫，越是自然直致的诗，越是要有一定的顿挫，本诗的三处逆笔就是一种顿挫，也因此于直致中显出波澜。李白又向以俊逸洒脱称，但又并非没有沉挚。本诗的沉挚不下于杜甫，只是造语自然，纯任想象，于沉挚中透现出李白固有的坦荡无遮。这是李杜研究中要尤加注意的。

本诗又应与前录李白天宝元年入京待诏时所作《南陵别儿童入京》诗对读。事隔八年，当年"仰天大笑出门去，我辈岂是蓬蒿人"的夸张性的快语已不复存在。"念此失次第，肝肠日忧煎"的背后，应当有着李白这八年中荣光昙花一现、挫跌接踵而来的经历作铺垫。

答王十二寒夜独酌有怀①

昨夜吴中雪，子猷佳兴发②。万里浮云卷碧山，青天中道流孤月。孤月沧浪河汉清，北斗错落长庚明③。怀余对酒夜霜白，玉床金井冰峥嵘。人生飘忽百年内，且须酣畅万古情④。君不能狸膏金距学斗鸡，坐令鼻息吹虹霓⑤；君不能学哥舒横行青海夜带刀，西屠石堡取紫袍⑥。吟诗作赋北窗里，万言不值一杯水。世人闻此皆掉头，有如东风射马耳⑦。鱼目亦笑我，谓与明月同⑧。骅骝拳跼不能食，蹇驴得志鸣春风⑨。折杨黄华合流俗⑩，晋君听琴枉清角⑪。巴人谁肯和阳春⑫，楚地由来贱奇璞⑬。黄金散尽交不成，白首为儒身被轻。一谈一笑失颜色，苍蝇贝锦喧谤声⑭。曾参岂是杀人者，

谗言三及慈母惊[15]。与君论心握君手,荣辱于
余亦何有[16]。孔圣犹闻伤凤麟[17],董龙更是何
鸡狗[18]! 一生傲岸苦不谐,恩疏媒劳志多乖[19]。
严陵高揖汉天子[20],何必长剑拄颐事玉阶[21]?
达亦不足贵,穷亦不足悲。韩信羞将绛灌比[22],
祢衡肯逐屠沽儿[23]? 君不见李北海,英风豪气
今何在[24]? 君不见裴尚书,土坟三尺蒿棘居[25]?
少年早欲五湖去[26],见此弥将钟鼎疏[27]。

① 本诗作于天宝八载(749)冬,时李白在吴中,年四十九。题
   意谓王十二寄来《寒夜独酌有怀》诗,今以此诗答之。王十
   二:生平不详,十二为排行。

② 昨夜二句:《世说新语·任诞》记王子猷居山阴。夜大雪,
   眠觉,酌酒望雪,忽忆郯中戴安道。即夜乘小船就之。经
   宿方至,及门而返。人问其故。王曰:"吾本乘兴而行,兴
   尽而返,何必见戴?"此借以比喻王十二对自己的怀念。

③ 万里四句:写雪夜之景,均中夜景象。沧浪,清而凉。河
   汉,银河。长庚,太白星在东曰启明,在西曰长庚。

④ 怀余四句：想象王十二寒夜独酌时情态，以启下文。

⑤ 君不能狸膏二句：言佞幸借斗鸡邀宠得势。狸膏，斗鸡取胜的一种方法。狸食鸡，把狸油涂在鸡头上，使对方的鸡闻到气味，不战而逃。金距，在鸡爪上加金属品。玄宗好斗鸡，见前《古风》第二十四注⑦。

⑥ 君不能二句：《旧唐书·王忠嗣传》："玄宗方事石堡城"，王忠嗣不愿以数万人之命易一官，而"几陷极刑"，罢官后，为哥舒翰所代。天宝八载（749）哥舒翰不惜伤亡惨重，攻破吐蕃石堡城，以功封特进鸿胪员外郎摄御史大夫。唐制：三品以上官衣紫。此二句言哥舒翰以人血染紫官袍，其行为与靠斗鸡取富贵者一样，均为李白所不取。由哥舒翰事可知诗必作于天宝八载冬后。石堡，在今青海西宁市西南。

⑦ 东风射马耳：马耸着耳朵，风吹不进，比喻听不入耳。射，吹的意思。按：此或为当时习语。翟灏《通俗编》卷一引白此句，又云"宋元人又有西风贯驴耳语，当即此转变"。

⑧ 鱼目二句：《韩诗外传》："鱼目似珠。"张协《杂诗》："鱼目笑明月。"此化用其意，谓以鱼目冒充明月珠，比喻小人自矜得势，而嘲笑失意的人们。明月，宝珠名。

⑨ 骅骝二句：贾谊《吊屈原赋》："腾驾疲牛骖蹇驴兮，骥垂两耳服盐车兮。"此化用其意，以骅骝比贤才，以蹇驴比小人。拳跼，曲屈不能伸展貌。蹇驴，跛驴。

⑩ 折杨句：《庄子·天地》："大声不入于里耳，《折杨》、《皇荂》，则嗑然而笑。"成玄英注："《折杨》、《皇荂》，盖古之俗中小曲。"荂，古"华"字。

⑪ 晋君句：《韩非子·十过》："（晋）平公曰：'《清角》可得而闻乎？'师旷曰：'不可！……今主君德薄，不足听之。听之恐将有败。'"经平公恳求，师旷不得已而鼓之。"再奏之，大风至，大雨随之，裂帷幕，破俎豆，隳廊瓦。坐者散走。平公恐惧，伏于廊室之间。晋国大旱，赤地三年。平公之身遂癃病。"此以晋平公空有师旷能奏《清角》而无德消受，暗喻唐玄宗不能任用人才。

⑫ 巴人句：《文选》宋玉《对楚王问》："客有歌于郢中者，其始曰《下里》、《巴人》，国中属而和者数千人；其为《阳阿》、《薤露》，国中属而和者数百人；其为《阳春》、《白雪》，国中属而和者不过数十人……是其曲弥高，其和弥寡。"这里的巴人，指郢中之人。郢，楚国的国都，古为巴东之地，在今湖北江陵。

⑬ 楚地句:春秋时,楚人卞和得璞于荆山之下,献给楚厉王,被认为是欺骗而砍掉了左脚。后厉王之子武王嗣位,再次献璞,又被砍掉右脚(见《韩非子·和氏》)。璞(pú),包着玉的石头。此用以比喻被埋没的人才。

⑭ 苍蝇句:言谗言可畏。《诗经·小雅·青蝇》:"营营青蝇,止于樊,岂弟君子,无信谗言。"苍蝇污秽,变白为黑,比喻谗人颠倒是非,中伤别人。《小雅·巷伯》:"萋兮斐兮,成是贝锦。彼谮人者,亦已大甚!"贝锦,像贝壳一样有文彩的锦,比喻谗人言词的巧妙。

⑮ 曾参二句:自指在长安时受到排挤、打击的政治遭遇。曾参,春秋时鲁人。有一和他同姓名的郑国人杀了人,别人误会是他,往告其母。曾母相信自己的儿子不会行凶,安然不动。接着又来两人,也这样说,曾母不得不相信,为之惊惧,跳墙逃走(见刘向《新序》)。

⑯ 亦何有:又算什么。

⑰ 孔圣句:古人认为麒麟和凤凰是祥瑞之物,太平时才出现。孔子曾说:"凤鸟不至,河不出图,吾已矣夫!"(《论语·子罕》)又,《春秋》鲁哀公十四年(前481):"西狩获麟",孔子曰:"吾道穷矣!"(见《史记·孔子世家》)伤凤麟,是悲

伤自己生不逢时。

⑱ 董龙句：前秦(五胡十六国之一)主苻生宠信董荣，荣官至右仆射，权重一时，宰相王堕不屑理他。有人从旁劝解。王说："董龙(董荣的小名)是何鸡狗，而令国士与之言乎?"(见《十六国春秋》)此以董龙借指玄宗所宠信的权贵，如杨国忠、李林甫之流。是何鸡狗，犹言"算什么东西"。

⑲ 恩疏句：《九歌·湘君》："心不同兮媒劳，恩不甚兮轻绝。"这里化用其语，指自己曾被元丹邱推荐入都，但并没受到玄宗重用。乖，违反。

⑳ 严陵句：严陵，严子陵的简称。即严光，子陵是他的字。严光少时与后汉光武帝刘秀同游学，后刘秀做了皇帝，严隐居不仕。相见时，仍然保持着朋友的身份(见《后汉书·严光传》)。高揖，即长揖。长揖不拜，是古代平行的礼节。

㉑ 长剑拄颐："大冠若箕，长剑拄颐"，是战国民谣语，讲男子雄伟的服饰(见刘向《说苑》)。拄，支的意思。剑斜佩在身上，因长，故拄颐。事玉阶：上玉阶去朝见皇帝。

㉒ 韩信句：韩信是汉朝开国元勋，初为齐王，徙封楚王，后被废为淮阴侯，和绛侯周勃、颍阴侯灌婴同列。他时时感到

不快,羞与为伍(见《史记·淮阴侯列传》)。

㉓ 祢衡句:祢衡,东汉末人。他来到许昌,有人问他和陈长
  文、司马伯达有无来往。他回答说:"吾焉能从屠沽儿耶?"
  (见《后汉书·祢衡传》)屠沽儿,杀猪卖酒的人。指市井
  贱民。儿,读倪。

㉔ 君不见李北海二句:李邕官至北海太守,时人称为李北海。
  天宝六载(747),被李林甫陷害,杖死(见《新唐书·李邕
  传》)。参《上李邕》注①。

㉕ 君不见裴尚书二句:刑部尚书裴敦复,立有战功,为李林甫
  所忌。与李邕同时被陷,杖死(见《李太白全集》卷一九)。

㉖ 五湖去:意指散荡江湖,不受官爵拘束。春秋时,范蠡佐越
  王勾践成就霸业之后,辞官不做,乘扁舟泛五湖而去。

㉗ 见此句:言功名富贵之念,因此而更加淡薄。古代勋贵之
  家鸣钟列鼎而食。

  诗分四层,前十句为第一层,借王子猷雪夜访戴安
道事起兴,点题"答王十二寒夜独酌有怀",且有以见王
与"我"皆性情中人。其中所构画的一派孤月沧浪、星
汉横斜的孤迥气象,渲染出全诗基调,而"人生飘忽百

年内，且须酣畅万古情"则收束前八句，同时导入"有怀"，启开下文。从"君不能"至"射马耳"八句，为王十二饱学高节而见弃于世人鸣不平，为第二层。从"鱼目"句至"慈母惊"十四句为第三层，由彼及"我"，以"我"字领起，抒写自身遭谗见疏的感愤。以上两层虽笔分二端，而愤世嫉俗之情一以贯之，以见知己相照，同声相应之意。以下"与君论心握君手"句由分而合，至结末凡十八句为第四层，征引史实，夹叙夹议，由古及今。其中前十二句四句一组分为三组意群，每组两句抒情，两句征古史：其意脉由"荣辱于我亦何有"至"一生傲岸苦不谐"至"达亦不足贵，穷亦不足悲"，层递以进，蓄势已足，则最后六句，复以两个"君不见"领起，更就时事悲慨，而结出"五湖去"、"钟鼎疏"之由"少年"至今日的夙志。

　　元萧士赟称"此诗造语叙事，错乱颠倒，绝无伦次"，因而疑为伪作。从前析已可见，全诗起结收放，脉络贯通，而一气呵成，可见伪作之说谬甚。萧氏之所以有此误解，原因在于以盛唐王（维）李（颀）高岑一路意脉明显的七古例李白中后期七古。殊不知此期李白七古已大而化之，通变入神，试绎之。

在前录李白前中期诗尤其是七古中，我们已反复见到李白诗的意象，有一种对白色明亮事物的崇尚，充满着一种清逸超妙的体气。在早期，这种意象体气大抵表现为较纯净清亮的色调，比如"月下飞天镜，云生结海楼"（《渡荆门送别》）；"白云映水摇空城，白露垂珠滴明月"（《金陵城西楼月下吟》）。初入长安求仕不成后，这种色调已多在明净中参融有或多或少的暗淡成分，构成明与暗的交替或糅合，如"荒城虚明碧山月，古木尽入苍梧云"（《梁园吟》）；"天长落日远，水净寒波流"（《登新平楼》）。而在二入长安被放归之后，明亮之中的暗色调越来越重。特别是在天宝六载，李林甫罗织罪名，诛杀李邕、裴敦复等异己大臣，玄宗朝政局的潜在危机已经趋于明朗后数年，李诗中的明亮与晦暗两种色调多形成剧烈的对冲。本诗与后录《梁甫吟》可为代表。"万里浮云卷碧山，青天中道流孤月。孤月沧浪河汉清，北斗错落长庚明。怀余对酒夜霜白，玉床金井冰峥嵘。"本诗开首所勾勒的这幅"中夜雪天图"，以万里浮云的暗色调起，以下连用青天、月、北斗、长庚、玉床、金井、冰等明亮色调的意象叠合，从而与"浮云"形成明暗对照；而动词及形容词如浮云之"卷"，与月之"流"，汉之"清"，星之"明"，冰霜之"白"与"峥嵘"，更是画龙点睛，使明晦对照流动为对冲，从中透现出一股拗怒的力度，一种孤清而峥嵘的悲剧性的气象。这种气象是李白为代表的才士群，由满怀希望起，渐次在希望中感到焦虑不平，更到失望又渴欲从失望中振起的心境转变的反映，它有个人遭际的因素，也是玄宗朝政局变化的曲折投影。

如果说李白诗尤重主体精神的发扬，那么天宝中期后，因为如"万里浮云卷碧山"般的深重压抑，这种主体精神便因压抑而更强烈地反弹，犹如涌泉喷井般喷薄而出，以企望摧枯拉朽般的气势，起伏腾踔，一气奔流而下。这种气势最宜于用七古大篇来发挥，故李白七古大篇尤集中在天宝中期以后，而由于积郁之深，反弹之烈，遂形成李白这类篇章拗怒而越趋高昂、越趋迫切的诗歌旋律。这种旋律由两句一组或四句一组两节似断而续的意象群来传达，对于作者来说，这是喷发不可掩抑；而于读者，则在阅读过程中会感到止不住，停不下，为诗人的感情喷涌卷裹而下。加之李白才高学博，多用典故，而用典是一种暗喻性的修辞手段，寓意需要细玩。在这种快节奏的阅读过程中，人们往往只感到五色迷离，目不暇给，很难读一次、二次就贯通其意，于是就产生了两种相反的评价。一种如萧士赟那样认为错乱颠倒、全无伦次，以至指为伪作，本诗与《梁甫吟》都遭到这类批评与怀疑；另一种相反，认为这些诗章已入化境，似天马行空，不可端倪，未可以常例论。两种意见虽相反，但相通的一点是都未能细究其章法脉络。清刘熙载《艺概》云："太白诗虽若升天乘云，无所不至，然自不离本位。"这是懂诗，也懂得太白的精辟之论。

李白此期七古之一气奔腾、跳荡起伏，且多用连珠走马式的比喻与典故以反复表明同一意思或一种意思之若干层次，并多杂议论的笔法，最能见出他受庄子、屈赋及汉赋的影响，且与杜甫一起作为盛唐七古的高峰而已下开元和后韩愈七古的先声。

梁　甫　吟①

　　长啸梁甫吟，何时见阳春②？君不见朝歌屠叟辞棘津③，八十西来钓渭滨④；宁羞白发照清水，逢时壮气思经纶。广张三千六百钓，风期暗与文王亲⑤；大贤虎变愚不测，当年颇似寻常人⑥。君不见高阳酒徒起草中⑦，长揖山东隆准公⑧；入门不拜骋雄辩，两女辍洗来趋风⑨；东下齐城七十二，指挥楚汉如旋蓬⑩；狂客落魄尚如此，何况壮士当群雄⑪。我欲攀龙见明主，雷公砰訇震天鼓，帝旁投壶多玉女；三时大笑开电光，倏烁晦冥起风雨；阊阖九门不可通，以额叩关阍者怒⑫。白日不照吾精诚，杞国无事忧天倾⑬。猰貐磨牙竞人肉，驺虞不折生草茎⑭。手接飞猱搏雕虎，侧足焦原未言苦⑮。智者可卷愚者豪,世人见我轻鸿毛⑯。力排南山三壮士,齐相杀之费二桃⑰。吴楚弄兵无剧孟,亚父哈尔为徒劳⑱。梁甫吟,声正悲⑲。张公两龙剑,神物合有时⑳。风云感会起屠钓,大人岘屼当安之㉑。

① 本诗詹锳先生系于天宝九载(750),王运熙、杨明先生认为是天宝五、六载后作,大抵当在此一时段。梁甫吟:乐府"相和歌辞"旧题,旧说传为曾参耕于泰山之下思其父母所创。蔡邕《琴颂》有"梁甫悲吟,周公越裳"句,知东汉时已肯定有此曲。《三国志·蜀书·诸葛亮传》称"亮躬耕陇亩,好为梁甫吟。"今存古辞即题名为诸葛亮作,咏齐相国晏子二桃杀三士事。按梁甫,甫通父,即梁父,泰山下之小山名。张衡《四愁诗》:"我所思兮在泰山,欲往从之梁父艰。"寓愿致君王而为小人所阻之意。李白本诗正用旧题本意,亦以孔明自比。

② 长啸二句:冒起全篇。阳春,宋玉《九辩》:"无衣裘以御冬兮,恐溘死而不得见乎阳春。"此用其意。

③ 君不见句：此句以下八句咏姜太公事。太公本名吕望，助
　文王、武王灭商兴周。赐姜姓，封于齐。传说姜太公五十
　岁时卖食于棘津(今河南滑县西南)，七十岁往商都朝歌屠
　牛为生。故云云。

④ 八十句：旧传姜太公七十屠于朝歌，曾钓于渭水之滨，九十
　为周文王师。"八十"是李白据此推拟。

⑤ 宁羞四句：承上谓姜太公垂钓时心存远志。"宁羞"句反
　问。宁，难道。"逢时"句作答，谓一旦逢明主，将一吐壮
　气，故钓时而思量安国定邦之计。经纶，理丝清绪为经，编
　丝成绳为纶，引申为筹计军国大事。"广张"二句伸足前二
　句意，谓太公风度与文王相合，暗含君臣相遇义。古称地
　轴有三千六百之数，故云"广张"，暗寓太公钓天下之义。
　一说三千六百指八十垂钓，九十遇文王。十年计三千六百
　日。按此说与"广张"未合，不可从。风期，风度。《晋
　书·习凿齿传》："其风期俊迈如此。"

⑥ 大贤二句：小结姜太公事。虎变，《易·革》："大人虎变，
　象曰，其文炳也。"意谓大丈夫出处变化如虎文之彪炳
　常新。

⑦ 君不见句：本句以下八句咏秦汉间郦食其遇沛公刘邦事。

《史记》本传记,郦食其为陈留高阳人,家贫好学而不羁,县人目为"狂生"。刘邦军过陈留,郦生上谒,刘邦方洗沐,使者入通,沛公问何人,答称似为大儒。刘邦称:"为我谢之,言我方以天下为事,未暇见儒人也。"使者出,郦生瞋目按剑叱使者:"吾高阳酒徒,非儒人也。"因入谒,刘邦正使二女洗足,郦生长揖不拜。对答间,刘邦倨甚。郦生以说辞动之,并称欲诛暴秦,"不宜倨见长者"。于是沛公辍洗谢罪。后郦生终助刘邦成大业。

⑧ 长揖句:参上注。长揖是同辈间礼,拜是下见上礼,郦生长揖不拜是针对刘邦之倨傲以见自尊。山东隆准公,指刘邦。隆准,高鼻梁,当时以为是帝王之相。《汉书·高帝纪》:"高祖为人,隆准而龙颜。"刘邦为沛县人,在太行山之东,故云山东隆准公。

⑨ 入门二句:参注⑦注⑧。

⑩ 东下二句:沛公拜郦生为广野君。汉三年使之东说齐王田广,兵不血刃使齐七十余城归汉。事见《史记·高祖本纪》、《郦生传》。

⑪ 狂客二句:小结郦食其事,下启后文。狂客,即"狂生",一本即作"狂生",参注⑦。

⑫ 我欲七句:"我欲"以下十九句均就咏古而生感怀。此七句一层意,喻写欲见君王而不得其门以入。首句总领。攀龙,谓欲攀附君王。语出扬雄《法言·渊骞》:"攀龙鳞,附凤翼。"雷公二句喻君侧情景。雷公句喻君王声威;砰訇,巨雷声;天鼓,《抱朴子》:"雷,天之鼓也。""帝旁"句喻女宠或其他佞幸。《神异经·东荒经》记东王公常与一玉女作投壶之戏,以箭投壶中,每投千二百支,箭跃出;若有不跃出者,天咧嘴似笑,跃出而投者接不住,天为之笑。"三时"二句,即承投壶天笑喻写君王恩威无常,似天之时或大笑开光,时而晦暗风雨。晋张华注天笑:"今天下不雨而有电光者,是笑也。"是"电光"所本。倏烁,电光貌。阊阖二句收束此七句意,谓天门不通,化用屈原《离骚》"吾令帝阍开关兮,倚阊阖而望余。"阊阖是天门,传说有九重门。叩关,撞门。阍者,司门之吏。

⑬ 白日二句:按以下十二句,二句一组,承上抒愤明志。这二句总领十二句,谓虽然不为君恩照临,但仍如杞人忧天般担心国事。以下十句即此展开。按此用《列子·天瑞》"杞国有人忧天地崩坠,身亡(无)所寄,废寝食者",连上句观之,并非自嘲,而是包含"精诚专一",虽不在其位而犹

谋其政之执着。

⑭ 猰貐(yà yǔ)二句：猰貐，传说中的猛兽，龙首马尾虎爪，长四百尺，遇有道君则隐，遇无道君则出而食人，见《述异记》。驺(zōu)虞，传说中的义兽，白虎黑文，不践生草，不食生物，有至信之德则应之。见《诗·召南·驺虞》毛传。此二句承上而对照见义，谓朝政是昏是明，就看任用者是奸佞还是仁人。猰貐喻奸佞，驺虞喻志士仁人。

⑮ 手接二句：张衡《思玄赋》："愿竭力而守谊(义)兮，虽贫穷而不改。执雕虎而试象兮，阽焦原而跟趾。"此用后二句字面，而突出前二句主旨，谓自己虽处穷困却守义不改而有勇，连上二句，乃以驺虞自比。按《尸子》记中黄伯语"余左执太行之猰而右搏雕虎"，乃以太行之猰比贫穷，以雕虎比疏贱，作为日以试之而守义的试金石。《尸子》又记莒国有焦原，是广长各五十步，下临百仞之溪的悬崖。莒人莫敢近，有贤者独自倒行于上直至脚跟与焦原边沿相齐。《尸子》把焦原比作艰难而崇高的义，唯贤者能不畏艰险而取齐于义。故张衡云云。

⑯ 智者二句：承上谓自己虽守义而有勇，却因时世不合而未舒展，故为世人所轻。《论语·卫灵公》称贤者蘧伯玉"邦

有道则仕，邦无道则可卷而怀之"，李白自比"卷而怀之"
即隐而未遇的志士仁人，而暗含当今非明时之意，其意上
探"猰㺄"、"驺虞"二句。轻鸿毛，司马迁《报任安书》："人
固有一死，或重于泰山，或轻于鸿毛。"此用"轻于鸿毛"字
面，与死无涉。

⑰ 力排二句：承上申明自己"卷而怀之"的原因是宰相弄权。
《晏子春秋》记齐有公孙接、田开疆、古冶子三壮士，因不敬
于晏子，晏子认为其勇而无义，便请得齐景公同意，设二
桃，请三士论功食桃。公孙接、田开疆叙己功而各取一桃，
古冶子更叙己功最巨，要求二人退回桃子，二人羞愧自刎，
古冶子以为争桃致死二人而己独生是不仁，自己不死是不
义，亦自杀。此即二桃杀三士故事。《晏子春秋》原意是赞
晏子机智，李白则以奸诈权谋视之。

⑱ 吴楚二句：承上而转言，自己因此卷而不出，是朝廷的损
失。《史记·游侠列传》记，吴楚七国之乱时，周亚夫为太
尉讨之，在河南得游侠剧孟，大喜，认为吴楚举大事而不用
剧孟，必不能有所作为。李白用此典而以剧孟自比。亚父
哈尔为徒劳，即周亚父笑吴楚白辛苦。哈（音 hāi），嗤笑。

⑲ 梁甫吟二句：以下六句结束全篇，呼应开头。此二句领起

以下四句。悲，慷慨悲壮。

⑳ 张公二句：《晋书·张华传》记，张华见吴楚间天上有紫气，求教于雷焕，焕称是剑气冲天，在豫章丰城。张华乃补雷焕为丰城令，焕到县，据地得龙泉、太阿二剑。雷焕送一剑于张华，自留一剑。张华称"天生神物，终当合耳"。张华被杀，失剑所在。后雷焕子雷华佩剑至延平津，剑忽然从腰间跃出，使人潜水寻之，但见二龙各数丈，交蟠一起，潜水人惧而返回，须臾，光彩照水，波浪惊沸。二龙乃二剑所化，终于散而合一。李白用此而谓君臣虽离散，终有会合之时。

㉑ 风云二句：伸足上二句意，谓当如姜太公屠钓以待君臣风云际会而不须烦躁不安。大人，大丈夫。峛屼(niè wù)，不安貌。安之，安于目前穷困境况。按《庄子·德充符》："知其不可奈何而安之若命，唯有德者能之。"则此句仍以有德者自居。

　　本诗是李诗篇制尤长的七古大篇之一，评价颇多歧异。《李诗辨疑》贬之为"辞意错乱而无序，用事或涉妖妄"，"繁乱错杂"，以至以为非李白所作。陆时雍《唐诗镜》则赞之为"气魄驰骤,如风雨凭陵,惊起四座",然未有详说。吴昌祺《删定唐诗解》折衷其间,谓"此诗虽雄豪而不为佳"。沈德潜《唐诗别裁》则似乎含糊其辞:"后半拉杂使事,而不见其迹,以气胜也,若无太白本领,不易追逐。"作《昭昧詹言》的方东树颇善于解诗,称"此是大诗,意脉明白而段落迷离莫辨",但具体解来又颇多窒碍。要之无论褒贬,感到此诗难读则是一致的。唯难读的诗,尤其要先理清它的意脉,在注文中,已逐节进行了疏讲,这里再提挈其要,以清眉目。

诗以"长啸梁甫吟,何时见阳春"喝起,唱出了诗人身处逆境而渴望光明的心声,这是全诗的主题句。此为第一层。以下,以两个"君不见"各领八句,分写姜尚、郦生穷窘而待时以起、终遇明主之意。这两段共为第二层次:咏古而寄寓不平,也暗示了所谓"阳春",即圣君贤臣的政治局面。其结句"狂客落拓尚如此,何况壮士当群雄",以"如此"与"何况"两虚词勾联,由古入今,由彼入"我",自然进入第三层次,直接抒写自身不遇之悲愤。这一层次分别以"我欲攀龙见明主"二句与"白日不照吾精诚"二句分领二小段，突出"我"（吾）这一主体。前一段摅写欲报明主而不得其门以入之悲愤，并以"不可通"与"白日不照"衔接，进入后一段，更在叠用典故中，既刺时讽世又极写己之德能，与第二层次咏古对照见意。最后再以"梁甫吟，声正悲"呼应开首，结出大丈夫处逆境当静待时机之意，表达了忠而见弃者对自身政治理想的执着期望。因此本诗看似扑朔迷离，其实不仅意脉一贯，段落分明，而且结构匀称，起结呼应，中间古今二层次各二段对应，衔接活脱。论李白诗只说天马行空，而不知其章法有序，总是隔靴搔痒。

然而仅仅章法有序也不成其为李白佳篇。李白七古，尤其是中后期七古的特点是使气任才，驱役万物，以天风海涛般的诗歌节律、层见迭出的奇幻意象，使一切章法技法化去畛域，诗歌的意旨、意脉便似神龙藏首不见尾，从而形成横绝一世的气势与恢宏陆离的境界，把诗歌的"诗性"特征发展到了极致。这应当从个性化的意象与音乐化的节律两方面来体味。

惊世骇俗，大气卓荦，是本诗意象的显著特征，这在咏古的二节中先有体现。姜尚、郦生是盛唐人常用的故事，然而以"广张三千六百钓"化用地轴三千六百之典以见襟怀；用"君不见高阳酒徒起草中，长揖山东隆准公"，精炼史事，调笑中见傲兀不群，则非李白不能为。本诗意象尤为奇警的是写"我"之二节。这二节全然不用逻辑语言表明意旨，而是博采典故以暗示，不仅用史书、诸子、楚骚，更广摭志怪小说入诗，大抵二句（除"我欲"以下三句一节）一组意象（用一典或二典），合沓相生，跌荡起伏，使人有光怪陆离、目不暇接之感；而细味之则能体味到各组意象似断而续，跳荡起伏中意脉递转而下；"我欲攀龙"一节其实是编织了一个神话般的报君无门的故事，是《离骚》"叩关"二句的大而化之；"白日不照吾精诚"一节则是以精诚忧国为总领，论政与言志交叠而下（详参注释）。以本诗为繁杂者，正是不懂得李白中后期七古意象的这种构成特点，以常例看待，自然不得要领。其实这两段只要抓住了上一段是前三句为总领，下一段是前两句为总领，便头绪清晰了。

　　本诗的意象构成特点也形成了它的节奏特点。打个比方,这诗的节奏犹如出于山谷奔流一程又从山崖叠级而下的悬瀑。"长啸"二句,是李白由压抑的心底冲天而起的一声长啸,恰如涌泉出谷,喷发而起。两个"君不见"各八句,分写两个历史故事,幽愤奔腾,而意脉明显,好比泉流借出谷之势,长波汹涌,冲越一坎,又奔腾向前。"我欲攀龙"以下,先以二句一韵加一个独立句,凡三句为一层意领起,在节律上起到了一种过渡作用,恰如奔泉流至崖边向下悬垂前的一个缓势;然后二句一组,二句一组,音节急促,意脉隐晦,恰如下崖之九叠悬瀑,似断而续,跳荡奔溅,给人以流沫扑面,眩神胁息之感,而似乎能听到诗人激越以至烦乱的心声。最后"梁甫吟"六句,两个三字句,两个五字句,两个七字句,句式逐渐加长,则犹如瀑流至于山下,由激荡而逐渐渟蕴。然而这渟蕴之中仍可感到一种渊深骚动的内在的势能。

最后要谈一谈本诗的作年。旧时一般都以为本诗是天宝六载李白供奉翰林被赐金还山后感愤而作。然而从李白二入长安说成立后,产生了"一入"后还是"二

入"后作的分歧。今按新说的主要理由有两条,其一以
为孔明、姜尚、郦生都是遇英主而一举成名,故不当是供
奉翰林后作;其二以为既然说"阊阖九门不可通",则分
明是未入宫廷前作。其实这两条理由都不充分,因为孔
明、姜尚、郦生三典是唐人常用典故,凡待时而起者皆可
用之,即使李白至德年间入永王璘幕府时,仍有"宁知
草间人,腰下有龙泉"(《在永军赠幕府诸侍御》)之句,
则用孔明等三人事不足以为新说作证。至于天门不通
之典,本出于《离骚》,是屈原忠而被谤,遭流放后的作
品,故恰恰可反证李白本诗也可以是天宝年供奉翰林被
放回后作。天宝年作的旧说除詹锳先生所举证据可从
外,本诗中仍有三处证据可支持天宝六载说。一是"何
况壮士当群雄",群雄,是指乱天下者纷起,如李白《读
诸葛武侯传》云"汉道昔云季,群雄方战争"即是。此与
开元十八年前后时局稳定状况不合,而天宝前期朝内李
林甫专权,杨氏兄妹已得势,朝外安禄山羽翼已成,与
"群雄"句差合。其二所用"二桃杀三士"之典主角是齐
相晏子,这一典故不能泛用,只能用于擅长权术的显要,

而天宝五、六载，口蜜腹剑的权相李林甫罗织冤狱，大肆逐杀政敌，名臣韦坚、李邕、裴敦复、李适之等均遭横死，正与"二桃杀三士"贴合。其三"张公二龙剑"之典主要在散而复合，亦与李白天宝年放回后企求重返朝廷相合。此外就诗歌风格看，李白诗歌上述节奏紧促、意脉隐晦的篇章，在天宝六载及以后屡见，而在开元中几乎未有与之相类者。这些是研究李白诗，也是常日读诗当深切注意的。

赠何七判官昌浩①

有时忽惆怅，匡坐至夜分②。平明空啸咤③，思欲解世纷④。心随长风去，吹散万里云⑤。羞作济南生，九十诵古文⑥。不然拂剑起，沙漠收奇勋。老死阡陌间，何因扬清芬⑦？夫子今管乐⑧，英才冠三军。终与同出处，岂将沮溺群⑨？

① 安旗教授系本诗于天宝十载(751)秋,为北上幽州前见志
之作。所据为李白尚有《泾县南蓝山下有落星潭可以卜筑
余泊舟石上寄何判官昌浩诗》。今按由该诗可见李白在泾
县(宣州属县)时与何昌浩有交往,时当天宝十二载秋后三
年,或流放南归后约上元年一段时间(詹锳教授即系本诗
于上元年)。今从诗意观之,与北上幽州前后相吻合,故姑
系于《北风行》之前,当大抵不差。何七判官昌浩:名何昌
浩的判官,排行为七。判官,当时节度使、采访使皆有判官
属吏。

② 匡坐:正坐。夜分:夜半。

③ 啸咤:张华《壮士诗》:"啸咤起清风。"撮口发声曰啸。

④ 解世纷:解除社会上的纷乱。鲁仲连:"所贵于天下之士
者,为人排患、释难、解纷乱而无取也。"(《史记·鲁仲连
列传》)。

⑤ 心随二句:用宗悫"乘长风破万里浪"典(见《宋书·宗悫
传》。参见前《行路难》注⑦)意,而变其语。

⑥ 羞作二句:济南生即伏生。《史记·儒林传》记伏生名胜,
济南人。曾为秦博士,汉文帝时,欲求能治《尚书》者而召
之。是时,伏生年九十余,老不能行。于是命晁错往受之。

秦时焚《书》，伏生壁藏之。汉定，亡数十篇，独得二十九篇，即以教于齐、鲁之间。

⑦ 老死二句：谓不能默默死去。贾谊《过秦论》："俛起阡陌之中。"阡陌，田间小道。

⑧ 管乐：管仲和乐毅。管仲相齐桓公，称霸诸侯，乐毅辅燕昭王，攻破强齐，都是古代杰出的政治、军事家。

⑨ 终与二句：言自己终于会同何昌浩一样，出而用世。出处，在这里是偏义复词，偏用"出"义。将，从的意思。沮溺，指春秋时的隐士长沮和桀溺。《论语·微子》："长沮、桀溺耦而耕。"将沮溺群，犹言与沮溺为群。

本诗借赠友以摅写东山再起以报国留芳之志。分三层。

前六句为第一层次，叙长夜以思。含三个感情节次：时光从不知何时起，至"夜分"，又至"平明"；心情由闲居中忽焉而起的"惆怅"，到"匡坐"——不再是隐者的高卧北窗或枕石漱流，而是严肃的正坐；"匡坐"彻夜，终于发为仰天一长啸。从中我们可见诗人似乎通宵达旦地在苦苦清理着自己的思绪。数十年的挫折,本已使他"悟今是而昨非",抱定了淡泊守默的人生态度;然而是什么又在搅动他这种新的心理平衡? 终于,纷乱的思绪经过长夜的酝蘖,也许借助于孟子所谓的"平旦之气"而豁然开通——"思欲解世纷"——是拯物济民的素志毕竟不死。于是随着冲天长啸,眼前忽开新境:万里浮云为长风吹散,蛰伏既久的壮心更随长风飞去,飞出"匡坐"的斗室,飞向万里之外……

次六句承以上新境顿开,伸足"解世纷"的心志。六句有三层曲折。也许由于年过半百,感到时不我待,因而他不愿如汉人伏胜那样老死章句,"羞作"的"羞"字似乎透露了他对数年来无所作为的追悔;因追悔,他拂剑而起,决意远赴边疆,建立盖世奇勋;前四句作二层正反分言之。后二句由分而合——"老死阡陌间,何因扬清芬",上句应"济南生"二句,下句应"拂剑"二句,而六句又共同应上一层次的由"惆怅"而"啸咤",将"解世纷"之"思"发挥到淋漓尽致。

我志已明,则急欲诉诸友人,便顺势转入第三层次末四句——赠友以请同志共进。四句又分两个节次。
"夫子今管乐,英才冠三军",切入题面,盛赞何判官才
能,然而只是铺垫;"终与同出处,岂将沮溺群"才是一
诗结穴。从前二句看何判官当是节度判官,因此诗人含
蓄但是坚定地表示,希望他能推荐自己,一酬报国之志。

今存李白诗文中,请求汲引推荐的篇章有数十篇;
"请日试万言,倚马可待","朝野豪彦,一见尽礼,许为
奇才"之类的壮言豪语可谓层出不穷,然而没有一篇似
此诗这样,显得如此深沉,如此有底蕴,有厚度——虽然
奇俊之气仍于苍黯之中显露。

今存李白诗中赠答友人诗占十之二三,佳作林立,
但如此诗这样以自写为主,摆落常格,起结转折,超忽不
平,于层层曲折中见天风海涛之势者亦不多见。

北　风　行①

烛龙栖寒门,光耀犹旦开②。日月照之何
不及此,惟有北风怒号天上来③。燕山雪花大

如席,片片吹落轩辕台④。幽州思妇十二月⑤,
停歌罢笑双蛾摧⑥。倚门望行人⑦,念君长城
苦寒良可哀⑧。别时提剑救边去,遗此虎文金
鞞靫⑨。中有一双白羽箭,蜘蛛结网生尘埃。
箭空在,人今战死不复回。不忍见此物,焚之已
成灰。黄河捧土尚可塞⑩,北风雨雪恨难裁⑪。

① 本诗为天宝十一载(752)冬,李白北上幽州时所作,时年五
十二。北风行:乐府杂曲歌辞,写北风雨雪,行人不归,当
取意于《诗·邶风·北风》:"北风其凉,雨雪其雱。"李白
本诗用古题而别有寓意。

② 烛龙二句:《淮南子·地形训》并高诱注记,雁门之北委羽
山上有烛龙,人面龙身而无足,长千里,衔烛以照太阴。开
眼为昼,闭眼为夜,吹气为冬,呼气为夏。以其地极寒,又
称寒门。此二句化用之,以比安禄山。犹,这里是只、唯的
意思。

③ 日月二句:比喻皇威不能及于此地。此,指幽州。

④ 燕山二句:伸足上意,喻安禄山淫威已危及中原命脉。燕

山,在今河北、天津一带。轩辕台,在今河北怀来乔山上。
轩辕即黄帝。

⑤ 思妇:在闺中思念丈夫远行的妇人。十二月:当是作诗实
时。本句以下写思妇苦恨。

⑥ 双蛾:双眉。蚕蛾头部有细长弯弯的触须,古人以比妇女
美眉,称蛾眉。摧:摧伤。

⑦ 行人:此指远行之人。

⑧ 长城苦寒:古乐府有《饮马长城窟行》,极写行人悲苦,此
指行人戍处而兼古意。苦寒,极寒。

⑨ 遗:留下。虎文金鞞靫(bǐng chāi):绘有虎纹的箭袋。鞞
靫,当作鞴(bù)靫,即箭袋。

⑩ 黄河句:《后汉书·朱浮传》:"此犹河滨之人捧土以塞孟
津,多见其不自量也。"此化用之。

⑪ 北风句:化用《诗·邶风·北风》句意,参注①。裁,去除。

　　天宝十一载冬,在历史的时间表中,已是安史之乱
的前夕了。当时安禄山身兼平卢、范阳、河东三镇节度
使,长期以来,作为培植势力、丰满羽翼的措施之一,就
是侵掠东北少数民族奚、契丹,既以邀功市宠,又可扩充

地盘实力。从天宝三载起他就不断挑起边衅，边境生灵涂炭。如天宝十载八月安禄山率兵六万讨契丹，奚族复叛，与契丹夹击唐军，唐师六万人马，死伤殆尽。安禄山的不臣之志已是"司马昭之心，路人皆知"，李白北游，目睹身历，写下了《远别离》、《北风行》二首七古名篇，前者伤权臣当道，将致丧乱，主要从朝廷言；本诗写开边伤民，节镇坐大，主要从外臣言，对读可见李白此时已有一定的政治敏感与忧患意识。

本诗虽循《北风行》古题写思妇之痛，却别开新生面。前六句写燕北苦寒，而取融庄骚笔意，以神话出之，于苦寒之中化入政治寓意，二句一层，递次深入。"烛龙"二句，以深山蛰伏的恶龙暗喻安禄山（按当时传说安禄山是猪婆龙化身，此喻或由此而生）。寒龙栖盘，北地常阴亘寒，那难得一见的光耀，也仅是龙目昼开。"日月"二句承之，以日月喻朝廷皇威。"溥天之下，莫非王土，率土之滨，莫非王臣"，然而烛龙盘踞的北地却光照不至，唯见此龙吹气而成的"北风怒号天上来"，这就进一步暗喻安禄山已坐大而成"独立王国"，中央号令不行。"北风其凉,雨雪其雱",由北风而联想到雨雪,故接着"燕山雪花大如席,纷纷吹落轩辕台"二句,以奇特的夸张与"轩辕台"——华夏民族的象征,暗喻安禄山的气焰已直逼中原腹地,威胁到华夏命脉。

就在这样一种富于暗示性的阴森恐怖的北地苦寒背景中,《北风行》古题传统的思妇形象登场了。然而,在内含与技法上也与上部分同样产生了新变。"幽州思妇十二月","十二月"接转以上苦寒背景,而让思妇置身于一个前所未见的宏阔奇险又寓意深刻的场景中。这样,以下声泪俱下的悲情倾诉,就构成了前六句的典型环境中的典型形象——这位思妇,其实是安禄山开边近十年来无数人间悲剧的缩影。更值得注意的是李白为她代拟的倾诉,打破了六朝以来,经历初唐以至盛唐前此诸大家如李颀、高适思妇诗歌中那种以流丽的色调作印象性渲染的抒情技法;而以素朴的笔法,通过"虎文金鞞靫"的细节设置来写出她的百回愁肠,并在描写中参以抒怀,齐言中参以杂言,造成一种哀丽动人且是急管繁弦般的艺术效果。最后更以"黄河捧土尚可塞,北风雨雪恨难裁”的呼天抢地的悲号,呼应开头六句,回扣题面,借思妇之口道出了这样一种殷忧:那烛龙——安禄山搅起的漫天飞雪,恐怕是难以裁处的了……

如果说本诗前六句与结末二句取融庄骚笔意,那么中间的细节设置则是既取融了汉乐府《妇病行》《孤儿行》一类叙事诗的笔法,又师其意不师其词,更从当代民歌中直接汲取营养。这只要读一下前录的《长干行》,以及前此崔颢等人同样习学当代吴歌的《小长干》《长干曲》等,就可以看出其中联系。“大雅久不作,吾衰竟谁陈”,李白诗有一种复古的倾向,但这种复古不是亦步亦趋,而是复古通变,对庄骚、汉乐府艺术精神的汲取,对当代民歌的习学,通过李白的艺术个性,汇融为一种新的时代的也是个性的风格。

唐人七古至高(适)岑(参)王(维)李(颀)洗脱铅华,步骤驰骋,格局始大。就思妇类诗看,高适的《燕歌行》始涉时事,是其代表;七古至李(白)杜(甫),更大而能化之,变化入神,不可端倪。而以本诗与高适《燕歌行》(参本丛书《高适岑参诗选评》)对读,正可以看出其变化轨迹。

  李白北游途中所作诸诗,如《自广平乘醉走马六十里至邯郸登城楼览古书怀》、《登邯郸洪波台置酒观发兵》、《出自蓟北门》等,均极写河东、蓟北唐师兵威,而屡陈献策建功之意,则其北上初意,当激于天宝十载唐师大败,而决意践履上诗所云"不然拂剑起,沙漠收奇勋"之誓言。亦可见其初对安禄山尚未有透彻的认识,及至到幽州后,方察知安禄山野心而逃归。这些是不应为贤者讳的。

远　别　离^①

  远别离,古有皇英之二女;乃在洞庭之南,潇湘之浦^②。海水直下万里深^③,谁人不言此离苦?日惨惨兮云冥冥,猩猩啼烟兮鬼啸雨^④。我纵言之将何补^⑤?皇穹窃恐不照余之忠诚,雷凭凭兮欲吼怒^⑥。尧舜当之亦禅禹^⑦,君失臣兮龙为鱼,权归臣兮鼠变虎。或言尧幽囚,

舜野死⑧，九疑联绵皆相似⑨，重瞳孤坟竟何
是⑩？帝子泣兮绿云间⑪，随风波兮去无还。
恸哭兮远望，见苍梧之深山。苍梧山崩湘水
绝，竹上之泪乃可灭⑫。

① 本诗入选殷璠《河岳英灵集》，则必天宝十二载（753）以前
所作。具体作时多歧说，以郁贤皓教授所主由幽州南归途
中作为近是，今姑从之。远别离：乐府《杂曲歌辞》旧题，
为别离十九曲之一。传说帝尧以二女娥皇、女英嫁与大
舜，舜南巡至苍梧野死，二妃追至洞庭，南望痛哭，自投湘
水而死。本诗借此以抒君臣隔离之苦与忧国忧君之忧。

② 远别离四句：叙舜与二妃事，参注①。又《水经注·湘
水》："大舜之陟方也，二妃从征，溺于湘江，神游洞庭之渊，
出入潇湘之浦"。此化用其句。潇水源出湖南宁远九疑
山，湘水源出广西兴安海阳山，二水在湖南零陵合流，总称
潇湘，北入洞庭湖。

③ 海水：这里泛指大水，即潇湘、洞庭之水。

④ 日惨惨二句：隐喻朝政昏乱，奸人在得意地活动。啼烟、啸

雨,在烟雨中啼啸。《山海经·中山经》记英、皇二女"出
入必以飘风暴雨"。

⑤ 我纵句:萧士赟曰:"谓时事如此矣,我纵言之,诚恐君不
以我为忠,而适以取憎于权臣也。夫如是,则又将何
补哉?"

⑥ 皇穹二句:本《离骚》"荃(香草,喻君王)不察余之中情兮,
反信谗以斋怒。"皇穹,皇天。借指皇帝。雷凭凭,隐喻君
王之怒。

⑦ 尧舜句:这是紧缩句式,即:"尧当之亦禅舜,舜当之亦禅
禹。"之,指下文"君失臣""权归臣"的反常情况。

⑧ 尧幽囚二句:尧舜禅让,儒家称为盛德,但古籍中另有一种
记载,谓是失去权力的结果。《史记·五帝本纪》张守节
《正义》引《竹书纪年》云:"昔尧德衰,为舜所囚。"(今本
无)幽囚,指此。野死,意指被迫出走,死于野外。

⑨ 九疑句:九疑山即苍梧山。在今湖南宁远县南。《山海
经·海内经》:"南方苍梧之丘,苍梧之渊,其中有九疑山,
舜之所葬。"郭璞注:"其山九溪皆相似,故云九疑。古者总
名其地为苍梧也。"

⑩ 重瞳:指舜。《史记·项羽本纪》:"吾闻舜目盖重瞳子。"

⑪ 帝子：指二妃。二妃为帝尧之女，故称。语本《楚辞·九歌·湘夫人》："帝子降兮北渚。"绿云：指洞庭湖边绿色的竹林。

⑫ 竹上句：洞庭湖边特产斑竹，相传是二妃泪痕所染，故又称湘妃竹。见《博物志》卷十。

　　本诗初读，如前人所云"闪幻可骇"，但尽管神龙见首不见尾，却依然是全龙，唐汝询《唐诗解》云："予谓是诗直而不屈，乱而能整，其孤忠愤激之意，堪与《离骚》并传。"斯言得之。

　　"我纵言之将何补，皇穹窃恐不照余之忠诚，雷凭凭兮欲吼怒"，中间这三句是神龙之龙首，化用《离骚》"荃不察余之中情兮，反信谗而斋怒"句意，从而可见本诗必为遭谗去京、欲诉无门后作。以这三句为中枢，将追忆大舜故事分作二层写，以二女自喻，大舜喻玄宗。前此十二句重在以女、舜死别喻君臣分离；后此十二句进而由二妃与舜事展开对古史的质疑而暗讽时事，抒发离朝后对国家君王的担扰。其中先三句"尧舜当之亦禅禹,君失臣兮龙为鱼,权归臣兮鼠变虎",是针对当前时政而发的议论,可见此时君权已有旁落趋势,而佞臣权要之类鼠辈已成"虎"势。这或许与天宝五载李林甫诛杀李适之、韦坚、李邕、裴敦复后大权独揽的政局有关;也或许与天宝十一载李林甫去世后杨氏兄妹擅权,姑息安禄山坐大,祸乱在即相应。而就本诗语气的促迫、感情之焦灼观之,似当以后一种情况为主而概指天宝五载后危机愈深之趋势。接着"或言尧幽囚,舜野死,九疑联绵皆相似,重瞳孤坟竟何是"四句,旧注以为是指玄宗禅位后幽居南内,从词意上看很接近,但因此事在安史之乱、长安克复之后,故其误可知。既然如此,则此四句当是用《竹书纪年》等所记三代禅让出于被迫的故事,由当前君权旁落进而推想不久后可能出现的更危殆的后果——君主被迫去位。以上八句二层,也就是"我纵言之将何补"所欲"言之"的主要内容。既然忠言无路可入,则唯有在野而深忧之,故接以"帝子泣兮绿云间,随风波兮去无还。恸哭兮远望,见苍梧之深山。苍梧山崩湘水绝,竹上之泪乃可灭"六句,上应首节二妃之魂徙倚于"洞庭之南,潇湘之浦",并借二妃口吻极写自己去国之后,无可复还,君臣遥隔,唯有远望痛哭,此情与山水共久的"远别离"之悲,从而结束全篇。

全诗纯用比兴,将幽愤孤诣织入凄迷悠远的上古历史传说之中,故境界奇幻而恢远。有呼天抢地之悲而无浅率浮泛之弊;有幽邃莫测之感而无窄小错乱之病。在句法上则以汉乐府铙歌之韵调化为当时语言以入楚骚之体,可称熔烁古今、自我一格之杰构。《唐诗品汇》引刘辰翁语云:"参差屈曲,幽人鬼语,而动荡自然,无长吉(李贺)之苦。"说二家区别甚切。王夫之《唐诗评选》又云:"通篇乐府,一字不入古诗,如一匹蜀锦,中间固不容一尺吴练。工部(杜甫)讥时语开口便见,供奉(李白)不然,习其读而问其传,则未知己之有罪也。工部俊,供奉深。"则论其体格及与杜甫时事诗区别甚明。李白天宝中后期起诗歌与时事关联不下于杜甫,但是后人从不以"诗史"目之,甚至将他与杜甫对立为一仙一史。这种错觉当与李白时事诗之隐微深曲有关。

最后还要提一下本诗作年作地的判断。从前析可见作于天宝五载后、十二载前当无可疑,而尤以十载前后为可能。但从本诗的境界来看,应当是在洞庭、潇湘一带吊舜与二妃事而作,如果异地虚拟,不能如此真切动人。尤其是"帝子泣兮绿云间"以下六句,非实处其地不能道。唯目前李白诸年谱,都未有在这一时段下洞庭的说法。李白诗系年系地,仍有许多未惬处,此是一例,有俟高明。

宣州谢朓楼饯别校书叔云[①]

弃我去者[②],昨日之日不可留。乱我心者[③],今日之日多烦忧。长风万里送秋雁,对此可以酣高楼[④]。蓬莱文章建安骨[⑤],中间小谢又清发[⑥]。俱怀逸兴壮思飞[⑦],欲上青天览明月[⑧]。抽刀断水水更流,举杯销愁愁更愁。人生在世不称意[⑨],明朝散发弄扁舟[⑩]。

① 本诗是天宝末,李白游宣城时饯别族叔李云(一说当为李

华)所作。宣州:今安徽宣城。谢朓楼:又称谢公楼、北
楼,南齐诗人谢朓任宣城太守时所建。唐末改称叠嶂楼,
在宣城。饯别:置酒食送别。校书叔云:秘书省校书郎族
叔李云。

② 弃我去者:指已逝的时光。

③ 乱我心者:指今日送别。

④ 酣:用作动词,畅饮之意。

⑤ 蓬莱文章:喻指李云。蓬莱是海上仙山,东汉时称朝廷藏
书处东观为老氏(老子)藏室,道家蓬莱山,因其经籍众多,
幽经秘录并藏(见《后汉书·窦章传》并李贤注)。李云任
职的秘书省相当于汉东观。建安骨:汉献帝建安年间
(196—219),曹操父子与王粲等建安七子,诗文刚健明朗。
《文心雕龙》有《风骨篇》颇称之;又《时序篇》称建安诗人:
"雅好慷慨","并志深而笔长,故梗概而多气也。"建安骨,
即指李云文章有建安风骨。文章,泛指诗文赋等。

⑥ 小谢:即谢朓,李白自比。诗史上以谢灵运为大谢,谢朓为
小谢。清发:清新秀发。

⑦ 兴:兴致。思:诗思。按兴是感发,感发而后有诗思。

⑧ 览:通"揽"。

⑨ 不称意：不得志。

⑩ 明朝句：连上句言既抱负难展，将避世隐居。《论语·公冶长》："孔子曰：'道不行，乘桴浮于海。'"散发，谓脱去簪缨，不受拘束。《后汉书·袁闳传》："党事将作，闳遂散发绝世，弄扁舟。"《史记·货殖列传》记，春秋时，越国亡吴后，越功臣范蠡"乘扁舟浮于江湖"。弄是乘驾之意，扁舟是小船。

　　诗以唱叹喝起，从杳远处领脉，感慨去日苦多，"弃"字，"不可留"字，备极悲愤；然而所苦为何？并不接说，却由"昨日"引起"今日"之"乱"，之"烦忧"，定下一诗基调：今而忆昨，由昨及今，无非是乱丝一般，摆不去，脱不开的烦恼与愁忧。

　　诗至此，昨日之愁虽还是悬念，但它加深了今日之忧——离别之忧，则已可知，于是由昨今双起而侧注于今日，顺势转入登楼送别之事。点明题意：长风万里，秋雁高翔，行人也将离去，此情此景，正可于百尺楼头，一醉方休！这景象虽有送别的惋惜，但色调是高朗的。

"酣高楼"是一诗关锁,它既收束上文,说明诗人似乎受到秋景的感召,努力振作,要想以浩然一饮,消去长愁,又乘兴借醉,引发下文之逸兴。

"蓬莱"二句,先笔分两面,切题面的叔侄关系,说校书叔云文章老成,远追两汉蓬莱东观,得建安风骨;自己则正如建楼之谢朓,诗文清新秀发。"中间"两字更可注意,使这两个比拟在由汉以来文学史的长河中展开,紧密关连,因而由分而合,更说今人古人逸兴同怀,壮思远飞,可共上青天揽取明月。至此,在历史的纵深感中,由"酣高楼"生发的酒兴似已高到了极致,先前的烦忧在青天揽月的想象中,似已烟消云散。

但是,这逸兴正如来得如此突然那样,它去得也如此迅疾,而愁思,却重又猛然袭来。诗人忽以"抽刀断水水更流"作垫衬,比喻"举杯销愁愁更愁","举杯"字回应"酣高楼",将飞越天外的想象拉回到送别的现实,而此时想销也销不去的烦愁却加倍地深重了,以至不禁发出了"人生在世不称意"的浩叹。于是,所谓"昨日"之愁的悬念解开了,原来都为"不称意";中间一节铺张逸兴的用意也明白了,原来所以不称意者,都为高才绝世而反为时世久久所"弃"。也许诗人这时想起了陶渊明的箴言:"悟已往之不谏,知来者之可追",他要追回在京华尘世间失去的自我,明朝起解冠泛舟,浮游江湖,在自然的怀抱中得到真正的解脱。

李白作此诗时正在宣城隐居,自天宝三载(744)离别长安,已近十年。十年中,虽然他高言放世,访名山,受道箓,但心田深处却无时不在企望着再度奉召,一展其"王霸"之图。但十年竟成蹉跎,这就是他深重的"昨日愁"。但李白言愁,从来不肯以低调出之,而总是以狂放的形态——往往是借酒——来宣泄,愁苦与狂放的交战,使他的诗表现出一系列个性特征:

首先是结构的大起大落而一气贯注。本诗写的是"今日"饯别,但不泥于题目,却以"今日"为中心,前由"昨日"遥遥领起,末以"明朝"迢迢而去。在这一主脉中,又间以两处似断而续的跳跃。"长风"两句入题,突如其来,是以景物的感召,空间运神,由抑而扬。"欲上青天"后,戛然而断,却是借醉中人意态,落到更深的愁苦中去。扬而又抑后,更从第二次的低谷中振起,发为"明朝"之高唱,便有一种冲决一切的气魄。

与结构相应,他又充分运用了音调的变化来传达心声。一、三两部分的唱叹用长引的平声韵,中间的逸兴抒发则用陡促的入声韵。这犹如两个波谷中的浪尖,将感情的扬抑变化传达了出来。又如"长风"、"抽刀"两处叫起,都在用了大量仄声字的情况下,连用两个平声字,就显得分外开展嘹亮。

同时他又在愁思中运用一系列亮色调的意象,"长风万里","高楼",仙气氤氲的"蓬莱","清新秀发"的"小谢",乃至一洗无垢的清天明月。这就使愁思中流荡有一股清越之气,这种气质及表现气质的手法,就是李白之所以为李白。

宣城见杜鹃花[①]

蜀国曾闻子规鸟[②],宣城还见杜鹃花。
一叫一回肠一断,三春三月忆三巴。

① 宣城：即宣州,今属安徽。按李白于天宝十二至十四载
(753—755)及流放夜郎赦归后,曾客游宣城。安旗教授以
本诗思乡亟切定为晚年作,时当广德元年(763),似未足为
确据。以理度之,当为初见宣城杜鹃花而有此感兴,以天
宝十二至十四载作为近是,时年五十三至五十五。杜鹃
花：草本花,色殷红,又名映山红,相传为杜鹃鸟口血所
化。其实当因其开花时正值暮春杜鹃鸟悲啼之际,故有此
联想。

② 子规鸟：即禽鸟杜鹃。蜀中代表性鸟类,暮春尤啼,相传为
古蜀王杜宇遇害所化生,故啼声悲苦,声似作"不如归去",
又夜啼不已,至口中滴血。见《华阳国志》。

　　李白作本诗的情境,当为宣城见杜鹃花盛开而忽忆
蜀中杜鹃鸟,引发乡思,是因花及鸟。而本诗却由蜀中
子规起笔,再由鸟及花,至二句方落到宣城杜鹃花。这
一因果句的倒置,加以"曾闻"、"还见"二词组的勾联,
便将重点落到引发感兴的原因"花"上,不仅生动地凸
现了诗人见花之际触目惊心的感受,且使全诗笼罩在一
种恍惚如梦思般的氛围之中。三句"一叫一回肠一断"

忽又舍花而言鸟啼,但事实上当时有花而无鸟,而诗人却听得那么真切,似可见他眼前的杜鹃花似乎都化作了杜鹃鸟在啼鸣。四句"三春三月忆三巴",又回到作诗的实际时地,且点明乡思,似乎又舍鸟言花,但因紧接着第三句虚拟的杜鹃啼鸣声,又使人感到仿佛有万千只杜鹃鸟在呼唤诗人归去;而上下句三个"一"字与三个"三"字相叠所造成的迫促节奏,又有效地传送出诗人从梦思般的回忆中"醒"来时,那切肤锥心般痛楚的心声。

《唐宋诗醇》评此诗云:"如谣如谚,却是绝句本色。"这话只说对了一半。按绝句至初唐实有二体。一体由五七言短古来,体格古朴,为古绝;一体由五七言律体来,不唯讲究声律,而且典丽精工,为律绝。李白本诗语言直致,又两次用三个叠词,确有谣谚、古绝之风致。但古绝至唐与律绝又交互影响,所以唐人古绝又不同于前代,是唐人的古绝,可以与律绝合称唐绝。李白绝句,正因其兼收并蓄,遂以熔炼一切的天才个性,将古、律的结合发挥到极致。

本诗看似直致古朴,其实构思极精巧又极自然。一、三写鸟,二、四写花,看似不续,但恰恰通过这种错落的句序,虚实相应相生,有效地在看似平易的诗句中见出李白式的奇思逸想。不难明白,暮春杜鹃鸟啼鸣"不如归去",以至口血滴滴化为杜鹃花的故事是本诗构想的链索,也确实有许多诗人在思乡诗中直接明用这一典故,然而本诗字面上完全看不到这一典故。诗人通过感情线的衍展,在错落的句序中,将这一典故融化无迹了。这便是李白的奇逸,李白的空灵,与谣谚的直白大相径庭。

本诗的声律也应注意,虽似谣谚,其实除第一句为拗句,后三句都合律,上下句对仗,声、辞都合,只是二、三之间不粘。所以也是古、律相结合,这是唐绝中常见的声律形式。

独坐敬亭山①

众鸟高飞尽,孤云独去闲。
相看两不厌,只有敬亭山。

① 詹锳先生据集中《登敬亭山南望怀古赠窦主簿》诗中"百岁落半途"句及诗题,定本诗为天宝十二载(753)作,时年五十三,可从。敬亭山:在宣城北十二里处,相传为谢朓赋诗处。

　　读本诗要着重品味"众"、"孤"、"闲"、"厌"、"只有"等字。"众鸟"是凡俗之物,其高飞而群"尽",固其宜也;孤云本与隐士为伴,而如今竟也独自悠悠飘去。"厌"字通贯上下,鸟之群尽,云之孤去,看来都对此情此景生"厌",而"不厌"者,唯我与青山,朝夕相对。前二句映衬后二句,托出清净境界中看山一诗人。他看似"孤"、"独",却有山为友,亦所谓"德不孤,必有邻",与那些耐不得清净却以"孤云"自比,"独"居山林而终于离去的假隐士不侔。

　　诗写得极超逸,"相看两不厌,只有敬亭山",相看什么,不必为世人道,是天宝后期安史乱前李白久经世事后愈趋索寞心境之反映,而与开元中的"问余何事栖碧山,笑而不答心自闲,桃花流水窅然去,别有天地非人间"(《山中问答》)相对读,可见超逸固为一贯,而心境已不复当初之开朗,而作法则趋于老成。

中唐柳宗元《江雪》诗"千山鸟飞绝,万径人踪灭,孤舟蓑笠翁,独钓寒江雪";宋辛弃疾《贺新郎》词"我见青山多妩媚,料青山、见我应如是",均得本诗影响,而柳孤峻,辛疏放,李飘逸,个性晰然可见。对读可见诗家变化之妙。

秋 浦 歌[①](十七首选一)

白发三千丈,缘愁似箇长[②]。

不知明镜里[③],何处得秋霜。

① 《秋浦歌》十七首(一作十五首,一作十二首)为李白天宝十三载(754)由宣城往游秋浦时作,时年五十四。秋浦为县名,即今安徽贵池,在宣城西南。所选为第十五首。

② 似箇长:似这般长。按"箇"当指秋浦名胜清溪水。

③ 明镜:当指青溪水回环而潴成之玉镜潭,以潭水比镜。

《秋浦歌》十七首均民歌体,其中可确定无疑之十二(或十五)首均为绝句。如与前录初游东南之《越女词五首》对读,可见心境已不复当年。

> 两鬓入秋浦,一朝飒已衰。
>
> 猿声催白发,长短尽成丝。(其四)
>
> 愁作秋浦客,强看秋浦花。
>
> 山川如剡县,风日似长沙。(其六)

所引后一首最可玩味,虽然秋浦风光与早年所游越中剡县相似,但心情却已如远贬长沙的洛阳才子贾谊。故而作"客"为"愁",看"花"曰"强";也因此,诗人强欲从愁苦中振起。

> 秋浦多白猿,超腾若飞雪。
>
> 牵引条上儿,饮弄水中月。(其五)
>
> 炉火照天地,红星乱紫烟。
>
> 赧郎明月夜,歌曲动寒川。(其十四)
>
> 江祖一片石,青天扫画屏。
>
> 题诗留万古,绿字锦苔生。(其九)

超腾的白猿，夜歌的赧郎（铸工、铁匠之属），都显得无比自由快乐，这其实是愁苦人企望冲决愁苦的心理暗示；然而为猿不能，为赧郎亦难，他唯有寄望于自己在美如画屏的江祖山石上的题诗能流传万古。通常注本常撷取一、二首或说言愁，或说言欢，或说关心劳动者，恐都隔了一层，故借此总述其基本倾向。

这里所录的第十五首，一直有个疑问。组诗十七首均言秋浦道上景物，唯本首无景唯愁。1986年日本早稻田大学教授松浦友久解开了这个谜，谓"不知明镜里"的"明镜"是指秋浦名胜清溪水之玉镜潭，这是一大发现。而从中笔者又悟到历来未说清的"缘愁似箇长"的"箇"，当指清溪水。于是全诗豁然而解，意谓："白发垂垂三千丈，都因为愁苦而似清溪水般长而又长；照临清澈的玉镜潭水，水中为何起了一层秋霜？"李白又有《与周刚清溪玉镜潭宴别》诗，有云："溪当大楼南，溪水正南奔，回作玉镜潭，澄明洗心魂。"正可为以上解释作证。

探李白作本诗的情境，当是因临水照影惊见白发垂垂有感而发。但径从照水说起，便平直无味。今以"白发三千丈"喝起，用极度的夸张，先写出了惊见白发时的心理震动，然后以"缘愁似箇长"，似溪水悠悠般缓缓宕开去。至此诗意似已说尽，却又回说临水照影，再起奇想：水可成冰，却不会起霜（如为真镜是可能起霜的），"不知明镜里，何处得秋霜"，不仅以秋霜回应"缘愁"，更以不可能的现象，进一步表现了白发骤长，连自己也难以置信的悲慨。读来有不胜苍凉之感。

按前录组诗其四云"两鬓入秋浦，一朝飒已衰"，可知李白秋浦之行头发确是在短时期内骤然变白的（"两鬓"此指花白，所谓"二毛"），故本诗的震惊感与奇特夸张是有生活基础的，而非故作夸辞。又按李白照影奇想，有前录《长相思》之二"不信妾肠断，归来看取明镜前"，何等旖旎风流；而二十年后的本诗，奇想虽同，但境况心情，却正应了"不可同日而语"的老话。

赠　汪　伦①

李白乘舟将欲行，忽闻岸上踏歌声②。

桃花潭水深千尺③，不及汪伦送我情。

① 本诗作于天宝十四载(755)秋，时李白游宣州至泾县，曾宿
  于汪伦别业。汪伦：又名凤林，越国公汪华之五世孙，曾
  任泾县令(以上据李子龙《关于汪伦其人》)。

② 踏歌：连手踏地为节拍而歌。踏歌是唐人一种歌乐形式。
  此当单指踏地为节而歌。

③ 桃花潭：在泾县西南，为泾水上游。地方志称潭水深不
  可测。

此诗前人评说甚多，以下二条甚有见地。试录之：

　　沈德潜《唐诗别裁》："若说汪伦之情比于潭水
千尺，便是凡语，妙境只在一转换间。"(按："不及"
二字便是转换而出新意。)

　　于源《灯窗琐话》云："赠人之诗有因其人之姓
借用古人，时出巧思(如本书所录《读诸葛武侯传
书怀赠长安崔少府叔封昆季》诗之用"崔州平"影
指崔少府)；若直呼其姓名，似径直无味矣。不知

唐人诗有因此而入妙者，如'桃花潭水深千尺，不
及汪伦送我情'；'旧人惟有何戡在，更与殷勤唱渭
城'（刘禹锡《与歌者何戡》）；'平生不解藏人善，
到处逢人说项斯。'（杨敬之《赠项斯》），皆脍炙
人口。"

以上二条皆从修辞着眼，然而本诗之佳又不仅修辞
入妙，更在整体空灵，其关键在"忽闻岸上踏歌
声"句。

诗为赠别汪伦而作，而汪伦其人在字面上未见其
形，只以"踏歌声"空中传响，使读者闻其声而似见其
形。大抵送别不免悲伤；不言悲而一路踏歌来到，其人
必洒脱俊逸，非寻常可比；而由友人的洒脱俊逸，又可知
作者之襟怀。

再深入体味一下，"李白乘舟将欲行"，字里行间似
有依依之感，这时"忽闻岸上踏歌声"，"忽闻"是一个突
如其来的听觉感受，汪伦踏地为节的歌声似乎忽焉扫除
了诗人初时的怅惘，于是结两句不言惜别，但言深情，则
可见俊逸超迈之人并非无情，而正是尤重情意的性情

中人。

　　以上对汪伦其人性情的推测,从李白《过汪氏别业二首》可得到印证:"汪生面北阜,池馆清且幽。我来感意气,搥炰(杀牛烤羊之意)列珍羞。扫石待归月,开池涨寒流。酒酣益爽气,为乐不知秋。"汪伦确是一位气质高迈的豪士。

六、报国蒙冤与流寓客死(755—763)

　　结束诗人南北漫游中深刻的出处矛盾的,恰恰是他深深担忧的时局大变乱。然而也许因为僻处淮南小县,受到主人家"讼庭无事罗众宾"平宁氛围的影响,对于变乱来得如此迅猛,他还是缺少必要的准备。因此当天宝十四载(755)冬"渔阳鼙鼓动地来"时,他立即陷入了妻、子、自身分处三地的窘境。在匆匆地北上往宋城迎宗氏夫人,托友人向东鲁接二子的同时,他注视着愈益严重的时局。十五载春,尽管他以屈子自拟,悲情地拟想从天上"俯视洛阳川,茫茫走胡兵",但实际上却不得不一路携妻南奔,由河南到淮南,由淮南到吴越,更于是年秋,由吴越隐入庐山屏风叠,而东鲁之子却始终睽隔遥天,无由会合。当后人不无影踪地责备他当时的某些诗章不该国难当头而作宴乐语时,未尝想到,谪仙人其实也是"人",而且只是一个至情天真而无关大局的"草间人"。对于奔亡途中好客的东道主,他会有雪中送炭的感激,而对于每况愈下的形势,他更焦躁着报国无门。他,其实是处于一种身心分裂的大悲之中,那些被苛责的篇章中的奋亢,与其作宴乐诗读,倒不如作苦闷语、悲慨语解来得切合实际。"大盗割鸿沟,如风扫秋叶,吾非济代人,且隐屏风叠"(《赠王判官时余隐居庐山屏风叠》)。布衣一介,他于危殆的大局,又能如何呢?

然而机会终于来了。庐山之隐,不意又成了"匡庐捷径"——虽然后来的事实证明,这"捷径"几同"绝境"。当时,奉玄宗在奔蜀途中诏,在东南募师抗逆的永王李璘,刚好军次庐山脚下的浔阳,也许因人推荐而钦其盛名,竟三遣使征召李白入幕,正圆了诗人对"三顾茅庐"的终始期想,于是在岁杪、新正之际,他羽服下山,欣然入幕,并立即以如椽大笔为"永王东巡"作歌扬威。"试借君王玉马鞭,指挥戎虏坐琼筵",他确实切身体味到了好作"梁甫吟"的孔明出山之际,那种运筹帷幄、决胜千里的自信和闲定自若的气派。

然而好景不长,梦的破碎也来得太过迅疾。不足一个月,他就从殿下幕内的座上客,变成了今上狱中的阶下囚。原因是受命于老皇帝玄宗的永王李璘,在与登基于灵武的新皇帝肃宗李亨"兄弟阋于墙"的争斗中一战落败。十五载一月戊戌(二十日),永王兵败丹阳时,李白不得不仓皇西奔,不久即以"从逆罪"被系囚于浔阳狱。他"万愤"吁天,四方求援,也幸亏宗氏夫人的苦苦奔走,总算得到时相江南宣慰使崔涣与御史中丞宋若思的救援,推复昭雪,暂时获释,并一度入宋幕为文书。看来已经"柳暗花明",但"又一村"却未曾出现,乾元元年春,他最终被处流放夜郎(治所在今贵州正安西北)。这还幸亏新皇登基在上年末大赦天下,不然,恐难保天才诗人不死于非命。自浔阳首途的流放,走了一年左右,李白还是"吉人天相",尽管"世人皆欲杀",但是天意"独怜才",因天旱求禳,肃宗竟又一次大赦,于是在乾元二年春末,诗人行至今重庆奉节县白帝城时,诏书下到,半途遇赦,遂买舟东返,回至江陵。

对于这一段白云苍狗般的史事的详细评说,不妨留给史家,我们只想对同样苍狗白云般的诗人的命途作一番透视。

且无论永王李璘于东南广积军需、招贤礼士的初意是真心抗逆,还是蓄养羽翼;也无论他不听肃宗诏令,擅自东巡是出于军事形势的需要,还是企图在角鹿乱世的争斗中占得先机。对于天宝十五载七月,新皇登基而玄宗在蜀,政局二日并耀的微妙态势,当时还是有人能见微知著的。如中唐古文运动的前驱者萧颖士,"饮中八仙"之一的孔巢父就先期离开永王幕,幸免株连;而盛唐才俊之士中唯一一位能见出确有干才的高适,更在李璘起兵之初应肃宗召"陈江东利害,永王必败"(《旧唐书》本传),而成大功,然而李白却不仅浑然不察个中利害,并且在兴高采烈之中留下了后来可以为罗织罪名者提供口实的诗章,从而成为当时一流、甚至二流诗人中唯一一位被株连者。这不能不认为,他其实只是一位过于天真而血性的诗人,而绝非是真有王霸之略的干才,

更无论能鉴古知今、察幽知微的"子"的气质。尽管在
天宝末他的诗作渐趋深厚,但他能看到的还只是浮在表
面的现象;甚至对今上绝不可能让他的弟弟拥兵日大,
成为抗逆首勋的常规道理也缺乏清醒的判断。宋胡仔
《苕溪渔隐丛话》引《蔡宽夫诗话》云:"大抵才高志广,
如孔北海(孔融)之徒,固未必有成功;而知人料事,尤
其所难。议者或责(白)以璘之猖獗而欲仰以立事,不
能如孔巢父、萧颖士察于未萌,是矣。若其志,亦可哀
矣。"明朱谏《李诗选注》又论曰:"白虽有文章而疏于义
理之学,故于利害之际,处之不当,以致自累也。孰谓白
果有助于永王者哉?"二评所谓"才高志广"而"疏于义
理之学",可称的论。

就另一方面看,李白的下狱流放也可称是桩冤狱。
尽管在《永王东巡歌》十一首等为永王扬威颂德的篇章
中,间有比拟不伦的地方,但从这一时期他所有的作品
来看,李白还是十分明确地区分了君臣之义,始终将永
王作为王子来看待礼事。"南风一扫胡尘静,西入长安
到日边",组诗末篇最后二句明确地"卒章显其志",点

明了永王在他心目中对于中央的臣属地位。后世的学者争论着其中用秦皇汉文事的第九首的真伪问题，其实都既无依据又大可不必。因为即使没有这第九首，要搜寻"罪证"还是相当容易。"南风"就用大舜之典，更甚于秦汉帝王。要说"罪证"，此条足矣。其实问题的本质是皇权之争，同室持戈，为中国古代政治史的一种特色，而成王败寇，覆巢之下无完卵，又是这种争斗的通常结果。李白的悲剧在于他在一个恰当的时机，却在一种不恰当的情境下，机缘巧合地"站错了队"。我们可以叹恨他的报国心切中不免有事功过亟的成分，然而从本质上来看，所谓"从逆罪"，无宁说是一种"欲加之罪，何患无辞"的唐代的"文字狱"。

李白遇赦，由白帝城沿江东下后，在江汉洞庭一带往复滞留了约半载，终于在当年秋季回到了对他而言可称是不幸而幸、幸而不幸的庐山旧隐处。一年后，亦即上元二年（761）秋，他六十一岁时，又东下淮南、吴越，进入了他生命之舟的最后一个航程——流寓东南。

这一段时间计约二年余，前一年余以宣州为中心往复于宣州、金陵一线。其间曾欲从军李光弼幕下，出征浙东袁晁，半道因病而止。至宝应元年(762)冬，年六十二，自金陵复往淮南，依族叔当涂令李阳冰。次年正月安史乱平，七月，新皇代宗李豫登基，改元广德。世道太平了，我们的天才诗人也似乎决心要与大唐帝国这一段由盛转衰的历史相终始，就在是年冬，卒于李阳冰家。作为死后哀荣，代宗下制，拜诗人为左拾遗，因而除"李翰林"外，诗人还有一个别称"李拾遗"。

李白卒后，初葬龙山，四十四年后，亦即宪宗元和十二年(807)，遵其遗愿，迁葬于青山。龙山、青山都在淮南，具体为何处，现在谁也搞不清，至今尚有好几个地方在争论这份遗产的所有权。李白四娶：许氏、刘氏、不知姓氏的"鲁一妇人"、宗氏。生二子一女。长女平阳，长男伯禽(小字明月奴)为原配许氏夫人所生。平阳"既嫁而卒"。伯禽则有一子，后出游不知所之。次男只知小字为颇黎，亦即"玻璃"——又是一个光亮的意象——为第三位夫人"鲁一妇人"所生(他也许还有个小名叫"天然")。颇黎生有二女，后来都嫁与当涂平头百姓。亟于要改变自己商人出身社会地位的诗人，虽然二娶相门之女，但仍以"草间人"终身，而子孙皆湮没不彰，这与他临终前托付李阳冰草稿万卷，而今天仅存诗九百余章，文六十余篇，都可谓是"天意高难问"的可叹可憾之事。

然而切莫以为诗人的晚境只是愁苦潦倒。至少他意气并未随不幸而衰竭，因而在文学史上不懈地谱写着自己的光辉业绩。除了南北漫游期间已臻高峰的七古大篇仍在继续产生如《北上行》、《庐山谣寄卢侍御虚舟》等名篇外，其重要成就还表现在两个方面：

这一时期，是他五言大篇，尤其是"选体"五言创作最丰的时期。不仅篇制宏大，且融入了他七古长篇的天矫气势，或张扬军威，或鸣冤呼屈，或请命自述，或记行感怀，都似挟雷霆，似裹风雨，成为诗歌史上的一种奇观，足可与杜甫同体诗相媲美，而使五古"选体"开出了新生面。由于他这类诗章篇制过大，用典亦频，本书囿于篇幅，未曾选录，这是一个缺憾。然而如果你有志于从事李白研究，那么如《在水军宴赠幕府诸侍御》、《南奔书怀》、《中丞宋公以吴兵三千赴河南》、《赠张相镐二首》、《经乱离后天恩流夜郎忆旧游书怀赠江夏韦太守良宰》,以及临终前一年所作《闻李太尉光弼大举秦兵百万出征东南》等篇章,是不能不加以重视的,故提示于此,以补缺憾。

这一时期,他的七绝如《早发白帝城》、《与史郎中黄鹤楼中听吹笛》等,更进入了炉火纯青的化境,尤以连章组诗《永王东巡歌》十一首、《陪族叔刑部侍郎晔及中书贾舍人至游洞庭五首》为最出色。俊爽奇逸固一仍其前,而寓精严于自在,信手拈来俱见功力,则是此期七绝的重要特色。佛氏有云"青青翠竹,俱是法身,漠漠黄花,无非般若",用以喻李白此期七绝,最是确切。在唐人绝句史上,王维的后期五绝,李白的后期七绝以及杜甫的后期作品,都善用组诗而几乎出现于同时,是盛唐末期后人无法超越的并峙三峰。这一现象也应当是值得做几篇博士论文的。

　　大雅久不作,吾衰竟谁陈?王风委蔓草,战国多荆榛。龙虎相啖食,兵戈逮狂秦。正声何微茫,

哀怨起骚人。扬马激颓波,开流荡无垠。废兴虽万
变,宪章亦已沦。自从建安来,绮丽不足珍。圣代
复元古,垂衣贵清真。群才属休明,乘运共跃鳞。
文质相炳焕,众星罗秋旻。我志在删述,垂辉映千
春。希圣如有立,绝笔于获麟。

作为李白诗集开卷第一章的这首《古风》第一,应
当是作于诗人中后期。尽管它对于《诗经》以来中国诗
史的概括,有因袭传统说法(可与《文心雕龙》之《诠
赋》、《明诗》对看)而不无偏颇之嫌,然而高扬"风雅"
传统,且以夫子自比的气概,却足以见出这位看似超圣
脱俗的谪仙人,对于诗歌创作骨子里的严谨与慎重。诗
人正是在"复元古"、"贵清真"的同时,汲取了建安以来
诗史与当代民歌及前辈创作的新的营养,而以"文质相
炳焕"的歌唱"垂辉映千春"。以四杰与陈子昂为标志
的初唐诗歌的革新,至李、杜、王三足鼎立可说是告一段
落。后人所说的"唐音",正是在这七八十年中真正确
立并蔚为黄钟大吕的,而就个人气质而言,李白更无疑
是当时才俊之士族群——盛唐诗坛的主力中最有代表

性的第一人。我们可以在嗣后的诗人中看到王维、杜甫的许多拷贝甚至局部的拓展,然而李白式的歌唱,随着李白的去世,就几乎绝响了。这不仅是个人天分的原因,更重要的是养成李白式气质的时代土壤已不复再现。诗人李白之死,可以说是宣告了一个时代的结束,一种以悲剧意味的结束,这一点且留待后文讲评他的绝笔诗《临路歌》时,再来展开。

古　　风(第十九)①

西上莲花山,迢迢见明星②。素手把芙蓉,虚步蹑太清。霓裳曳广带,飘拂升天行③。邀我登云台,高揖卫叔卿④。恍惚与之去,驾鸿凌紫冥⑤。俯视洛阳川,茫茫走胡兵。流血涂野草,豺狼尽冠缨⑥。

① 天宝十四载(755)冬安史乱起,十五载正月安禄山于洛阳自立为大燕皇帝。诗当作于此际,李白时年五十五。作诗

地点当在宣城一带。或以为此时李白可能正北上函谷一带,然证据可疑。

② 西上二句:莲花山,华山西峰。华山有芙蓉、明星、玉女三峰最为著名。二句想象登莲峰望玉女、明星而启仙游之想。《陕西通志》卷八:"明星玉女居华山,服玉浆,白日上升。"此处"明星"双关峰名与玉女。

③ 素手四句:想象明星玉女升天景象。素手,明星玉女之手。《古诗十九首》:"纤纤出素手。"芙蓉,莲花。亦双关莲花峰。虚步,凌空行走。太清,道教三清天之最高层。霓裳,虹霓为裳。广带,宽大的衣带。

④ 邀我二句:想象明星玉女邀请自己拜访仙人卫叔卿。卫叔卿为汉武帝时人,传说服食云母成仙。汉武帝遣人访之,于华山绝岩下见他与仙人博戏。事见《神仙传》。《陕西通志》卷八记卫叔卿博台在岳顶东南隅。高揖,长揖。平辈相见致敬之礼。

⑤ 恍惚二句:想象随卫叔卿跨鸿升天。紫冥,紫气缭绕的天空。是仙家景象。

⑥ 俯视四句:想象由空中俯见洛阳沦陷乱象。川,川原。胡兵,安禄山为杂胡人,又久与奚、契丹争战,其军中多胡兵。

流血句,生灵涂炭。豺狼句,叛逆与从逆者都封高官。

本诗以游仙体写时事,分两层。前十句遐想登莲峰,见玉女,遇卫叔,翔太空,飘飘欲仙,热热闹闹,飞升高扬。然而正当极快意处,却以"俯视"为转关,骤然反跌,极写洛阳胡兵茫茫、生灵涂炭而"豺狼"尽封高官的乱象。唯其举得高,因而跌得重,在强烈的对照之中,见出帝都仙乡翻成血海膻域的时代悲剧。全诗作法似易而难。"俯视"的转折看似突然,但意脉上连"凌紫冥"。这一似断而续的关榫,将前片开头以"明星"、"芙蓉"双关(参注)互动所造成的流动而缭绕的氛围,与下片直赋乱象、声似悲号的沉痛感遥遥相连,使全诗气脉动荡,开出了游仙体诗的新境界。

按屈原《离骚》末章极写驾云乘龙,"聊假日以媮乐"后,突然转折云:"忽临睨夫旧乡,仆夫悲余马怀兮,蜷局顾而不行。"本诗显然得此影响,而以屈子自比。因而可见李白此时已结束了南北漫游时期出处两难的深刻矛盾而有意以身报国。刘熙载《艺概·诗概》云:

"太白与少陵同一志在经世。而太白诗多出世语者,有
为言之也。屈子《远游》曰:'悲时俗之迫厄兮,愿轻举
而远游。'使疑太白诚欲出世,亦将疑屈子诚欲轻举
耶?"本诗典型地说明了李白诗这一特点。

　　由于诗中游仙部分写得真切,于华山形势亦相符
合,故有人认为非当时亲历其境不能言,更进而认为安
史乱起,李白身在函谷西。其实,唯其写得真切、热闹,
才见出必为非即时即地而作。如真在洛阳亲睹"流血
涂野草"惨象,恐不会再有此游仙之想了。不过"非身
历其境不能言"并非空穴来风。李白《江上答崔宣城》
诗起云:"太华三芙蓉,明星玉女峰。寻仙下西岳,陶令
忽相逢。"可见他确实曾往华山寻仙。唯这诗以下接云
"问我将何事,惊湍历几重"? 意思是崔宣城问诗人将
再向何处名山大川游览,而诗人复答:"谬忝燕台召,而
陪郭隗踪。水流知入海,云去复从龙。"意谓将入军幕
(应是皇室成员的军幕),而结束远游,以遂云龙相从的
素志。以下再写到一旦功成将还至宣城归隐云云。有
人认为这诗是入永王璘幕府前作;但入永幕是从庐山下

来,显然不合。也有人认为是将投效封常清幕下,更有人认为是指入安禄山幕,但此二说又与"云龙"之喻抵牾。因此由这诗能知李白在宣城期间(已知的时段为天宝十二载至十四载;上元至广德之间)曾游华山后拟入军幕,但时间及具体情况不详。又这诗的风调极其潇洒,亦不类"目睹"洛城惨象后的心境。故不足为游华山后作《古风》(西上莲花山)的证据;而《江上答崔宣城》诗所述诗人行踪情况,也只能作为一个疑案,有待进一步的研究。

扶 风 豪 士 歌①

　　洛阳三月飞胡沙,洛阳城中人怨嗟。天津流水波赤血,白骨相撑乱如麻②。我亦东奔向吴国,浮云四塞道路赊③。东方日出啼早鸦,城门人开扫落花。梧桐杨柳拂金井,来醉扶风豪士家④。扶风豪士天下奇,意气相倾山可移⑤。作人不倚将军势,饮酒岂顾尚书期⑥。雕盘绮

食会众客,吴歌赵舞香风吹⑦。原尝春陵六国
时,开心写意君所知。堂前各有三千士,明日
报恩知是谁⑧?抚长剑,一扬眉,清水白石何离
离。脱吾帽,向君笑;饮君酒,为君吟;张良未
逐赤松去,桥边黄石知我心⑨。

① 本诗天宝十五载(756)春三月由宣城入郯中途中作,时年
五十六。扶风豪士:此指祖籍扶风的豪侠之士。有二
说:旧说据《宁国府志》、《泾县志》等记载为万巨,万巨远
祖汉槐里侯万修封邑为扶风,故称,则诗作于泾县(今属
安徽);安旗教授据李白天宝十三载《溧阳濑水贞义女碑
铭》有句"主簿扶风窦嘉宾",疑豪士即窦氏,则作于溧
阳。录以备参。扶风,唐都长安附近郡名,今陕西凤翔
一带。

② 洛阳四句:上年十二月十二日安禄山叛军攻陷东都洛阳,
消息传到江南当为本年春。四句想象洛阳被叛军破坏景
况。胡沙,犹言胡尘,指叛军,安禄山为杂胡人。天津,洛
阳西南洛水上有天津桥,唐人多以指代洛阳。

③ 我亦二句：本年春,李白北上宋城接妻子宗氏后南奔。浮
   云四塞,言奔亡道中回望京洛,唯见浮云四塞,不见京华。
   赊,远。

④ 东方四句：言来到扶风豪士家。

⑤ 扶风二句：谓己与豪士以"奇"而意气相投,以下均由此
   生发。

⑥ 作人二句：言扶风豪士性格耿介奇迈。汉辛延年《羽林
   郎》："昔有霍家奴,姓冯名子都,依倚将军势,调笑酒家
   胡。"上句反用其意,谓主人不依家势。《后汉书·陈遵
   传》记,陈遵嗜酒好客,客至辄劝饮,将客人车辖(车轴之
   键)投井中,使之不得早去。某刺史因此被留住,大窘,乘
   遵酒醉,入内室拜见遵母,说明自己与尚书约定时间奏事,
   急须前往,遵母遂指示后门令去。期,约会。下句用此典,
   极言主人好客擅饮。

⑦ 雕盘二句：极言主人待客殷勤。雕盘绮食,指食之精美,其
   器皿雕镂,而食品如轻绸般精美。吴歌赵舞,古称吴姬善
   歌,赵女善舞,此泛指侑餐歌舞之美。

⑧ 原尝四句：用战国四公子事：赵平原君、齐孟尝君、楚春申
   君、魏信陵君,均以贤而豪侠称,门下各养士三千。开心写

意，《后汉书·马援传》："且开心见诚，无所隐伏。"《战国策·赵策》："忠可以写意。"写，通泻，倾沥之意。明日报恩，四公子门下士均为食客，多不露形迹，而关键时刻则挺身报恩，如冯谖等即是。

⑨ 抚长剑九句：此九句均承上抒怀，谓将有以报主人。清水白石，古乐府《艳歌行》有"水清石自见"之句，此化用之，谓自己胸襟磊落。离离，清晰貌。张良，字子房，佐刘邦得天下，封留侯，自言"愿弃人间，从赤松子游"。少时曾在下邳圯桥上遇仙人黄石公，良谦礼之，黄石公传以《太公兵法》。此以自比，而反用"从赤松子游"语。

明胡震亨批评此诗："洛阳如何光景，作快活语，在杜甫不会，在李白不可。"说"在杜甫不会"，诚是，老杜同样作于乱离之际的《赠卫八处士》何等悱恻沉至（参附诗）；说"在李白不可"，则未免偏颇，因为对李白本诗未可尽作"快活"语读。

对于安禄山的野心，李白在天宝十一载北上幽燕时已有警觉（参上录《北风行》），乱起而洛阳沦陷，李白在

《古风》(西上莲花山)中又表达了屈子般哀天吊民的悲痛,这些篇章都足可与老杜忧国忧民的时事诗相提并论。然而李白又不尽同于杜甫,他以"海内清一,寰区大定"为己任,又自命有王霸之略。乱世对于他而言,又有着东山再起、一展襟抱的别一种意义。"早怀经济策,特受龙颜顾。白玉栖青蝇,君臣忽行路。人生感分义,贵欲呈丹素。何日清中原,相期廓天步"(《赠溧阳宋少府陟》);"安石在东山,无心济天下。一起振横流,功成复潇洒"(《赠常侍御》);"荆卿一去后,壮士多摧残。长号易水上,为我扬波澜"(《赠友人》)。这些与本诗相先后的悲壮的豪语,为我们提供了理解李白得遇扶风豪士时的心理背景。

诗分三层,寄意尤在一起一结,而"扶风豪士天下奇"二句则为关锁。前十句为第一层,由想象洛阳乱象,转以"我亦"奔吴,归到"扶风豪士家"。"扶风豪士天下奇"起八句为第二层,主要状写扶风豪士意气之豪迈,待客之殷勤。其中前二句中"奇"字是诗眼,画龙点睛;"意气相倾",相倾即相投契,则写主寓客,为以下

"自写"的第三层暗伏脉线,故以下略写酒宴后即用战国四公子事,归到"三千士"、"明日报恩"。作为伏线的"客"由隐而显,自然引发第三层自写"奇"气,而结用张良之典,既表明用世以报主人厚意之心,又上应开首洛阳败乱景象,微见救乱安邦之一贯壮志。

从以上大略疏通已可见以"快活"论本诗是皮相之见。这其实是一首醉歌,一首别有寄意的悲壮醉歌。数十年的夙志难酬,奔亡途中的万般辛苦,一朝得遇豪侠的主人的热情款待,有"意气相倾"的知遇感,有久违了的美酒珍肴的侑助,积郁便借酒意迸发而出,形成全诗豪迈的意兴与奔放的快节奏,给人一种似乎是"快活"的感觉。然而仔细玩味,这快意背后又不仅有显见的对国难的担忧,更有着自身报国无门的悲恨怅惘。请尤其注意作为红线贯穿于后半部分的三个词组:"意气相倾"、"开心写意"、"清水白石"。诗人最后强调"清水白石何离离",正是因为世人直至君上对自己长期的不理解,因此在醉意朦胧中,他渴望着那种能打开心扉,倾泻心意,亦即披肝沥胆的相倾相知;也渴望着有人如四公子般识我于微贱之中,以遂张良般助明主、平天下的夙志。"桥边黄石知我心",诗的结尾有自信,却更多怅惘:"黄石"已去,"知我"其谁? 是这位"扶风豪士"吗? 我们不知,诗人当时也似乎难知。于是我们明白了李、杜乱离诗的异同所在。在杜甫是以愁语写悲恨,而天性开朗的李白却总是以快语写悲恨。这是读李白此类诗不可不明辨的。

快诗易率直无余,但李白的快诗却快中有致,快中有味,这既由于前析的感情的对冲,也因为李白诗法的特点。本诗尤当细味的诗法有四处。一是前十句一路迤逦写来,至第十句方以"来醉扶风豪士家"作收总入题,从而为以下的醉歌蓄势。第二处是"扶风豪士天下奇"二句以"奇"字领脉,以"相倾"伏线。第三处是用四公子典宕开后归到"三千士"、"明日报恩",从而引出下文自抒;如果先写四公子重士,笔法平板,也难以续接了。第四处是结末二句用张良典的语序。张良遇黄石在前,为少年事;愿逐赤松在后,是功成后事。今颠倒言之,以"知我心"为结,便于跳荡之中回应开首乱象,以见素志,读来分外有味。虽曰快诗,但收放自如,快中有节制,有跳荡,如腾龙天矫,从而也使他以快语写悲愤的内含得到有效的体现。这是读李白快诗时又当细辨处。

为便于比较,以下附杜甫《赠卫八处士》,请与本诗对读。

> 人生不相见,动如参与商。今夕复何夕,共此灯烛光。少壮能几时,鬓发各已苍。访旧半为鬼,惊呼热中肠。焉知二十载,重上君子堂。昔别君未婚,儿女忽成行。怡然敬父执,问我来何方。问答未及已,儿女罗酒浆。夜雨剪春韭,新炊间黄粱。主称会面难,一举累十觞。十觞亦不醉,感子故意长。明日隔山岳,世事两茫茫。

永王东巡歌①(十一首选二)

三川北虏乱如麻②,四海南奔似永嘉③。
但用东山谢安石,为君谈笑静胡沙④。

① 组诗十一首,作于至德二载(757)正月,时李白五十七岁。组诗中第九首以用典不伦,前人认为伪作,未有确据。永王:玄宗十六子李璘,开元十三年封永王。天宝十五载(756)玄宗奔蜀途中,诏令永王为山南东道及岭南、黔中、江南四道节度、采访等使,江陵大都督。七月,肃宗即位于灵武(今属宁夏),改元至德,命永王归觐于蜀。永王不奉诏。十二月永王水军东下,三次遣使征召在庐山隐居的李白入幕,白欣然奉召。又据组诗"其一"首句"永王正月东出师",故知作于至德二载正月。时永王已由江陵东下至广陵,故称"永王东巡歌"。此录选其二、其十一。

② 三川:河、洛、伊三川襟带洛阳,故以指洛阳一带。按当时安禄山已称帝于洛阳。北虏:安史军中多胡人而北来,故蔑称为北虏。

③ 四海句:谓当时北人南奔如晋代之"永嘉之乱"。晋永嘉五年(311)匈奴将领刘曜攻陷洛阳,士庶南奔江左。李白《为宋中丞自荐表》称安史乱时"天下衣冠士庶,避地东吴,永嘉南迁,未盛于此"。诗文正可互参。

④ 但用二句:谢安,字安石。晋孝武帝太元八年前秦苻坚南
　侵东晋,孝武帝召征隐于会稽东山的谢安为大都督,终于
　赢得淝水之战。"东山再起"成语源于此。就组诗结构观
　之,此处谢安泛指当时为永王所征聘的隐士,如孔巢父等,
　当然也包括诗人自己,同时也颂扬永王能用贤。但用,只
　要用。静胡沙,使胡沙平静。胡沙指代叛军,犹下一首之
　胡尘,沙尘古时均指代战争。

　　试借君王玉马鞭①,指挥戎虏坐琼筵②。
　　南风一扫胡尘静③,西入长安到日边④。

① 试借句:谓如永王假自己以权柄。玉马鞭,喻军事指挥权。

② 指挥句:句式倒装,正说为坐(于)琼筵(而)指挥戎虏。指
　挥,指点挥洒,即轻易打发之意,与今义不同。琼筵,筵席
　的美称。

③ 南风句:南风喻永王之军,因在南方,又兼用传为虞舜所作
　《南风歌》"南风之薰兮,可以解吾民之愠兮"句意,而称永
　王南军为仁义之师。

④ 西入句:预想永王功成,奏捷长安,觐见君王。日边,日喻

君王,日边犹言君王左右。

近四十年的颠沛挫跌,无数次的出而复隐、隐而复出,至此,诗人总算有了一展宏图的真正机会。这机会,他在大乱初起避地剡中时想不到,在隐避庐山时也未必能想到,而现在机会如此真实地来到眼前,更何况正当国难深重,建功与报国完全可合而为一,还有什么能比这次随永王出征更教天真的诗人欢欣鼓舞呢?曾几何时,就在二入长安后,他学剑反成哂,学文窃虚名,而现在,他在拔剑出鞘,勇赴疆场前夕,"文"也有了"用武"之地。因此,不须细昧,仅仅从二诗骏马注坡般流走的节律中,人们就能感受到李白在作这一组诗时的意气风发与快乐激昂。然而虽说俊快,但二诗还是相当见功力,有分寸且具变化。于俊快之中见功力,能变化,是李白七绝超人一等处。

前一首以"三川"、"四海"对起,写当时洛阳失陷、多士奔吴的大形势危殆之极,语势峻急,格局宏大。然后以"但用"轻轻一转,缀以下句"谈笑"字,化用谢安故事,便似武功所谓"四两拨千斤"般,将天大危殆,轻轻化去,足见诗人对王师出征的百倍自信。

后一首笔法恰与前一首相反。起二句"试借"字、"指挥"字,举重若轻,何等潇洒;然而三四句忽转高昂,"一扫"字、"西入"更紧接"到"字,何等迅快,将对王师势如破竹、奏捷凯旋的必胜期待发挥得淋漓尽致。

在如此风行水上般的欣快节奏中,二诗的对法与用典却非常精严。上一首"三川"指洛阳,但如径用洛阳、洛中、洛京等,不仅不能与"四海"成对,更完全没有了气势,只有用"三川"对"四海",方于语势上见出举国动荡的危机感与紧迫感。下一首后二句"南风"与"西入"宽松作对。"南风"一般人想不到,但用得极佳,若易以"春风"、"秋风"等字,意思也讲得通,但不仅不成对,更了无余味,因为唯南风方既切南军又含王师、仁义之师之意。同样的,前一首"似永嘉"之典也最是精当。举任何一件史事都不能如"永嘉之乱"般与"安史之乱"相贴切(二者都是胡人侵扰中原),也不能与下文用谢安事那样联系紧密(二典是晋代相续的史事)。俊快不易精严,精严最难俊快,李白能合二长于一体,所以为七绝圣手。

需要略加辨析的是前一首谢安之典。今人注本几乎都取自拟说。孤立来看不错,但放在组诗的结构中来看显然不妥。

这是一组扬威颂功的组诗,其基本规则是首尾贯通,有总有分,有起有结,其中每一首相当于乐府诗的一解(章),连起来看就是一篇秩序井然的长诗。第一首"永王东征先出师"是总写永王东巡;最后一首"试借君王玉马鞭",归到作诗人自身愿佐王成功。这种起结是最为得体的。首尾之外,中间九首都是分写,而中心点在永王军次扬都广陵,将以金陵为据以图恢复,故自第三首起(第二首论见下文)写永王如何由江陵南下吴中(三),如何初过金陵(四),如何定略取河南地的战略(五),如何凭依北固天险、军次扬都、即将出师(六、七、八),又如何商略渡海直取幽州(九),如何当回取金陵以总制经营(十),最后归到自身佐王建功(十一)。在这样一个有明晰内在联系的体系中，李白绝不可能在第二首作自写，因为如这样，不仅与第十一首意思犯重，且打乱了整组诗的结构。从前析已可见李白在一个对句，一个典故上都极其用心，不能想象会在连章组诗的大格局上出错。须知这一组诗对他来说，不啻为"入学新生"的第一场考试。其实第二首的主旨是很清楚的，它是在第一首总写永王东巡后，继写出师前的大形势。"三川北虏乱如麻，四海南奔似永嘉"，是承第一首补述永王临危受命，而"但用东山谢安石，为君谈笑静胡沙"则又承临危受命而言永王招隐礼贤，主客相得（古人认为这是克敌制胜的首要条件），虽临危而必胜无疑。从而再自然转到第三首回述永王如何由江陵东巡。虽然这隐且贤者当包括诗人自己，但并非以写己为主旨是不容置疑的。

可叹的是李白精心结撰的这样一组大型连章组诗，后来却成为他"从逆"罪的证据。当他兴冲冲地提笔之始，他那悲剧性的结局实际已经开始，这是诗人始料所不能及的。

独 漉 篇①

独漉水中泥,水浊不见月;不见月尚可,水深行人没②。越鸟从南来,胡雁亦北度;我欲弯弓向天射,惜其中道失归路③。落叶别树,飘零随风;客无所托,悲与此同④。罗帏舒卷,似有人开;明月直入,无心可猜⑤。雄剑挂壁,时时龙鸣;不断犀象,绣涩苔生⑥;国耻未雪,何由成名? 神鹰梦泽,不顾鸱鸢;为君一击,鹏搏九天⑦。

① 本诗当作于至德二载(757)出浔阳狱后,次年流放夜郎之初,时年五十八岁。详见讲评。《独漉篇》:古乐府《舞曲歌辞》旧题。独漉之含义历来多歧解,就诗意观,当指一浊泥深水泽。

② 独漉四句:起兴。谓独漉泥浊水深,可以杀人。

③ 越鸟四句:比。谓己与越鸟胡雁同病相怜。《古诗十九首》:"胡马依北风,越鸟巢南枝。"

④ 落叶四句：比。言己如落叶离树一般，无可寄托。

⑤ 罗帷四句：比。言心与明月相同。

⑥ 雄剑四句：比。谓己如雄剑挂壁般无由报国。雄剑，吴王阖闾命干将造二剑，雄曰干将，雌曰莫邪。又古代颛顼帝有画影剑，不用时于剑匣作龙虎吟，"雄剑"句合用二事。犀象，步光之剑可陆断（斩断）犀象，随波截洪，见曹植《七启》，"不断"二句用此事。绣通锈。

⑦ 神鹰四句：比。谓己当如神鹰搏鹏，有以报引援者。《幽明录》记楚王有鹰，猎于云梦。凡鸟群来，他鹰皆争搏噬之，唯此鹰瞪目云天不为所动。俄顷有一鲜白色物掠空，此鹰即竦羽飞腾，如雷电直上，须臾间，云际白羽如雪堕，鲜血如雨下，有巨鸟坠地，翅广数十里，为大鹏雏鸟。梦泽，楚有云泽、梦泽，皆大湖，合称云梦。鸱鸢（chī yuān），泛指凡鸟。鸱即猫头鹰，鸢为鹞鹰。

本诗历来以为难解，其作年仅因有"国耻未雪"句，一般都认为是安史乱中作，而具体时段又众说纷纭。好在李白本诗依约晋人古辞而变化之。将它与古辞对读，从意象的变化中，也许可看出些端倪来，故先比并二者于次，

李诗

① 独漉水中泥,水浊不见月;不见月尚可,水深行人没。

② 越鸟从南来,胡雁亦北度;我欲弯弓向天射,惜其中道失归路。

③ 落叶别树,飘零随风;客无所托,悲与此同。

④ 罗帷舒卷,似有人开;明月直入,无心可猜。

⑤ 雄剑挂壁,时时龙鸣;不断犀象,绣涩苔生;国耻未雪,何由成名。

⑥ 神鹰梦泽,不顾鸱鸢;为君一击,鹏搏九天。

古辞

① 独漉独漉,水深泥浊;泥浊尚可,水深杀我。

② 雔雔双雁,游戏田畔;我欲射雁,念子孤散。

③ 翩翩浮萍,得风遥轻;我心何合,与之同并。

④ 空床低帏,谁知无人;夜衣锦绣,谁别伪真。

⑤ 刀鸣鞘中,倚床无施;父仇不报,欲活何为。

⑥ 猛虎斑斑,游戏山间。虎欲啮人,不避豪贤。

现在我们来对此诗作一分析。

一、本诗是投赠之作。

以上古辞为报父仇作,共六解,每解四句;李诗为雪国耻作,亦六解,除第五解六句外,其余亦均四句。从这一大结构的比较可知:首先君、父同尊,李白之所以用《独漉篇》古题,既因古辞报父仇而生雪国耻之想,更有视国之仇敌同杀父之敌之意。其次,李诗至雪国耻为止的前五解都依约古辞,但耐人寻味的是第六解四句,其意显然在于请"君"汲援,表示将有以报之,而与古辞第六解之补出父仇之因大不相同(按萧士赟所引古辞无第六解);因此,《独漉篇》不是一般的抒怀言志之作,而是一篇投赠之作。至于所投之"君"为谁,详后文。

二、本诗是鸣冤之作。

李诗首解与古辞首解均四句,意象大致相近,但极可注意的是李诗增加了一个意象"月"。而无独有偶,李诗第四解"罗帷"云云与古辞第四解"空床"云云,又是同一类的意象,但是李诗又与首解相近,将古辞的"夜衣锦绣"置换为"明月"。从大结构看,古辞是五解结出正意报父仇,李诗是五、六二解结出雪国耻正意后更求人汲援。而二者的前四解均是铺垫。李白在作为铺垫的首尾两解以"明月"相照应,而明月在李诗中的人文含义一贯是心地澄明,真诚无垢,则首云"水浊不见月",继云"明月直入,无心可猜",分明是在说,自己忠诚不为浊世所知,而素心本清澄不容猜疑。这种被冤屈,还不应当是一般的遭谗,"不见月尚可,水深行人没"——被冤屈尚且可说,现在竟要面临灭顶之灾了。因此,本诗一定是因永王璘事败被定"从逆"罪之后的鸣冤求汲援之作。

三、本诗是出浔阳狱后,流放夜郎之初作,投赠对象以宋若思为近是。

言志前作为铺垫的四解中,一、四两解相呼应以自明心迹,而中间二、三两解则可见作诗当时的具体情境。

二解前二句,"越鸟从南来,胡雁亦北度",向来多歧解而穿凿。其实从词意看,二句分明化用古诗行旅思乡之句:"胡马依北风,越鸟巢南枝。"从意脉看,又上承首章末句"水深行人没"之"行人",可见当时李白在行旅中。行旅中见禽鸟南北归飞,故惺惺相惜,欲射又罢。

此解虽依约古辞"射雁"云云生想,却变易其惜大雁雌雄分散之意而为"惜其中道失归路",隐隐显示诗人深感此行前途叵测、唯恐一去不返之心态。

三解"落叶别树",从字面看可有两种解释,一是离别家乡,二是离开依托主人。但从诗脉看,上解既言行旅思乡,此解不应重复之,因此"客无所托,悲与此同"之悲,必为悲与所依托之主人分开。庾信《哀江南赋》序云"将军一去,大树飘零",正言将军与部从关系,李白不必化用之,但取义则相似。再对照古辞,李诗易"翩翩浮萍"为"落叶别树",并非简单的置换以免雷同。古辞上解欲射双雁而止,是悲夫妻分别,此解"浮萍"是叹离乡漂泊,为二重意。李诗上解如前述为行旅思乡,本解进而叹失去依托者,亦二重意。浮萍无根,故无主客关系,树叶有本,以喻主客关系最为恰当。

按李白于永王事败后,获罪下浔阳狱,因上诗书于时相江南宣慰使崔涣及御史中丞宋若思请求援救而暂时获释,复于宋若思幕府赞文书事务。八月又献诗宰相张镐自明心迹,张镐后又于李白流放夜郎途中委人赠李白衣物。比照诗意可知,既在行旅中,则已脱浔阳狱,也不在宋若思幕府,而必在流放夜郎之初,故尚希望某君再予救援,而此君必为崔、宋、张三者之一。三者中崔、张与李白无实际主客关系,惟宋若思既先为李白奏表荐用,又招之入幕府,为实际主客关系。至此可以认为《独漉篇》当为流放夜郎之初,再投宋氏之作。

分析既明,现更将全诗顺次疏通如下,看看有无窒碍:

首解以"独漉水中泥"起兴,言己心如明月而不为世察,不唯不察,更祸几杀身而流放夜郎,此为一悲。二解承首解末句"行人"而化用古诗,以越鸟、胡雁之喻,于惺惺相惜中暗示此行唯恐有去无归,此为二悲。因此深忧极恐,三解复念恩主曾一度救援,而如今主客分散,一如叶离木根,飘零随风,无可依傍,则悲上加悲复加悲,结出"悲"字,并为下文再请汲援伏脉。正因有此伏脉,四解更以"明月"与首解呼应,并暗借古辞"谁别真伪"句意,谓自己当时入永王幕府,实如皎月入帷而天真无心,此情之真伪,恩主当可明白。四章叹悲明心铺垫已足,则五、六二解由言志而求援救,谓沉冤已使自己如雄剑生锈,报国无门,唯求恩主识我"神鹰",则当为君博鹏,有以报之。按宋若思当时率吴兵三千讨安史乱军,末解之喻,正即此而发。

《独漉篇》在艺术上的成就也是引人瞩目的,它充分表现了李白在效学古乐府时,师其格而不师其辞的特点,即使在这样一篇依约古辞成篇的作品中,李白也是创以己意,自铸伟辞。将古辞与李诗对读,会感到二者深沉厚重虽同,但李诗于朴茂深永中透现出一股掩抑不住的豪俊之气。其取景远较古辞开阔宏远,如二解既易双雁"游戏田畔",为"越鸟""胡雁"南北交飞,又变"我欲射雁"为"我欲弯弓向天射",便有一种仰面昊天般宏壮的悲怆感,这与五、六二解的雄剑龙鸣、神鹰搏空一起,构成了全诗于沉郁中见奔放的基调。李诗的造语也更于古辞式的直致中见出俊爽。如注解所述,看似平易的句子中大量融用了典故,而其中最为人称道的是"罗帷舒卷,似有人开;明月直入,无心可猜"四句,似民歌,似艳语,匪夷所思,却在整体沉郁厚重之中,描上一道亮色调,显示了李白后期诗明亮与晦暗剧烈对冲而谐和一体的特点。

早 发 白 帝 城[①]

朝辞白帝彩云间,千里江陵一日还。

两岸猿声啼不住,轻舟已过万重山[②]。

① 本诗作于乾元二年(759)春,先此李白因永王璘谋反事牵连得罪,流放夜郎,行至白帝城遇赦,乘舟东返。白帝城:东汉公孙述所筑,故址在今重庆奉节县白帝山上。

② 千里三句:《太平御览》卷五十三引盛弘之《荆州记》:"三峡七百里中,两岸连山,略无阙处。重岩叠嶂,隐天蔽日,自非亭午夜分,不见日月。至于夏水襄陵,沿溯阻绝,或王命急宣,有时朝发白帝,暮至江陵,其间一千二百余里,虽乘奔御风,不为疾也……每晴初霜旦,林寒涧肃,常有高猿长啸,属引凄异,空岫传响,哀转久绝。故渔者歌曰:'巴东三峡巫峡长,猿鸣三声泪沾裳。'"江陵,今湖北江陵。

本诗笔势流转,正为当时欢快心情写照。前二句一写起点,一写终点,见心情急切。第三句稍作顿留以蓄势,第四句再宕开,便觉饱满充沛,回荡有致,而无剽疾轻滑之弊。白帝城,三峡猿,历来都用作凄哀的意象,而李白此诗中一派欣欣向荣气象,一切为我所用,以情兴驱遣万物。正是李白本色。

与史郎中钦听黄鹤楼上吹笛①

一为迁客去长沙②,西望长安不见家。

黄鹤楼中吹玉笛,江城五月落梅花③。

① 本诗当为乾元二年(759)夏在江夏作,时年五十九。史郎中钦:史钦,人名,生平无考;郎中,尚书省各部属官。黄鹤楼:见前《黄鹤楼送孟浩然之广陵》诗注①。

② 一为句:汉文帝时洛阳才子贾谊为太中大夫,被谗贬为长沙王太傅,三年未归。迁客,贬谪官员。时李白已由贬夜郎途中赦归。又李白《江夏使君席上赠史郎中》诗云"昔

放三湘去,今还万死余"。此史郎中当即史钦,则亦已赦
回。按乾元元年冬十月册立太子,大赦天下,二年三月,因
天旱降死罪,流以下原之,李、史当同时遇赦。此迁客兼指
二人。

③ 落梅花: 笛曲有《梅花落》,参讲评。

本诗当与开元二十二年春在洛阳所作《春夜洛城
闻笛》对看更有味,诗云:

> 谁家玉笛暗飞声,散入春风满洛城。此夜曲中
> 闻折柳,何人不起故园情?(折柳,乐府横吹曲辞
> 《折杨柳》,多写离思,横吹曲即笛曲。)

《春夜洛城闻笛》诗为初入长安后至洛阳作,虽因
求仕不成而闻笛思乡,但涉世未深,又当青年,故风调清
华,作法工致。"谁家"一问,接以"暗飞声",写出初闻
笛音隐约远来感觉。"散入春风满洛城",笛声越来越
嘹亮,"散入"字,"满"字,为春风送笛浩浩不尽传神。
三句"夜"反挑首句"暗"字,"折柳"应首句"玉笛"而暗
示笛音浩荡尽是离思,从而自然引起末句"何人不起故

园情",以设问作结,以何人(人人)映衬"我"一人,写意虽尽,而余味无穷。从上析可见,虽是写愁,但因遣词精丽,笔势飞动,使人感到这愁尚是薄愁。而作法上用顺写,多锤炼,思清而绪密,虽云佳构,尚有齐梁、初唐余风。

本诗作法相反,前二句平平而起,写一经迁谪,长安难归。后二句方切入"黄鹤楼听笛"题面,这既是逆写,中间更未有任何过渡。遣词造句则洗尽铅华,亦未对笛音作精细刻画。只是又平平地写去"黄鹤楼中吹玉笛,江城五月落梅花";然而细味之,唯其平平,而有一种无可言说、无可驱遣的深重悲凉。改"梅花落"为"落梅花",不仅为就韵;按五月大抵非落花时节,而此云"五月落梅花",联系上句,似可感梅花当此五月时节竟为笛声纷纷吹落,而江城之上更似飞英雨雪,一片萧萧瑟瑟。至此我们方省悟,原来前后各二句似断而续,空间运神,迁谪西望之思,尽收于"落梅花"三字。

黄生《唐诗摘抄》评二诗称"洛城"一首"调婉",本诗"格老"。此评最有见地。格老是炉火纯青境界,似淡而浓,似疏而密,似不经意而最着力。这既是人生阅历所致,更是诗法入而能出境界。故以二诗并读,以见李白诗风变迁。

峨眉山月歌送蜀僧晏入中京[①]

我在巴东三峡时,西看明月忆峨眉[②]。月出峨眉照沧海[③],与人万里长相随。黄鹤楼前月华白[④],此中忽见峨眉客[⑤]。峨眉山月还照君,风吹西到长安陌[⑥]。长安大道横九天[⑦],峨眉山月照秦川[⑧]。黄金师子乘高座,白玉麈尾谈重玄[⑨]。我似浮云滞吴越[⑩],君逢圣主游丹阙[⑪]。一振高名满帝都,归时还弄峨眉月[⑫]。

① 本诗约作于乾元二年(759)夏,时李白年五十九。题意为"以峨眉山月为题作歌,送法名为晏的蜀僧入中京"。中京,即长安。肃宗至德二载(757)十二月改西京为中京,至上元二年(761)复改中京为西京。故可定为本年前后作。

② 我在二句：李白于开元十三年（725）出蜀途中作有《峨眉山月歌》，已见前录。

③ 照沧海：想象之词。按千里共月，故云云。

④ 黄鹤楼：参前《黄鹤楼送孟浩然之广陵》注①。

⑤ 峨眉客：指蜀僧晏，晏由峨眉客游至此，故称。

⑥ 陌：道路。

⑦ 长安句：长安为帝都，象应天庭，故云云。

⑧ 秦川：长安一带渭河川原，沃野千里，古称秦川。川指川原，即江河周围原野。

⑨ 黄金二句：由此二句可知蜀僧晏当为应诏入京讲经的名僧。二句想象他讲经时的形容意态。佛教以佛为人中狮子，其跌坐之座为狮子座，师通狮。黄金师子座，极言其庄严。《法苑珠林》记龟兹王曾造黄金师子座请鸠摩罗什升座讲经。上句用此典。下句用《世说新语·容止》所记王衍"妙于谈玄，恒捉白玉柄麈尾，与手都无分别"事。重玄即《老子》所云"玄之又玄"。按此处化用之，六朝以来"玄"通指玄学、佛学，此处当指宣讲佛法。麈尾，俗称拂尘，以似鹿之兽麈的尾毛做成的拂子，用以驱蝇拂尘，后成为玄学家、僧道的随身之物。

⑩ 滞吴越：滞留在吴越一带。按上言"黄鹤楼"，则此时李白
  在江夏，此称吴越，当是连类而言，或此时已有再游吴越之
  想。下年李白即往吴越。

⑪ 君逢句：言僧晏应诏入京。丹阙，宫门涂以丹朱，故称丹
  阙，指代宫廷。

⑫ 弄：玩赏。

　　本诗易读而又不可容易读之。

　　说易读，是指它的基本脉络很清晰，十六句分四层，
起四句回忆自己少年时峡中望峨眉山月而月色送我万
里行。"黄鹤楼"以下四句，写在湖北黄鹤楼遇蜀僧晏，
他披着峨眉山月色东来，又将凭风西往京城长安。"长
安大道"四句，又承上想象僧晏至帝都后升座说法形
状。"我似"以下四句，关合送者"我"与被送者僧晏二
者，收束前文，并祝愿僧晏名成后归山玩月。从以上的
大体段看，是咏物送人诗的常规结构，似乎并不出奇。

　　然而任何人读本诗都会感到这是一首奇诗。奇之
一是全诗仅十六句，但"峨眉月"、"峨眉山月"及其变化

形式"月出峨眉"、"月华白"之类凡六现,"忆峨眉","峨眉客"又两现。虽说是歌咏某物以送人,但所咏之物以如此高的频率直接出现,不仅诗史上绝无仅有,即使李白集中同类诗也仅此一见。奇之二是诗人对"峨眉山月"普照人间的强调可说匪夷所思。它不仅"与人万里长相随",而且"照沧海","照秦川"。虽说"隔千里兮共明月",一月摄一切山水,这想象不能说全无道理,但为什么这"月"一定是"峨眉山月",而不是汉江月、秦川月呢?难道明月真的只是由峨眉山孕生而升起?由此二奇,我们应当能体味到诗人对于"峨眉山月"有一种近于执拗的感情,可说是"峨眉山月情结"。这执拗的情结是否仅仅因为李白是蜀人呢?细玩诗意,并不尽如此。

诗中的峨眉山月,清光是如此的广大:三峡、江夏(黄鹤楼)、吴越、秦川乃至帝都长安都为它含摄,连"沧海"之波,长空之"风"也环围着它。它又是如此地傲兀,"长安大道横九天",帝都高与天齐,然而"峨眉山月照秦川",山月更似乎凌驾并睥睨着这帝都;"一振高名满帝都,归时还弄峨眉月",相对于山月之清光,帝都高名简直不值一哂。要之,峨眉山月以其清光将世间的一切照耀得表里澄澈,然而这广大的、傲兀的、光明的山月,却独与两人亲昵得似乎融为一体:一个是送者诗人,它与诗人"万里长相随";一个是看来与诗人气味相投的被送者,"峨眉山月还照君,风吹西到长安陌"。于是我们明白了,这峨眉山月,其实象征着一种人格,一种如山之清峻、如月之清明的磊落峻洁的人格。诗人以此委婉地劝诫着应诏入帝廷的蜀僧,诗人更以之作为自身人格的象征。

我们一定不会忘记,此前四十五年青年李白出蜀时那首著名的《峨眉山月歌》,诗人在行旅数百里后仍深情地回望着他曾经游历并真切地引动他出世之想的峨眉山(参前录《登峨眉山》),以及山顶的那轮明月。虽然此后诗人再也没有回返峨眉,但是却在诗中经常地忆及它。甚至为爱子伯禽取的小名也叫作"明月奴"。四十五年后,当诗人迭经挫折,甚至忠心报国却长流夜郎以后,在赦回途中遇到同为峨眉山月伴送出蜀的僧晏

时,他自然而然地联想到了自己当初出蜀时的同一轮山
月。虽然时光与苦难使本诗中的山月多了一种沧桑感、
拗怒感,然而一样的清光,似乎在表述着蒙冤的诗人清
明的赤子之心;一样的高远,又似乎在诉说着诗人折不
断的傲骨。我们还是应该再读一遍结句"一振高名满
帝都,归时还弄峨眉月",这仅仅是对于僧晏的诚勉吗?

陪族叔刑部侍郎晔及中书
贾舍人至洞庭五首①(选二)

南湖秋水夜无烟②,耐可乘流直上天③。
且就洞庭赊月色④,将船买酒白云边。

① 组诗五首,并作于乾元二年(759)秋,李白五十九岁。所录
　选为其二、其四。当时李白已流放赦回,由江夏南游洞庭。
　族叔李晔也正由刑部侍郎贬岭南某县。贾至则由汝州刺
　史贬岳州(治所在今湖南岳阳)司马。三人相会同游。刑
　部侍郎:是尚书省六部之一刑部的副长官。中书贾舍人:

贾至在天宝末任中书舍人。因事出为汝州刺史,再贬岳州司马。唐人重台省职务,故以中书贾舍人称之。舍人为中书省属官。

② 南湖:当指洞庭之南湖。一说为沔州城南郎官湖。非是。

③ 耐可:当时口语,怎能,安得之意。

④ 赊:借。

    洞庭湖西秋月辉,潇湘江北早鸿飞[①]。

    醉客满船歌白纻[②],不知霜露入秋衣。

① 潇湘:潇水与湘水至零陵合流,合称潇湘,入洞庭。早鸿:此指最早由北南来的大雁。

② 白纻:《白纻歌》,属清商曲。为吴地歌曲。一说即《子夜歌》,在吴地俗曲为《白纻》,采入雅歌为《子夜》。

    组诗五首,谪员三人,洞庭秋色,自昏至明,是五诗的大体情境。其一有云"日落长沙秋色远,不知何处吊湘君";其三云"记得长安还欲笑,不知何处是西天";其五云"帝子潇湘去不还,空余秋草洞庭间",一种淡寞的哀伤,还是可以品味的。确实,荣辱今昔,本已不堪言说,更何况当时国难未靖(就在这一年九月史思明在洛阳称大燕皇帝,与三人此游相先后),战局与两京的情况诗人不会不知,然而既是罪官之身,贬的贬,流的流,又能如何呢!请注意,五诗共二十句,却三用"不知"字,上引为二例,还有所录其四"不知霜露入秋衣"一例。我们不必把此"不知"比附为彼不知,但是一种希望超脱一切,以"不知"为至乐之境的心境还是显而易见的。因此全诗虽极写洞庭夜游月色之清,山川之美,酒兴之高,但人们依然能感到这一切背后的别一种情结。所选二首是其中尤佳者。

有湖海舟行经验的人也许会见过这样一种景观,晴明之夜初,月光斜照,水面上会起一道粼粼波光,长长的,远远延展开去,一直到水天相接处。笔者曾于东海舟航时见过,因此还写了一首新诗《海路》,故印象尤深。组诗其二的构想,大抵当出于类似的景象:

洞庭南湖天水相连,水光月意,表里澄澈,空明到无有一丝尘垢。黄昏初入湖时"日落长沙秋色远,不知何处吊湘君"(其一)的淡淡憾恨也似乎被淘洗一空。于是诗人豪兴大发而生奇想:"耐可乘流直上天",企望随清波直上天际。这时他也许见到了那条初月斜照水面铺成的"湖路",因而自答"耐可"之问道:不妨就在这洞庭湖上借取这连接天水的月色,驶着小船儿到那一抹白云边上沽酒买醉去吧!《庄子·天地》云"乘彼白云,至于帝乡",诗人想必已飘飘欲仙了吧。诗写得极自在,但并非率成。"耐可"一问最有意思,造成自在的节奏中的一个小顿挫,再写后二句,便觉精神饱满。

其四所写情景当入夜已深,而游船也已由湖南飘漾到了"湖西"。在秋月照湖一片辉光之中,诗人抬头仰见潇湘水北已有初来的北雁飞过。这时满船游客已经大醉,尽兴放歌《白纻曲》,竟不知何时霜露已下,沾湿了衣裳。这诗的点睛之笔在"早鸿飞"。潇湘秋雁是相沿的表示归思的典故,虽然"其三"诗人已说"记得长安还欲笑,不知何处是西天",似乎已将往昔在长安的一场繁华梦弃诸脑后而不值一哂,然而这北来的雁影,又似有意无意地点出了一丝淡淡的忆念与怅恨。这雁影的思神更直透以下二句，所以尽管"醉客满船歌白纻，不知霜露入秋衣"似乎另行提起，但在不知霜露沾衣的移时浩歌中，总似乎缠有一丝微微的凉意。唐汝询《唐诗解》评云："秋月未沉，晨雁已起，舟中之客，霜露入衣而不知，岂其乐而忘归邪？意必有不堪者在也。"所谓"不堪者"，也就是别有怀抱的诗人。也因此在组诗结束的其五中诗人写道：

> 帝子潇湘去不还，空余秋草洞庭间，
>
> 淡扫明湖开玉镜，丹青画出是君山。

在帝子去兮、秋草空余的意象中，我们似乎又看到了黄昏入湖之初"不知何处吊湘君"的怅恨。这时水天渐明，一湖清波托出湖心君山似画。通夜长游行将结束了，这湖心矗立的君山虽美，但是否有一种清者自清的孤独感呢？不妨见仁见智。

这一组五首连章七绝，在李白的绝句创作中占有十分重要的地位，不仅五诗自昏连夜而至明，似断而续，更重要的是,与前期、中期绝句借景抒情而情意显豁不同,显出极自在中见极深微,所谓寄托只在有意无意之间。我们有理由推想,后来苏东坡的前后《赤壁赋》颇受此影响,可说已达到后来王国维所说的"无我"之境,与前录《与史郎中钦听黄鹤楼上吹笛》同为后期绝句的代表作。

陪侍郎叔游洞庭醉后三首①(选一)

划却君山好②,平铺湘水流③。
巴陵无限酒④,醉杀洞庭秋。

① 组诗三首,此选其三。作于乾元二年(759)秋,时李白五十九岁。侍郎叔:即李晔,参上诗注。

② 划:通铲。君山:在洞庭湖中。

③ 平铺句:洞庭湖由湘、沅、资、澧汇积而成,湘水最大。此句承上言让湘水无碍地流入洞庭。

④ 巴陵句:巴陵为岳州属县,有名酒"巴陵春"。

本诗与上录二诗当为先后所作,对读相映成趣。

诗人一改上二诗宛转含思的笔调,而一任狂气。他要把君山铲去,让浩淼的湘水可以平铺无遮地滚滚流来。一、二句对起而相承。"划却"字极陡绝峻削,"平铺"则"汗漫"无际,二者串联而下,从中可以味到,他其实是希望万顷清波能一无阻碍地流来,荡涤胸中的积年苦闷。这情景,由第三句的"酒"字,可知是醉中奇想,但先果后因,便见大气磅礴扑面而来。

说"先果后因",是研读者的分析,而当事的醉中人,则是连因果也不须计及的。在他眼中,那不尽的江湖水,已化成了一湖名酒"巴陵春",这幻景使他惊喜,于是奇想更起。他想饮尽这一湖春酒,"醉杀"而与"洞庭秋"光融为一体,于是萧瑟秋景变成了瑰伟奇观;一天水气,千钟酒意,仿佛汇集于诗人胸次。作诗的起因自然不无悲秋之意,但是借着酒意变成了爱秋——虽然细味之中,这奇想、这爱秋中仍潜在有醉中诗人意识底层的悲苦。

虽说一气任笔,但作法仍有讲究,第三句"酒"字是枢纽,既反挑前二句奇想之由来,又下启"醉杀",使"洞庭秋"这一历来表现悲思的文学意象翻出新意,且越出越奇,狂气满纸,以至连用四地名,读来也浑然不觉重滞。若起笔就写醉,便平直无味。

李白《襄阳歌》说"此江若变作春酒",后辛弃疾《粉蝶儿》沿之而云"把春波都酿作一江春酎",用明喻,均不及本诗之奇警。中唐张碧有"小李白"之称,有句"天高云卷绿萝低,一点君山碍人眼",是从李白"划却君山"借来,但清奇雄浑远不及本诗,关键还是胸次小了一点。

最后还要说一下诗体。上录组诗五首是七绝今体;本诗所属组诗三首律虽合辙,但格为古调而融有民歌风。故前者蕴藉,本诗放荡。李白诗虽变化入神,但仍是颇讲体势的。

庐山谣寄卢侍御虚舟①

我本楚狂人,凤歌笑孔丘②。手持绿玉

杖③,朝别黄鹤楼④。五岳寻仙不辞远⑤,一生好入名山游⑥。庐山秀出南斗旁⑦,屏风九叠云锦张⑧,影落明湖青黛光⑨。金阙前开二峰长⑩,银河倒挂三石梁⑪。香炉瀑布遥相望⑫,回崖沓嶂凌苍苍⑬。翠影红霞映朝日⑭,鸟飞不到吴天长⑮。登高壮观天地间,大江茫茫去不还⑯。黄云万里动风色⑰,白波九道流雪山⑱。好为庐山谣,兴因庐山发,闲窥石镜清我心⑲。谢公行处苍苔没⑳,早服还丹无世情㉑,琴心三叠道初成㉒。遥见仙人彩云里,手把芙蓉朝玉京㉓。先期汗漫九垓上,愿接卢敖游太清㉔。

① 李白在白帝城获释东返。上元元年(760),回到江西浔阳(今江西九江),登九江南之庐山,而作此诗,时年六十。谣:歌行体的一种,徒歌曰谣。卢侍御虚舟:卢虚舟,字御真,范阳(今北京大兴)人,肃宗至德年后任殿中侍御史。侍御,唐御史台殿中侍御史与监察御史都呼为侍御。侍御史呼为端公。

② 我本二句：以楚狂接舆自比。《论语·微子》记："楚狂接舆歌而过孔子曰：'凤兮凤兮,何德之衰。'"又据《庄子·人间世》,接舆名陆通,接舆为字。

③ 绿玉杖：仙人所用之杖。

④ 黄鹤楼：参前《黄鹤楼送孟浩然之广陵》注①。

⑤ 五岳：东岳泰山,西岳华山,南岳衡山,北岳恒山,中岳嵩山之合称。岳,大山。五岳镇四方及正中,古时奉为神山。唐时以三公之礼祭之。

⑥ 好：喜爱。读去声。

⑦ 秀出：挺秀地拔地而起。南斗：二十八宿之斗宿,古人以星区与地域相对应,称分野。春秋时庐山属吴国,其分野属斗宿。

⑧ 屏风：庐山从五老峰以下,山势起伏九叠,似屏风壁立。云锦张：言山色如云锦开张。

⑨ 明湖：指鄱阳湖。青黛光：深青色的光。黛,古代妇女描眉所用深青色的颜料,此形容山影映水的颜色。

⑩ 金阙：庐山金阙峰,即石门,据《庐山记》,为庐山南峰,形似双阙。阙,宫门前所列双柱,柱间为孔道,故名阙。

⑪ 银河：瀑布,指三叠泉。三石梁：指屏风叠左石壁三层,瀑

泉顺之三折而下,称三叠泉。

⑫ 香炉句:香炉峰瀑布与三叠泉遥遥相对。

⑬ 回:此指深屈。沓:重叠。凌苍苍:凌驾青天之上。

⑭ 翠影:青翠的山影。

⑮ 鸟飞句:因上句朝日,连想到日出东方。吴天,指庐山直至
     江浙近海处的天空。

⑯ 大江:长江。

⑰ 黄云:昏黄的云。动风色:言黄云动风。

⑱ 白波:江浪。九道:江至浔阳分为九派。流雪山:应上句
     万里,指大江源自西边大雪山。

⑲ 闲窥句:探下句,用晋宋人谢灵运故事。谢灵运《入彭蠡
     湖口》有句:"攀崖窥石镜。"彭蠡湖即鄱阳湖,庐山临湖,
     石镜在东山悬崖之上,近照可见形影(见《太平寰宇记》)。

⑳ 谢公:即指谢灵运。

㉑ 还丹:道家丹药。《抱朴子·金丹》篇记取九转(炼过九
     次)之丹,放鼎中,夏至后,加热,即"翕然辉煌,俱起神光五
     色,即化为还丹",服之可白日升天。其实即以丹砂炼成水
     银,久之又还原为丹砂,故称还丹。李白曾受道箓,服丹
     药。无世情:超尘脱俗。

㉒ 琴心三叠：道家语。上句言服食外丹，此言修炼内丹。《黄庭内景经》："琴心三叠舞胎仙。"据旧注，琴心即平和之心，三叠即三积，存三丹，使之和积如一，从而达到"心和则神悦"的道家修炼初级境界。

㉓ 芙蓉：莲花，佛道均崇莲花，因其出于淤泥而不染。朝玉京：朝拜天帝。葛洪《枕中书》说玉京山在天中心之上，元始天王(尊)居此，山中宫殿，均用金玉修饰。

㉔ 先期二句：言与卢侍御相约，共往仙境，意指一起隐居。《淮南子·道应训》记，卢敖游于北海，见一状貌古怪之士，笑卢敖所见不广。卢敖就邀他同游北阴之地。士人笑道："吾与汗漫期于九垓之上，吾不可以久驻。"随即跳入云中。先期，预先约定。汗漫，寓言人物，代表广杳不可知。九垓，九天。卢敖，这里代指卢侍御。太清，道家以玉清、上清、太清为三清，为仙境的三个阶次。太清圣境最高，太上老君居之。

流放夜郎，对李白的打击是巨大的。当初他高吟着"但用东山谢安石，为君谈笑静胡沙"，从军永王璘幕下时，无论如何也不会想到，竟卷入了帝王家"兄弟阋于墙"的漩涡之中而险遭杀身之祸。现在虽幸遇大赦,但心情是悲凉的——天宝三载,他遭谗去京,此后在南游越中前尚能吟出"安能摧眉折腰事权贵,使我不得开心颜"的慷慨之音——而现在,他似乎已不复当初的猛气,只愿远离尘世的一切是是非非。但李白就是李白,他虽然不免颓丧,但总是以自我为中心来吞吐万象,不失其清狂本色。

"我本楚狂人,凤歌笑孔丘",诗的起句深可玩味。"本",是指本初、本志,从追述本志为避世客起笔,便包含了对历年来所走过的人生道路的反思——为什么这些年来,却要去婴心世务,自寻烦恼呢?虽然,李白自小沾溉道流,后来甚至接受道箓,但从开元十三年去蜀远游起,至此三十来年,他的主要祁向是济世拯物,而现在宦海浮沉后,只落得斑斑创伤。于是他追悔,他以本性的"狂"气来追悔;于是他又一次心向道流,却是翻了个筋斗的对自我价值的体认。他要从极度的失望中振起超拔,在与自然的对晤中找回一度失去了的自我,升华到汗漫九垓之上,在仙境中获得超生。诗起首六句,与

"好为庐山谣"以下十句,首尾呼应,直接抒写由述本志到朝仙京的升华,而其间的思绪转换,却是通过"庐山秀出"以下十三句的景语来完成的。

历代写庐山之诗何啻千首,但从来没有一首写得像李白本诗这样气势壮伟,即使李白以前所作的"飞流直下三千尺,疑是银河落九天"(《望庐山瀑布水》),也似乎不及本诗之浑厚。因为当初李白尚没有这样的生活经历,而现在他已将数十年的人生体验"移情"而注入了庐山之中。庐山秀美,《望庐山瀑布水》的境界是秀中见飘逸俊奇,而本诗却赋予庐山之秀以一种奇兀苍莽、吞吐万象的旷浩气势。"登高壮观天地间"是这一段景语的中心,前半直赋庐山本身,着重于在重岫叠嶂的横向铺展中凸现一种卓拔向上的内在势能。后半写庐山的大江带环的形势,"庐山秀出南斗旁",迎接了西来的江水,又送它分流九道,滚滚东去;不仅如此,江水更连带着极西的雪山,卷裹了万里漠野的黄云,又东连着鸟飞不到的三吴,以及那东方的万里长空(吴天)。庐山在这一瞬间似乎变成了六合的中心,读者在这一瞬间似乎感到,庐山的秀拔向上之中,攒聚了一种与天地相通的深沉的内力。壮哉伟哉!而这壮伟的最高处,却是李白——"大人先生"一般的李白。于是这段景物描写,已成为诗人摆落人间世的一切是是非非,进入仙道忘我境界的中介——裹挟着天地的灏气。

哭宣城善酿纪叟①

纪叟黄泉里②,还应酿老春③。

夜台无李白④,沽酒与何人?

① 李白二度长游宣城,本诗作年不可详考。安旗教授系于广德元年(763),李白六十三岁时,亦未有确据。今姑置于此。宣城:今属安徽。善酿纪叟:擅长酿酒的纪姓老翁。

② 黄泉:原意地下深水泉,古称地下有九泉。《左传·隐公元年》:"不及黄泉,无相见也。"引申而指地府阴司。

③ 老春:酒名。唐人酒多以春名,盖秋冬酿制,至春新熟为佳。李肇《国史补》记有荥阳土窟春、剑南烧春等。

④ 夜台：坟墓。阮瑀《七哀诗》："冥冥九泉室，漫漫长夜台。"

　　一哭直下，自然成章，然而奇思逸想，余味无穷。其妙处全在对面着笔。前二句想象纪叟泉下犹酿，可见诗人对其人其酒之叹美与酷嗜；后二句不说纪叟逝去，我无处买酒，却说夜台无我，纪叟无处卖酒。不仅见伤痛已甚，更有以见李白个性——"夜台无李白，沽酒与何人"——化哀伤语为狂傲语，于凭吊诗中见出"舍我其谁"之狂傲性格，宜乎明人杨慎赞曰："不但齐一生死，又且雄视幽明矣。"李白诗尤重主观精神，此是好例；而淮南一细民，因诗人之笔，传其姓氏与酒名于千古，这位纪叟也算有幸了。

　　李白一生好酒，曾于任城等处自构酒楼，亦与各色"酒民"结有真诚友谊，比如"忆昔洛阳董糟丘，为我天津桥南造酒楼"（《忆旧游寄谯郡元参军》），这与他平视王侯精神正相通。谓之"热爱劳动人民"，未免过于以现代思想套古人，而谓之"魏晋风度"，庶几不差。《世说新语·任诞》记晋人阮籍常入邻家酒肆，饮辄醉，醉

363

辄酣睡于酒家儿妇旁,是为李白先行。盖酒醉则混沌,混沌则入"无差别境界",齐生死,同物我,又安有高低贵贱、少长男女之分? 此为读李白乃至唐人诸多酒诗之要领,顺便提挈于此。

临 路 歌①

大鹏飞兮振八裔②,中天摧兮力不济③。余风激兮万世,游扶桑兮挂石袂④。后人得之传此⑤,仲尼亡兮谁为出涕⑥?

① 本诗为李白绝笔诗,作于宝应元年(762),年六十二。临路:即临终。瞿蜕园、朱金城《李白集校注》引《汉书·广陵王胥传》所载死时自歌"千里马兮驻待路",以释临路。近是。

② 八裔:犹言八荒。裔,荒远之地称裔。

③ 摧:摧折。

④ 游扶桑句:《楚辞·哀时命》:"左袪挂于扶桑。"意谓德能广大,不能施用,东行则挂于扶桑,无所不覆也,此用其意。

扶桑,神话中千丈大树,在大海中日所出没处。袂(mèi),
与袪通,衣袖。

⑤ 此:指左袂。

⑥ 仲尼句:《春秋公羊传》记,鲁哀公十四年春,鲁人西狩获
麒麟,孔子以为仁兽被猎获,是世道衰微之征,垂泪沾袍。
《公羊传》又以此事与孔子弟子颜渊、子路之死相提并论。

请将本诗与前录李白早年在蜀中所作《上李邕》对
读。当年那只"因风"而起,抟扶摇而上九万里的大鹏,
如今终于要与这个世界告别了。虽然,他曾经扇动巨
翅,振摇八荒,然而当年那种"假令风歇时下来,犹能簸
却沧溟水"的狂傲的自许已成过去;他,不能不承认"中
天摧兮力不济"。是的,他如此执拗地追求过"申管晏
之谈,谋帝王之术,奋其智能,愿为辅弼。使寰区大定,
海县清一,事君之道成,荣亲之义毕,然后与陶朱、留侯
浮五湖,戏沧洲"(《代寿山答孟少府移文书》)的人生理
想,但理想终于未能实现。欣然待诏翰林,不过是文学
侍从;有心报国平乱,却落得流放夜郎。如今他的生命

之光,将熄灭于淮南一个不起眼的小县城当涂,而且还是寄人篱下!

然而他悲慨而绝不悲切,他要从悲慨中振起,深信自己道义上、才华上对世俗的傲视。因此在中途摧折,从云天下垂之时,还要以其余风激荡千秋万世。他将以太阳升起的旸谷扶桑作为自己的归宿处,并且要在这千丈高树上挂上一幅衣片,希望后人有一天能得到,把这衣袂,不,把他那有似屈原那种"虽九死其犹未悔"的对理想道义不懈追求的精神一代一代传下去。然而他毕竟行将"临路",他眼前不知为何竟又出现了那位万世师表的夫子孔仲尼。孔子在颜渊去世时痛哭道"天丧予",在子路阵亡时又哭道"天祝(断绝)予",在鲁人获麟时更哭道"吾道穷矣"。如今仲尼已亡,谁又来为"我"——风鹏哭泣呢?诗人是把自己比作孔门弟子颜渊、子路,还是比作那只代表仁义的麒麟,他没有进一步说明;然而由此我们可以解悟到诗人看来不拘礼法,有似庄子,然而骨子里,他自认当今之世,正值得夫子一哭的,唯有自己。

《临路歌》虽仅短短六句,但可以视为李白一生的自我总结,而有以引发我们的深思。

诗章虽短,但意象恢奇,气势跌宕,格局宏大。首句高扬而起,"中天"句跌向低回。"余风"二句从低回中复又振起,然后通过"后人"句的过渡,结出"仲尼"句而归于又一次更深的低回。其中的意象,物用大鹏、扶桑,人取屈子、仲尼,无一笔不大不奇。特别是"扶桑"典的运用,可见李白一生对亮色调的追求,即使生命将尽,他也不愿走向冥冥黄泉,他的死也要与光明联系在一起。

诗歌的含义又是极其深刻的。风鹏与孔子,一如他早年的《上李邕》那样同时出现。"宣父犹能畏后生,丈夫未可轻年少"与"仲尼亡兮谁为出涕",词气有飞扬跋扈与黯然神伤之别,但其精神却一脉相通。本诗更暗以屈原自比,屈原的人生精神是儒家的,而其艺术精神又与庄子同为南国文化的代表。如果说庄子之逸气与孟子之英气的抟合,是盛唐一代才士的时代性格,那么屈原则正是庄逸孟英之气在不遇之时的精神支撑;而李白以其临终的悲歌,唱出了这一时代精神,说李白是盛唐诗人的代表，就内涵看，应从这一点去理解。

李白去了，然而这位"谪仙人"去得并非如传说所称酒醉捉月、堕水而逝那样飘逸。读完这本诗选，你一定会感到，天才诗人李白的一生其实是一出悲剧，一出中国文化史上的悲剧。这出悲剧在盛唐才士中又是有典型性的：刘希夷、王翰、王昌龄、崔颢、李颀、孟浩然、杜甫……我们可以列出一个长长的名单来，与李白同列。人们不禁要问，是谁酿成了这一出出时代性的悲剧？是李林甫、高力士、杨贵妃、杨国忠这些权贵？是李隆基那样晚节不终的风流天子？还是那些讥笑攻讦过李白的"鲁儒"，那位觊觎皇位的永王璘抑或是这一切所构成的社会背景以及它背后更深长的文化传统？也许以上种种因素都有，然而所谓悲剧有两重涵义，其一，是把人生有价值的东西撕碎给人看；其二，悲剧人物总有其性格上的"悲剧"或说弱点。因此，读李白诗除了欣赏他那"奇之又奇，自骚人以还，鲜有此体调"的艺术魅力，还应当对中国文化的历史性悲剧，从以上两个方面作出反思。

未编年诗

太白诗多有极佳而未能编年者,遗之可憾。今取其尤脍炙人口之短章十题,集为一束附于后。既供赏鉴而免读者他捡之劳,亦有以稍舒正编之悲慨,不令读是编者郁郁耳。

玉 阶 怨[①]

玉阶生白露[②],夜久侵罗袜[③]。
却下水精帘[④],玲珑望秋月[⑤]。

① 玉阶怨:乐府《相和歌·楚调曲》旧题。始作于南齐谢朓。玉阶,玉砌的台阶。

② 白露：秋露。《礼记·月令》："孟秋之月……凉风至,白露降,寒蝉鸣。"

③ 侵：侵淫,这里是渐渐沾湿之意。罗袜：丝绸所制袜子。

④ 水精：即水晶。

⑤ 玲珑：此指隔帘望月朦胧晶莹状。

　　她,夜深了,还在玉阶久久伫立,直待到凉露沾湿了罗袜,应当是后半夜了。前二句造成一种悬念,这女主人公必有所望,必有所怨。望而不得,怨而无绪,她无奈回房下帘,然而从"玲珑望秋月"中,可知她的心尚未归来,"隔千里兮共明月",望月象喻别离,至此方知她是在等待着盼不见的他。全诗不着"怨"字,却用暗示法极写其怨。出而复入,隔而还见,由悬念到反挑的结构布局,使怨的意脉表现得淋漓尽致;由玉阶、白露、罗袜、水精帘、秋月,这些白而晶莹的物象相叠加,收束于"玲珑"一词,又使这怨思浮漾于一种清丽而朦胧的氛围之中,从而给人一种恍惚若梦思、幽美朦胧的感觉。这就是李白这首小诗的魅力所在。

怨　情

美人卷珠帘①，深坐颦蛾眉②。

但见泪痕湿，不知心恨谁。

① 珠帘：珠串的帷帘。
② 颦：皱眉叫颦。蛾眉：蚕蛾触须弯而细长，故以称女子之眉。《诗·卫风·硕人》："螓首蛾眉。"

　　这诗使用白描，只是将一位深坐颦眉的泪人儿再现在人们眼前。"不知心恨谁"，唯其不知谁，方可想象如此这般，这般如此，加倍地引动人们去关爱这位楚楚可怜人。如明言怨谁，便没有想象余地了。诗人是很懂得朦胧其辞的魅力的。

长门怨二首①

天回北斗挂西楼②，金屋无人萤火流③。

月光欲到长门殿，别作深宫一段愁。

① 长门怨：乐府《相和歌辞》旧题。《乐府解题》称，汉武帝陈皇后失宠退居长门宫，愁怨之余，奉黄金百斤，令司马相如作《长门赋》，帝见而伤之，后复得宠幸。后人因赋而作歌为《长门怨》。

② 天回句：言北斗由东而西，夜已深沉。宋之问《奉和幸韦嗣立山庄侍宴应制》："天回北斗车。"

③ 金屋：《汉武故事》记汉武帝幼时，长公主抱置膝上，问是否愿得阿娇为妇，武帝答曰："若得阿娇为妇，当作金屋贮之。"阿娇即陈皇后小名。

桂殿长愁不记春①，黄金四屋起秋尘。
夜悬明镜青天上，独照长门宫里人。

① 桂殿二句：骆宾王《上吏部侍郎帝京篇》："桂殿阴岑对玉楼，椒房窈窕连金屋。"此二句或参用之。桂殿为殿之美称，当取意于楚辞《湘夫人》"桂栋兮兰橑"。言以桂木为栋。汉武帝筑有桂堂，义亦仿此。

《长门怨》二首，旧注或以为伤明皇废王皇后，或以为李白被谗出京,托古自伤。均无确据。今人注本或有各从旧注者。按,《长门怨》一题,仅《全唐诗》即收自初唐至晚唐二十五首,他如《长信秋词》、《阿娇怨》、《婕妤怨》等等,合计不下百首。此与边塞诗之《出塞》、《入塞》、《塞上曲》等亦在在皆是相仿,大抵为诗人习作或供乐工声伎被诸管弦歌唱,似今之流行歌曲然。如无确凿依据,未宜骤定为托讽之作。不妨就诗论诗,赏其巧拙为稳妥。

李白此二诗,从"长门"与"金屋"着想,并以"月光"为描写重点,而借失宠宫人眼中看出,不言人而其人隐约可见,是其构思特点,二诗又各有分工。

其一写一夜情绪,似片断。首句言北斗横斜,已由东至西,"挂西楼",则西斜已似垂降,知夜已深沉而过半近明,隐隐似见宫人长夜不眠,翘首待旦之状。"金屋"句用作衬照,当年武帝欲作金屋以贮"我"阿娇,何等荣宠。而如今想来因"无人"而当只有"萤火"流动了。金屋已矣,长门宫冷,回顾彷徨,唯见一束月光透入深宫,与"我"为伴者,仅此而已,故月光虽无知,亦为我

"愁"人化作"一段"似烟似雾的"愁"的氤氲。"欲"字,似见月色吞吐,愁人徘徊;"别作"、"一段",更见看月人针刺锥扎般心理感受,三词相连而下,含思无穷,最宜细味。

其二进一步由上首一夜愁拓开而写长年愁。首句"桂殿"借代长门宫,与二句"黄金四屋"相应,用思同前一首。"不记春"、"起秋尘"互文见义,写出年复一年,长愁无已。境界已然拓开。三、四句"夜悬明镜青天上,独照长门宫里人",又与上首相应写月,"独照"字最为传神。明月本普照人间,所谓"独照",是月亦怜"我",偏以清光独钟于"我",还是深宫无人,而"独"有明月与"我"相亲,此境此情,恐唯有望月人方始得知。

按王昌龄《西宫春怨》云:

> 西宫夜静百花香,欲卷珠帘春恨长。斜抱云和深见月,朦胧树色隐昭阳。(云和:瑟。昭阳:宫名。)

明胡应麟《诗薮》论李、王同异云:"李则意尽语中,王则意在言外,然二诗各有主者,不可执泥一端。"按所谓"各有主者,不可执泥一端"甚是,太白虽直言"愁"字,看似"意尽语中"，但似尽而实不尽。那位隐在月光之后的宫人究竟如何形态，"别作"、"独照"的心理感受又究竟如何，均有充分想象空间。更确切地说，王、李宫词区分在于：王昌龄典丽蕴藉，以层次细密而情韵悠长胜；李白则清丽直致，以奇思逸想而舒展宽远胜。后来李益宫词最近李白，试举一首以供较读：

宫　怨

露湿晴花春殿香，月明歌吹在昭阳。

似将海水添宫漏，共滴长门一夜长。

春　思①

燕草如碧丝②，秦桑低绿枝③。

当君怀归日④，是妾断肠时⑤。

春风不相识，何事入罗帏⑥？

---

① 春思：春日之相思。"思"是名词，读去声。

② 燕：燕地，今河北北部、辽宁西南部为古燕国之地。

③ 秦：秦中，今陕西一带，古秦国所在地，长安在秦中。

④ 当：正当，正值。

⑤ 妾：古代妇女自己谦称妾。断肠：这里指极度伤心。《搜神记》卷二十记，一母猿失子，自掷而死。剖其腹视之，肠寸寸断裂。

⑥ 何事：为什么。罗帏：丝织的帘幕。

诗以燕、秦两地的物候起兴，从"如碧丝"、"低绿枝"的物候差异中，隐微地点出了"君"与"妾"空间的遥隔。虽然如此，但"当君怀归日，是妾断肠时"，在同一时间却是千里相应，心有灵犀一点通。而唯其是这种同时的心的感应，方更显出遥隔的悲剧意味与那女子执着如痴的情愫，于是更有了结束的痴语："春风不相识，何事入罗帏"，连无迹无踪的春风，她也不容闯入罗帐，何况其他人呢！须知这种罗帐只是为他一人而垂的呵。评家称这两句"无理而妙"，"无理"是说匪夷所思，妙处则在妙合女主人公的心理。

关 山 月[①]

明月出天山[②]，苍茫云海间[③]。长风几万里，吹度玉门关[④]。汉下白登道[⑤]，胡窥青海湾[⑥]。由来征战地[⑦]，不见有人还。戍客望边邑[⑧]，思归多苦颜。高楼当此夜[⑨]，叹息未应闲。

① 关山月：乐府旧题，属《鼓角横吹曲》一类，多写征戍离别之情。本诗以汉代唐。李白之世，唐与西边的吐蕃、回纥征战频繁，本诗非为一时一事而作。

② 天山：汉时称祁连山为天山，因匈奴呼天为祁连，唐人常沿用，在今甘肃西北部。唐人又称伊州、西州一带大山为天山，均在今新疆境内。这里当是泛指西部边疆的大山，不必拘泥。

③ 云海：云涛似海。

④ 度：过。玉门关：故址在今甘肃敦煌西。是唐通向西域的重要关隘。《汉书·西域传》："（西域）东则接汉，扼以玉门、阳关。"

⑤ 白登：山名，在今山西大同东。汉高祖刘邦曾率军征匈奴，
  被围于白登。

⑥ 青海：湖名，在今青海西宁附近，原为吐谷浑所居地，唐高
  宗时为吐蕃并吞。是唐与吐蕃交战频繁之地。

⑦ 由来：自古以来。

⑧ 戍客：守边将士。

⑨ 高楼：高楼在此是状语，主语是在内地高楼伫望征人的思
  妇。闲：停歇。

　　本诗写戍边战士与长安思妇的两地相思，是《关山
月》的传统题材，立意并无新异处。它之所以成为名
篇，全因前四句。寓月托风以表达异地情思，本也属常
见，但没有人能像李白本诗那样写得不仅情思遥深，而
且开宕苍莽：天山邈绵，云海苍茫，在这天之边、云之
头，明月升起，将清辉播散——没有一个地方，能像这里
月光播散得如此开阔，带有如此苍茫的感觉。这时，长
风吹来——从几万里外吹来，吹过那汉胡交界的古老的
玉门关。王之涣诗有句"羌笛何须怨杨柳，春风不度玉

门关"，"不度"是怨望，"吹度"也是怨望，而因着天山云海间的那轮明月，更为深长，更为浩浩不尽。请尤其注意，"明月"、"天山"、"云"、"玉"这些给人以白或清的质感的词语，它们融和为一种氛氲，一种好像丝幕般的迷朦的半透明的白的氛氲，又因着"天山"、"玉门关"两个含有时间意味的古老的地名，因着"几万里"之"长"的空间意味，这氛氲，便平添了一种"苍莽"之感。"苍莽"是这幅景象中提纲挈领的词，它整合了以上种种意象，形成了李白诗特有的那种清空中思绪卷舒的况味，一开篇便笼罩了全诗，这种况味是他人难以摹仿的，因这主要不是技巧问题，而是个性问题。李白那种以我为主，吞吐万象而又近于天真的胸次，是他人所不能仿佛的。

子 夜 吴 歌①（四首选一）

长安一片月②，万户捣衣声③。

秋风吹不尽，总是玉关情④。

何日平胡虏⑤，良人罢远征⑥。

① 子夜吴歌:南朝乐府曲名,属《清商曲辞》,据说为东晋时一位名子夜的女子所作,因是吴声歌曲,故称《子夜吴歌》。原作四首,此选第一首。

② 长安:汉、唐都建都长安,在今陕西西安。

③ 捣衣:古时在水边洗衣,以衣置石砧上,用木杵捶捣使污垢脱落。一说捣衣即捣练,练是一种丝帛,捣洗未经缝纫的帛料,当是起今衣料"缩水"的作用,准备缝制寒衣。

④ 玉关:玉门关,参见《关山月》注④。

⑤ 胡虏:胡是对西北少数民族的泛称。虏是对他们的蔑称。

⑥ 良人:丈夫。

　　请先参阅上诗的赏析,二诗意象构成的手法,它们的意境氛围,大体上是相近的,不同处是本诗加用了"声"音。比起塞外来,长安就太逼仄了,但环境的逼仄束缚不了诗人的胸怀,他仍营造出了一种清空宽远的氛围,这固然因为"长安"的词面意义有宽远之感,而更重要的是那"捣衣声"。声音是不受空间限制的,它能飞越,飞越过那屋宇宫观、内城、外郭,而且不是么弦孤音般的一声声，而是"万户捣衣声"，此起彼落，在夜空中，在月光下，显得分外清纯，也分外愁怨；任是秋风也吹不去，因为这是心声，关乎万里之遥玉门关外的缠绵心声，似乎在企盼着：夫君何时平胡归来！

从本诗与上诗可见，诗的起句——古人称"发端"，是十分重要的，好的发端能产生笼罩全篇的氛围，这两诗的发端，不正使你似乎置身于那似愁似怨的淡淡的月色之中吗！

静 夜 思①

床前明月光，疑是地上霜。
举头望明月，低头思故乡。

① 题一作"夜思"。宋郭茂倩《乐府诗集》编入《新乐府辞》。"新乐府者，皆唐世之新歌也，以其辞实乐府，而未尝被于声，故曰新乐府也"。

本诗通过一个错觉写客子静夜思乡之情。静夜见光,则知其不寐;见光疑霜,可见其出神;疑霜而终知其非霜,于是寻其来由而抬头;抬头则见窗外明月当空——"隔千里兮共明月",终于见月伤情,低头而黯然神伤……

潜意识被某种触媒催发而成为意识,这是一个显例,前人常评盛唐诗"不用意得之",我看此诗可以当之。

劳 劳 亭[①]

天下伤心处,劳劳送客亭。
春风知别苦,不遣柳条青。

[①] 劳(liáo)劳亭:在金陵(今江苏南京)西南劳劳山上。三国吴筑,宋时改名临沧观。是行人送别处。劳,通"辽"。劳劳,辽远之貌。《诗·小雅·渐渐之石》"山川悠远,惟其劳矣",郑注、孔疏都解作辽远。

本诗前人评论甚多,大抵以为"若直写别离之苦,亦嫌平直,借春风以写之,转觉苦语入骨"(李锳《诗法易简录》)。今按"春风知别苦,不遣柳条青"不仅翻转一层,细味之,实翻转二层。自《诗经·小雅·采薇》"昔我往矣,杨柳依依"起,以青草绿柳之生意反衬离思之愁苦,成为传统表现手段。如王维《渭城曲》即以"客舍青青柳色新",反衬"西出阳关无故人"。此则云春风有知,不遣柳青,已是翻转一层。从中又可推知,送别之时,时虽当春,而柳枝依然萧索。其直写萧索,前例亦多,如王之涣《凉州词》"羌笛何须怨杨柳,春风不度玉门关",曰"春风不度",知柳枝亦当春不绿,故笛声怨之。今言春风"知"而"不遣",仍由"青"色落墨,然而有"青"字而无青色,不言萧索而不胜萧索之感,这就翻转二层了。

李锳上条续又叹美云:"妙在'知'字、'不遣'字,奇警绝伦。"今按三、四句之巧易见,而一、二句之巧,更巧如大匠运斤,了无痕迹。劳劳本为送客之亭,二句言"劳劳送客亭",初看平直无奇而嫌赘,然连上句观之,上句普说,下句特指,上句之势直透下句,以天下之伤心,归钟于劳劳一亭;加以劳劳义为辽远,音读 liáo liáo,吟诵间便觉伤心之情浩浩不尽,而所伤者何,唯因"送客"。故知"送客"绝非赘语,"劳劳"亭名也非随意用之,而是上应"伤心"的特意强调。有一、二句浩浩之势,三、四句之新巧方不落轻佻,此中三昧,当细味之。

　　说巧,说新,说奇警,其实尚未探堂奥。巧而无根,只是轻巧;新而无本,徒成尖新;奇警而无著实处,无非怪诞而已。盖李白本诗之妙,根本在于瞅定当时时令与物色之反差。春风绿柳为常,春风而柳不青是反常,反常者尤其触目惊心,遂有三、四句之奇想。离此根本而说新奇,不啻盲人摸象,得其一耳、一鼻、一足而已。

送　友　人①

青山横北郭②,白水绕东城。

此地一为别③,孤蓬万里征④。

浮云游子意⑤,落日故人情⑥。

挥手自兹去⑦,萧萧班马鸣⑧。

① 本诗写作时地不详,郁贤皓教授疑为天宝六载(747)在金陵(今江苏南京)作。无确据。

② 郭:内城曰城,外城曰郭。

③ 一:语助词,加强语气。为别:作别。为作动词,读平声。

④ 孤蓬:蓬蒿秋枯,风卷连根拔起,飘转无定,古诗文常以之比喻身世飘零、远行无依之人。晋潘岳《西征赋》:"陋吾人之拘挛,飘萍浮而蓬转。"孤蓬则语出刘宋鲍照《芜城赋》:"孤蓬自振,惊沙坐飞。"

⑤ 浮云句:曹丕《杂诗》:"西北有浮云,亭亭如车盖。惜哉时不遇,适与飘风会。吹我东南行,行行至吴会。"后世用为典实,以浮云飘飞无定喻游子四方漂游。

⑥ 落日句:落日依山,迟迟而下,故用以喻故人惜别之情。

⑦ 兹:此。

⑧ 萧萧句:《诗·小雅·车攻》:"萧萧马鸣。"此用其意。萧萧,马鸣声。班,别。

　　清沈德潜《唐诗别裁》评本诗云:"苏李(指汉苏武、李陵)赠言多唏嘘语而无蹶躄声,知古人之意在不尽矣,太白犹不失此旨。"确实,李白这首送别诗写得虽情深意切,却境界开宕,流走不滞。不过沈氏仅从诗史传承言,恐未必确切。根本之处,仍在于李白胸次开阔,不惯斤斤作小儿女状。前人曾以李白、杜甫二家互赠诗比读:杜甫云:"故凭锦水将双泪,好过瞿塘滟滪堆",郁郁恳恳,百折千回;李白则云:"思君若汶水,浩荡寄南征",壮浪奔放,不可抑遏。本诗正是李白个性的表现。

虽然如此,但李白诗决非率然而作,不讲匠心,而是自有适合其个性特征的表现手法。本诗是相当典型的一首。

与他朗莹无垢的胸襟相应,在诗歌意象上,李白总是不拘泥于细末,而经常揽大景物,用亮色调。本诗送别地在东城,而他的目光却先望向北郭,继而又引向万里,展向长空,他似乎总是在极目远望,将纯净的心愫与天地六合融而为一。在这种大背景下,他设置了青山、白水、飘浮的白云、落日的晶光,形成了一种阔远朗莹的大境界。于是那本来使人黯然销魂的"游子意","故人情",那本来只是使人感到孤单悲凄的飘蓬影、班马声,也因此被赋予一种悲壮的色调,回旋于那宽阔朗莹的背景中,产生了一种富于个性的况味。

　　与这种个性化的诗歌意象互相作用的是个性化的诗歌格律与章法。李白集中有颇工整的律诗,但他却往往不为律缚,变化入神。论者都指出"此地一为别,孤蓬万里征"一联用流水对,造成流走之势,而如果将此对在全诗中的位置细究一下,更会味到其妙处不仅在流走。首联用工对,起句写远望北郭青山,对句复回到送别之东城,不仅得宽远之致,更为颔联蓄势。因为唯有落到送别之地,"此地一为别"才与上联妙合无间,而对句"孤蓬万里征",复又由"此地"荡开而向万里,腹联更顺势展向空间,而在对法上又改用工对,在形式上使上联流水对的流走之势得到顿挫,然后自然落到尾联"挥手自兹去,萧萧班马鸣"。又归回于送别之地,然而那别马的悲鸣声,却似乎仍在空中回旋,伴送着友人的"万里"行程。可见"此地"、"孤蓬"一联的流水对之所以特别传神,在很大程度上是得力于前后两个工对的配合,使全诗形成放——收——放——再放——重收而余韵远扬的诗歌节律,从而入神地传送了诗人起伏的心潮——在前述宽阔朗莹的大境界中。

听蜀僧濬弹琴[①]

蜀僧抱绿绮[②]，西下峨眉峰[③]。

为我一挥手[④]，如听万壑松[⑤]。

客心洗流水[⑥]，余响入霜钟[⑦]。

不觉碧山暮，秋云暗几重[⑧]。

① 本诗作时未详。黄锡珪《李太白编年诗集目录》定作乾元
元年（758）李白流夜郎，游五岳时所作。未有确据。濬：
此蜀僧法名，集中尚有《赠宣州灵源寺仲濬公》诗，未知是
否同一人，举以备参。

② 绿绮：古琴名。《文选》注引傅玄《琴赋》序："司马相如有
绿绮。"

③ 西下：由西而东下。峨眉峰：四川眉州有大小峨眉山，因
山形似女子眉毛般秀美，而美女眉似蚕蛾之眉，细而微弯，
故名。

④ 一挥手：指弹琴。嵇康《琴赋》："伯牙挥手。"又《四言赠兄秀才入军诗》："目送归鸿，手挥五弦。"此化用其意。

⑤ 万壑松：千山万谷的松涛声，形容琴声气势宏大而境界清幽。乐府有琴曲《风入松》。

⑥ 客心：佛氏语，又叫客尘，指尘俗之心，相对于佛氏所说的本体佛心而言，故称"客"。流水：《列子·汤问篇》："伯牙善鼓琴，钟子期善听。伯牙鼓琴……志在流水，钟子期曰：'善哉，洋洋兮若江河'。"此化用其语，意谓琴声似清流，能洗去尘俗之心。

⑦ 余响：指琴曲余音。入霜钟：与秋钟声融为一片。《山海经》："（丰山）有九钟焉，是知霜鸣。"郭璞注："霜降则钟鸣，故曰知也。"这里化用此意，以指秋晚佛寺暮钟。

⑧ 不觉二句：上探"霜钟"，言听琴入神，不觉天已向晚。

　　这是首音乐诗，五律拗体。首联写僧濬形象清奇，颔联正写琴声，颈联写听琴所造成的心理感受，尾联写弦外之音。全诗正写弹琴仅一联，主要由烘托、感受落墨，遗象存神，肤词剩语，洗剥殆尽，于自然之中见清空之韵。

在中国古典乐器中,琴是占有特殊地位的。《礼记》中就说到,"帝舜作五弦之琴,歌《南风》之诗,而天下大治",又记"君子听琴瑟之声,则思忠义之臣"。因此,琴总与君子相联系,是乐器中雅之尤雅者。有趣的是儒家所器重的琴,也为道家、佛家所崇尚,这大概因为琴音至清,古雅幽美,颇能造成一种离俗出世的氛围。唐诗中善琴的和尚可以举出几十位来,而这位蜀僧濬,因为太白的妙笔,更显得非同一般。

绿绮是至美的古琴,峨眉是佛教的胜境,后来被奉为佛教五大名山之一,唐时已十分著名。蜀僧濬怀抱古琴,从峨眉云峰间飘然"西下",真是"未成曲调先有情",不由使人想到,这位高僧定然是古貌佛心,仿佛是从"西"方诸天中"下"降凡尘。他出手便不同世间声,挥手之际,清音汩汩从他指间流出,如同清风吹人群山松林之中,始而隐隐轻吟,继而越来越响,终于如千峰万壑卷起了阵阵松涛,清亮而又宏大,气象万千。"挥手"一词,暗用嵇康"目送归鸿"句意,是意趣高远之义。原来无论玄道还是佛家,都以无我无执为首义,意思是不要执着于具体事物乃至自身,在在处处,虽与世事相接,但都应取一种超脱的态度,弹琴更是这样,唯有不为弹琴而弹琴,才能心与琴合,至善至美。李白用"手挥五弦"的字面,就暗含了"目送归鸿"的意趣,从而写出了僧的琴声自然超妙,从这琴声可以听到这高僧濬的清空不染,却又无所不容的内心世界。为了突出这种自然而无拘的意态,这一联应对而不对,与上一联一气串下,诗歌自然流畅的音节,正为琴声的自然超妙传神。

聆听着这琴声,诗人感到心儿似乎为清泠的山泉洗涤过一般,一切世间的烦恼都已无影无踪。"流水"应首联"峨眉",暗用俞伯牙为钟子期鼓琴,有高山流水之致的典故。缅怀着往古的高士,诗人的感情更随着琴音升华,琴韵飘散在原野上空,应和着霜天里不知何时敲起的山寺的晚钟,这时沉醉在琴音里的诗人才发觉,天色已经向晚,时令已到秋日,碧山秋云,霜天暮色,琴音和着钟声缭绕回旋,渐渐地远去,远去,将诗人的思神,也带向了无垢的清气里,深远的缈冥中……

《中国古代文史经典读本》(文学类)书目